NICOLA FÖRG

Nachtpfade

GOLDMANN
Lesen erleben

Buch

Am Ufer des idyllischen Soiener Sees wird die Leiche einer jungen Frau gefunden. Sie war vor vielen Jahren zusammen mit ihrer Mutter aus der Uckermark nach Bayern gekommen. Kommissar Weinzirl, ein Mann mit Faible für Weißbier und Schweinsbraten und einer Schwäche für die falschen Frauen, ermittelt gemeinsam mit seiner Kollegin Evi Straßgütl. Die beiden stoßen auf verstockte Dorfbewohner, gar nicht waidgerechte Jäger und bauernschlaue Waldbesitzer, die sich in einem Netz aus Andeutungen und Halbwahrheiten verfangen. Musste die junge Frau, die an einer Schlafstörung litt, sterben, weil sie die ungehörige Angewohnheit hatte, die Nacht zum Tag zu machen, und vielleicht etwas sah, was sie besser nicht gesehen hätte?

Autorin

Nicola Förg ist im Oberallgäu aufgewachsen, studierte in München Germanistik und Geographie und ist ganz im Westen Oberbayerns der alten Heimat wieder näher gerückt. Sie lebt mit fünf Pferden, zwei Kaninchen und einer wechselnden Zahl von Katzen in einem vierhundert Jahre alten, denkmalgeschützten Bauernhaus im Ammertal – dort, wo die Natur opulent ist und wo die Menschen ein ganz spezieller Schlag sind. Als Reise-, Berg-, Ski- und Pferdejournalistin ist ihr das Basis und Heimat, als Autorin Inspiration, denn hinter der Geranienpracht gibt es viele Gründe (zumindest literarisch) zu morden.

Von Nicola Förg im Goldmann Verlag außerdem lieferbar:

Schussfahrt. Ein Allgäu-Krimi (46913)
Funkensonntag. Ein Allgäu-Krimi (47018)
Kuhhandel. Ein Allgäu-Krimi (47015)
Gottesfurcht. Ein Oberbayern-Krimi (47014)
Eisenherz. Ein Oberbayern-Krimi (47017)

Nicola Förg

Nachtpfade

Ein
Oberbayern-Krimi

GOLDMANN

Dieses Buch ist ein Roman.
Handlung, Personen und manche Orte sind frei erfunden.
Ähnlichkeiten mit lebenden oder toten Personen sind rein zufällig.

MIX
Papier aus verantwortungsvollen Quellen
FSC® C014496
FSC
www.fsc.org

Verlagsgruppe Random House FSC-DEU-0100
Das FSC®-zertifizierte Papier *Holmen Book Cream* für dieses Buch
liefert Holmen Paper, Hallstavik, Schweden.

1. Auflage
Taschenbuchausgabe September 2011
Wilhelm Goldmann Verlag, München,
in der Verlagsgruppe Random House GmbH

Von der Autorin aktualisierte Ausgabe
des gleichnamigen Romans
Umschlaggestaltung: UNO Werbeagentur, München
Umschlagmotiv: FinePic, München
mb · Herstellung: Str.
Druck und Bindung: GGP Media GmbH, Pößneck
Printed in Germany
ISBN 978-3-442-47016-7

www.goldmann-verlag.de

Für Herrn Moebius

»Nur Einen Sommer gönnt,
ihr Gewaltigen ...«

Hölderlin, An die Parzen

PROLOG

Man hätte gar nicht anders handeln können. Man. Es fiel einem ja selbst auf, dass man von der eigenen Person als »man« sprach. Aber man war neutral und distanziert und weit weg vom eigenen Leben. Leben ... oder was davon übrig war. Man war ja auch nie gefragt worden, was man wollte. Man hatte funktioniert, getan, was getan werden musste. Leben ... hatte man eigentlich ein Recht auf Glück? Recht wohl nicht, manche ergriffen es einfach. Man selbst war mal glücklich gewesen. Eine kurze Zeit. Eine kurze Zeit einer kurzen Liebe. Pläne hatte man gehabt. Aber dann. Dieser verdammte Wald. Danach hatte man immer nur über die Kellertreppe oder den Hintereingang das Leben betreten. Nie durch die große helle Eingangshalle. Man hatte doch das ganze Leben lang immer nur für die anderen da sein müssen, und das war ja nicht so schlecht gewesen. Beschwerlich war dieser Weg gewesen, aber man hatte keine Wahl, wenn man verantwortungsbewusst war. Nein, man wollte nicht klagen. Eigentlich war man sich da ganz ähnlich. Man selbst und dieses Mädchen. Aber das zählte auch nicht mehr. Sie hätte das nicht tun dürfen. Nein, das war zu weit gegangen. Wer hätte aber ahnen können, wie alles zusammenhängt? Nein, das hatte man nicht ahnen können. Bloß war der Tod so endgültig. Und wie sie dagelegen hatte, so blass, so jung. Aber nun würde der Vitus schon seine Arbeit tun. Und das war gut so. Als Reue, als Buße für das Mädchen. Man würde erlöst werden. Nein, anders konnte man gar nicht handeln.

»O hätt ich doch nie gehandelt!
Um wie manche Hoffnung wär ich
reicher!«

Hölderlin, Hyperion

1.

Nein, sie joggte nicht, und sie stöckelte schon gar nicht mit diesen Nordic-Walking-Dingern herum. Sie sah dem Mann nach, der zu so früher Stunde an ihr vorbeirannte. Sie fand es widerwärtig, in irgendwelche Chemiefasern zu schweißeln, die angeblich alle Körpersäfte sofort nach außen transportierten. Und diese Am-Stock-Geher sahen immer so als, als schleiften sie Ballast mit und würden sich die Schultern auskugeln. Sie würde einfach weiter spazieren gehen, und dank Plinius' hohem Alter und seinen kurzen Beinen war das eher ein Schlendern. Die Sonne hatte zu klettern begonnen, die Wolken der Nacht begannen sich aufzulösen. Erste Sonnenstrahlen spielten mit See und Schilf. Der See lag spiegelglatt da, kein Laut war zu hören. Ihre Schritte auf dem Steg waren fast unangenehm laut. Das Wasserrad stand. Im Schilf saßen ein paar Enten und schienen wohl gerade aufzuwachen. Einige hatten den Kopf noch unter den Daunen, ein, zwei begannen ihr Gefieder zu putzen. Früher hätte Plinius sie gejagt, heute war ihm das definitiv zu anstrengend. Er war zudem ziemlich taub und halb blind. Sie schritten über die taufeuchte Wiese des Badestrands, wo ein verlassenes Handtuch und ein ganz scheußlicher Badeanzug lagen, an der Seitenwand des Kiosks lehnte ein knatschgrünes Badetier und sah unglücklich aus – auch dieses Dino-Drachen-Gemisch war wohl vergessen worden. Sie fühlte sich auf einmal schwer und reduzierte ihr Tempo noch ein wenig. Es war ein behäbiges Gehen am See entlang, und sie überlegte gerade, ob sie sich auf eine der grünen Bänke da auf der kleinen Schilfhalbinsel setzen sollte. Da rannte Plinius los, quer durch die Binsen.

Und er bellte so richtig wie ein Hund, was er sehr selten tat. Dann war er verschwunden, und sein Bellen wurde schwächer. »Plinius!«, rief sie und wusste, dass das völlig sinnlos war. Hatte den Rehpinscher auf seine alten Tage noch der Jagdinstinkt gepackt? Sie musste lächeln. Und nahm keineswegs mehr Tempo auf. Plinius würde sich nicht in Luft auflösen, und zudem konnte man nicht verhindern, was nicht zu verhindern war. Davon war sie zutiefst überzeugt. Das traf ihres Wissens für alle Lebenslagen zu.

Sie umrundete weiter den See, fast bis zur Brücke am ostseitigen Auslauf. Wo war der Hund bloß? Vom See her kam ein Winseln. Das klang merkwürdig in ihren Ohren, denn Plinius war eigentlich nur zu hochfrequentem ohrenbeleidigendem Kleinhunde-Bellen in der Lage. Sie rief ihn nochmals, ohne Ergebnis, und machte sich dann eben doch auf ans Ufer. Der Boden gab nach, er schwang mit, alle Weichheit dieser Filzlandschaft, alle Nachgiebigkeit einer sanften Natur lag unter ihren Füßen.

Als sie den Hund erreicht hatte, saß der neben einer Frau. Sie war jung. Hübsch und sehr blass. Unter ihrer dünnen weißen Bluse zeichnete sich ein BH ab, ihr weißer gestufter Rock hatte eine Spitzenbordüre am Saum, und darunter waren ihre schmalen, langen Beine zu sehen.

Das erste Licht des Herbsttages gab der Szene etwas Weiches, Anmutiges. Wieso ging ein junges Mädchen in voller Montur zum Baden?, dachte Kassandra und sah in die braunen Augen, in denen so was wie Erstaunen lag. Plötzlich gab Plinius ein schauerliches Heulen von sich, wie ein Wolf, hätte man vielleicht gesagt, wäre die Assoziation im Zusammenhang mit einem Rehpinscher nicht einfach zu albern. Sie erschauderte, der Morgen war eben noch sehr kühl, herbstkühl. Sie sank langsam auf die Knie und fühlte die Halsschlagader des Mädchens. Dessen Haut war kalt und samten. Sie kam langsam wieder hoch und sah das Mädchen genau an. Es kam ihr bekannt vor. Es war so schön in diesem ersten Sonnenlicht, schön wie eine Braut.

Manchmal wäre ein Handy eben doch von Vorteil. Ein aufgeladenes Handy, eins, das man dabeihatte, anstatt es auf dem Küchentisch liegen zu lassen. Sie trat zwei Schritte zurück. »Plinius, hierher!« Sie sagte das leise, und seltsamerweise hörte Plinius sie und machte Sitz direkt neben ihren Füßen. »Guter Hund!« Sie flüsterte, als wolle sie das junge Ding nicht wecken. Doch das Mädchen mit den wächsernen Wangen würde nun lange ruhen, sehr lange. Unverwandt betrachtete sie das Mädchen, ein Bild wie aus einem Musikvideo. Hatte es da nicht mal so was mit Kylie Minogue gegeben und im »Jeanny«-Video von Falco? Als Plinius wieder wüst zu bellen begann, fuhr sie herum. Der Jogger von vorhin stand hinter ihr und starrte auf die junge Frau.

»Haben Sie ein Handy?«, flüsterte sie.

Der Mann sah so aus, als würde ihm übel. Dabei hatte die Szene so gar nichts Bedrohliches. Mit zitternden Händen reichte er ihr das Mobiltelefon. Es klingelte mehrmals, bis Gerhard dranging.

»Gerhard, ich glaube, du solltest aufstehen und zur Ostseite des Sees kommen, gleich bei der Holzbrücke. Da liegt Jeanny.«

Gerhard war nach einer unruhigen Nacht gerade erst in eine Tiefschlafphase geglitten und hatte einige Mühe, zu sich zu kommen. »Wer liegt wo?«

»Jeanny, ich glaube, ich habe sie schon mal irgendwo gesehen, und sie sieht sehr schön aus«, flüsterte Kassandra.

Gerhard rappelte sich hoch und schwang die Beine zur Seite. »Red bitte lauter, ich versteh dich kaum. Wer bitte ist Jeanny?« Sein Blick glitt zur Uhr: Es war kurz nach sechs. Himmel, war dieses Weib noch zu retten? »Hallo, Kassandra, ist jemand zu Hause in deinem Hirn? Weißt du, wie spät es ist?«

»Nein, aber Jeanny ist tot, sie liegt halb im Wasser, und ich glaube, du solltest kommen. Am Auslauf. Ich muss auflegen, der Mann, der mir sein Handy geliehen hat, ist umgefallen. Ist ganz blass.«

Gerhard hörte ein Klick. Kassandra! Ja, das war Kassandra, wie sie nun eben war. Nicht aus der Ruhe zu bringen, mit einem Blickwinkel auf die Dinge, der anderen verstellt blieb. Weil sie offen war – und freundlich. Er zweifelte keine Sekunde, dass Kassandra eine Tote gefunden hatte. Schließlich hatte sie mal Medizin studiert. Und er war sich auch sicher, dass die bezaubernde Jeanny keiner Flasche entstiegen, sondern Realität war. Er schlüpfte in seine Jeans, stieß sich zum zigsten Male den Kopf am Türrahmen zur Tenne an, kletterte dann die steile Stiege hinab, wo es martialisch schnarchte. Er hatte nicht gewusst, dass Pferde schnarchten, ja ganze Wälder zusammensägten. Nein, das wusste er erst, seit er in der Pippi-Langstrumpf-WG von Jo und Kassandra aus und ein ging. Vier Pferde, sieben Stammkatzen inklusive unzähliger wilder Kostgänger, zwei Karnickel und ein flatulenter Rehpinscher. Zwei Frauen, eine davon war eine Freundin aus Jugendtagen, zudem seine Ex – irgendwie zumindest, seine beste und schlechteste Freundin zugleich. Die andere Frau war seine aktuelle Gespielin – oder so. Wie konnte das Schicksal nur einen solch eigentümlichen Humor haben und ausgerechnet diese beiden zusammenführen? Sie hatten sich letztes Jahr bei den Ritterspielen in Kaltenberg kennengelernt, Kassandra, die dort einen Verkaufsstand betreute, und Jo, die sich um die Pressearbeit gekümmert hatte. Jo hatte ein bisschen in der Luft gehangen, als eine Stelle beim Tourismusverband der Ammergauer Alpen vakant wurde. Sie hatte zugegriffen, hatte gleich noch ein windschiefes Haus gefunden, das ihrem ehemaligen im Allgäu sehr ähnelte. Sie hatte eine Mitbewohnerin gesucht und in Kassandra gefunden, die sich mit allerlei esoterischem Brimborium, das sie selbst gar nicht ernst nahm, über Wasser hielt. Eine tolle Kombination: Kassandra, die stoische Pragmatikerin, und Jo, die emotionale Dramatikerin, und beide waren mit diesem schrecklichen Tiersammler-Gen gesegnet!

Und das Schlimmste war, dass er den zahlreichen Katzen in Kassandras Bett dankbar für die Störung war, denn er konnte einfach nicht, wenn er Jo im Nebenzimmer wusste. Aber das wiederum wollte er Kassandra nicht sagen, denn dann hätte sie doch annehmen müssen, er würde noch etwas für Jo empfinden. So viel, dass er eben nicht, na eben nicht konnte. Drum schlief er auch seit Wochen schlecht und vermied es, soweit es ging, bei den beiden zu übernachten. Es war der blanke Horror, und seine Kollegin Evi hatte ihn auch noch herzhaft ausgelacht. Und Baier, sein ehemaliger Kollege, der alte Depp, hatte was vom Traum eines jeden Polygamen gemurmelt. Gerhard versuchte, Jos Mountainbike aus einigen müffelnden Pferdedecken zu extrahieren, schwang sich drauf, und während des Radelns zog er sein Handy raus, um seine Kollegin Evi Straßgütl auch aus dem Bett zu stauben.

Evis Stimme klang überraschend frisch. Wahrscheinlich war sie schon beim Joggen gewesen. »Gerhard, was willst du zu so früher Stunde? Bist du aus dem Bett gefallen?«

»Gefallen worden, sozusagen. Kassandra hat eine Tote entdeckt am Bayersoiener See. Kannst du bitte kommen samt Notarzt, Spusi und allem Erforderlichen?«

»Ist das sicher, bevor ich alle in Gang setze?«

»Evi, nicht irgendwer, Kassandra hat eine Tote entdeckt.«

»Ja, klar, wir sind schon unterwegs.«

Aus dem Stall des Nachbarn kamen gewohnte Morgengeräusche, vor der Kapelle in Gschwend rauften zwei junge Kater um den Revieranspruch. Vor Edis Radl-Laden türmten sich Kartons, in denen sich edle Räder befunden hatten. Gerhard fand das jedes Mal höchst seltsam, dass hier in der Einöde ein Radladen war, dessen Besitzer nicht nur mit so einigem schacherte und, was Frauen betraf, den ultimativen Röntgenblick hatte, sondern auch noch ein

Held der Transalp war. Aber in diesem Dorf wurde sowieso dauernd gebikt, allen voran der alerte Bürgermeister, den Gerhard jüngst mal in Tracht gesehen hatte. Ein Kollege hatte ihm schmunzelnd erklärt, dass die Stulpen, die die Waden des bayerischen Brauchtumsmannes generell zieren, beim Dorfhäuptling irgendwie anders seien. Ja, sie hätten ein Plus an den gestrickten Rauten, weil dieser Mann eben die Einheitsstulpe mit seinen Radlerwaden sprengte.

Es war gut, die Gedanken Haken schlagen zu lassen, das tat er immer, bevor es ernst wurde. Bevor sie wieder losging, die zermürbende Suche nach jemandem, der sich anmaßte, Schicksal zu spielen, der dem Himmelpapa seinen Job abnahm, jemandem, dem menschliches Leben nichts wert war. Sofern diese Jeanny da am See nicht einfach verunfallt war.

Gerhard ließ die Pedale ruhen hinter der Gschwender Höh', die dicken Mountainbikereifen gaben ein surrendes Geräusch von sich auf dem Asphalt. Der Blick auf den Pürschling befreite jedes Mal sein Herz. Er, der Allgäuer, der Oberallgäuer, konnte ohne Berge nicht leben, und für Gerhard war Kempten schon der absolute Nordrand eines akzeptablen Berglands. Er liebte nun mal diese buckligen Landschaften, die in mehreren Stufen anstiegen und wo ganz am Horizont die Größen der Bergwelt Spalier standen. Das hier war ja eigentlich eine Allgäuer Landschaft, aber das durfte man den Oberbayern natürlich so nicht sagen. Auch nicht, dass sie einen eigentümlichen Dialekt sprachen, nicht wirklich urbayerisch, auch nicht allgäuerisch, irgendwas dazwischen und dann auch noch in jedem Dorf anders.

Am Himmel gab es einen Mix aus Sonne und Wolken, es war noch sehr kühl, aber eine Kühle, die verheißungsvoll war, weil ein warmer Herbsttag folgen würde. Auf der Dorfstraße war es still, erst beim Parkhotel kam ihm ein Auto entgegen. Er passierte die letzten Gästehäuser und bog rechts in den Wald ab. Es hatte Vorteile, wenn man das Netz an Wegen und Weglein hier kannte.

Als er über die Brücke fuhr, sah er einen kleinen Menschenauflauf. Er hielt mit quietschenden Bremsen an – Jo war überhaupt keine, die ihre sündhaft teuren Sportgeräte mal gepflegt hätte –, ließ das Rad fallen und hastete über die Wiese. Da stand Kassandra. In gewissem Abstand etwa zehn Leute. Die Morgensonne tanzte in ihren dunklen Locken, die einen Rotschimmer besaßen. So klein und zierlich sie auch war, sie schien einige Menschen allein durch ihre Aura gleichsam abzublocken.

»Hallo.« Sie flüsterte immer noch. »Ich hab denen schon gesagt, dass gleich die Polizei kommt.«

Zum Jogger hatten sich noch einige andere Morgensportler gesellt, inklusive irgend so einer »Begrüße flink den Tag, bevor du lecker Kräutertee süffelst«-Wellness-Gruppe aus dem Parkhotel. Gerhard zauberte ein Absperrband hervor und bat die Leute, zurückzutreten.

»Hast du sie angefasst?«, fragte er Kassandra.

»Ja, ich habe ihre Halsschlagader gefühlt. Sonst nichts.«

Gerhard zog Gummihandschuhe an und kniete sich zu dem Mädchen. Sie konnte noch nicht allzu lange tot sein. Auf den ersten Blick war keine Gewaltanwendung zu erkennen. Genaueres würde ihm der Gerichtsmediziner sagen. Schon nach fünf Minuten beginnt der menschliche

Körper zu verfallen, dachte Gerhard. Auf ein langes Leben folgte ein langer Zersetzungsprozess. Warum machten die Menschen nur so viel Aufhebens um ihre kleinen, unbedeutenden Probleme? Wo sie doch alle eine Beute von Würmern und Mikroorganismen würden. Oder in Rauch aufgingen; dem zumindest gab Gerhard den Vorzug. Es sah das Mädchen an. Sie hatte allerdings noch nicht allzu lange gelebt. Sie war vielleicht Mitte zwanzig, schätzte er – aber was war schon eine angemessene Lebenszeit?

Als die Spurensicherung und der Arzt eintrafen, stand die Sonne schon höher am Himmel. Das Licht war weich, einzelne Nebelinseln lagen noch über den Wiesen. Das Moos hatte ein Herbstkleid von Korallenrot bis Strohgelb angelegt und flirtete mit einem kornblumenblauen Himmel. Ganz oben am Hörnle hatten die drei Gipfel vorwitzig Schneekappen aufgezogen, es hatte vor einigen Tagen bis auf zwölfhundert Meter heruntergeschneit. Aber der Winter würde sich noch gedulden müssen, denn so kraftvoll, wie die Sonne war, würde sie sich Schnee und Frost eine Weile entgegenstemmen.

»Und?«, fragte Gerhard den Arzt.

»Sie ist ertrunken, würde ich sagen.«

»Ertrunken oder ertrunken worden?« Gerhards Blick ging über den See, den Spiegelsee, den winzigen See, über den ein Blesshuhn seine Spur zog. Ein einziges, einsames Blesshuhn. Jo nannte diese Viecher immer Schwimm-Schwimms. Weil sie ständig mit dem Kopf wippten. Wie der Wackeldackel. Angesichts von Tieren fiel ihm stets Jo ein. Die Tiere über die Menschen stellte, weil sie schließlich für die Tiere Verantwortung hatte. Menschen hingegen waren eigenverantwortlich. Sagte Jo. Manchmal – nein, oft – hatte er ihre Tiere gehasst, weil die ihre ungeteilte liebevolle Aufmerksamkeit erhalten hatten. Er nie!

»Herr Kommissar! Hallo! Ich rede mit Ihnen. Was wäre Ihnen lieber: ertrunken oder ertrunken worden?«, fragte der Doc eindringlich.

»Äh, entschuldigen Sie. Ich war in Gedanken. Angesichts dieses schönen Tages? Ertrunken, ein bedauerlicher Unfall. Ich würde dann mein Mountainbike packen und in die Schöffau radeln. Ich würde der Versuchung widerstehen, schon im Blaslhof oder beim Lieberwirth einzukehren. Erst in Uffing würde ich mich in den Alpenblick setzen, dann den See umrunden, im Jägerhaus schon wieder einkehren und vergessen, dass ich einen Job habe, dass ich diesen Job habe.«

»Hört sich gut an. Aber ich befürchte, das wird nichts mit der Biketour. Sie hat einige seltsame Abschürfungen hier, Druckstellen und Flecke«, sagte der Arzt.

»Könnten die nicht einfach entstanden sein, weil sie über den Boden geschleift wurde, angespült oder so?«

»Sie wollen unbedingt aufs Bike, hmm?« Der Notarzt drohte ihm scherzhaft mit dem Finger. »Sehen Sie selbst, diese merkwürdigen Druckstellen an den Handgelenken.«

»Abwehrverletzungen?«, fragte Gerhard.

»Ja, ich denke.«

»Und wie lange ist sie tot?«

»Nicht lange, würde ich sagen. Maximal vier Stunden, aber dafür gibt es Spezialisten. Und das Fernsehen. Die TV-Community weiß weltweit längst viel besser Bescheid als wir. ›CSI‹, Bones‹, ›Crossing Jordan‹ und so weiter. Nichts bleibt meinen TV-Kollegen verborgen.« Er lächelte Gerhard an. »Leiden Sie auch unter Vergleichen? Sind Sie eher ein ›Bulle von Tölz‹, ein ›Monk‹, ein ›Wallander‹ oder ›der Adler‹? Blond wären Sie ja.«

Gerhard lächelte zurück. »Ehrlich gesagt, keine Ahnung. Setzen Sie mich vor den Fernseher, und ich schlafe binnen zehn Minuten ein. Ein toller Effekt.«

»Zweifellos, ich überlebe ›Dr. House‹ auch nie. Aber meine Frau liebt ihn. Einen zynischen, drogenabhängigen Krüppel! Bitterböse, aber brillant. Ich bitte Sie! Tja, so sind Frauen eben.« Der Notarzt zwinkerte ihm zu.

»Hmm«, grummelte Gerhard, »mit diesen Vergleichen werden wir leben müssen. Dann ab mit der jungen Dame zu den Spezialisten. Kann ich mit Ihrem groben Schätzwert schon mal arbeiten?«

»Können Sie, alles zwischen drei bis sechs Stunden.« Er hob die Hand zum Gruß, packte seine Tasche und ging davon.

Notärzte, Ärzte allgemein – wussten die um ihre Verantwortung? Wussten sie, was es bedeutete, ob sie einen natürlichen oder nicht natürlichen Tod attestierten? Wie viele Omas und Opas waren wohl an Herzversagen gestorben, wo familienintern – sagen wir mal – eine leichte Modifikation der Medikamente beschlossen worden war? Wie viele Mörder liefen frei rum? Und umgekehrt, was bedeutete eine Fehldiagnose auf »nicht natürlicher Tod«, wenn der Verstorbene in Wahrheit ganz normal gestorben war? Oder unnormal, weil er jung und sportlich gewesen, aber eben doch gestorben war? Was war das für ein Spießrutenlauf für die Angehörigen, die nicht nur den Verlust verkraften, sondern auch noch die Attacken von Polizei und Staatsanwaltschaft durchstehen mussten? Es gab Zahlen, die belegten, wie häufig solche Fehler vorkamen. Ein kleines Kreuz eines einzelnen Arztes entschied über Entkommen oder Anklage, über Schuld und Unschuld. Wussten diese Mediziner wirklich, wie ernst das war, was sie da zu tun hatten?, überlegte Gerhard, als er dem Mann nachsah.

Evi war neben ihn getreten. »Wann hat Kassandra sie gefunden?«

»Etwa um sechs, das heißt, sie wurde zwischen zwölf und drei ermordet.«

»War es Mord?«, fragte Evi.

»Was denkst du?«, fragte Gerhard.

»Der Notarzt sprach von Abwehrverletzungen, oder?«

»Hmm«, machte Gerhard.

Evi überlegte kurz. »Zumindest spricht das für eine Fremdbeteiligung. Versuchte Vergewaltigung vielleicht? Warten wir den Befund ab. Und wie geht's jetzt weiter?«

Gerhard sah an sich herab. Er war in eine Jeans gehüpft, hatte noch das verwaschene T-Shirt an, das er im Bett getragen hatte, und ausgelatschte Trekkingsandalen. »Ich würde mich gerne etwas zivilisieren. Kannst du hier die Spurensicherung briefen und schon mal Melanie und Felix losschicken, Leute zu befragen? Vielleicht hat jemand was gesehen.«

»Okay, bis später im Büro.« Sie grinste ihn an.

»Was verziehst du deine entzückende Schnute so?«

»Hast du bei Hanni und Nanni übernachtet? Im kleinen Tierpark hinter den sieben Bergen?« Evi lachte lauthals.

»Sehr witzig! Ja, hab ich, sonst wäre ich auch gar nicht so schnell da gewesen. Und spar dir bitte jeden weiteren Kommentar.«

»Aye, aye, Chef.« Evi wandte sich ab und rief die Kollegen Felix Steigenberger und Melanie Kienberger zu sich.

Gerhard sah sich um. Kassandra saß auf einer Bank und schaute übers Wasser. Er setzte sich zu ihr. »Geht's?«

»Sicher«, sagte Kassandra und blickte weiter geradeaus.

»Kannst du bei Evi den Vorfall nochmals genau zu Protokoll geben? Ich müsste dann mal weg.«

»Sicher.«

Er legte ihr ein wenig linkisch, wie er selbst fand, die Hand aufs Knie. »Danke, dass du so besonnen reagiert hast. Ich melde mich.«

»Sicher.« Sie war aufgestanden, klemmte sich den aufgeregt wedelnden Plinius unter den Arm und ging davon.

Gerhard griff sich Jos Bike wieder und radelte los. Wie besessen trat er in die Pedale, beim Josl-Hof kam er regelrecht ins Schlingern, so schnell war er. Er trieb das Rad nach Gschwend hinauf, in einem viel zu hohen Gang. Als er vor dem alten Haus in Echelsbach abbremste, atmete er schwer. Das Tennentor stand offen, Jos Auto war weg. Die Haustür war unabgesperrt, Jo weigerte sich geflissentlich einzusehen, dass es auch auf dem Land Diebe gab. In der Küche lag ein Zettel auf der Jura. »Guten Morgen! Wo seid ihr denn schon so früh hin? Grüßle.«

Grüßle? Himmel, Jo hatte manchmal seltsame Anwandlungen. Nun, Jo würde in ihrem Büro in Oberammergau bald erfahren, dass es eine Tote am See gegeben hatte. So was ging um wie ein Lauffeuer. Für sie als PR-Chefin des Tourismusverbands war das wohl keine Nachricht, die sich gut vermarkten ließ. Er ging in Kassandras Zimmer, wo Kater Hölderlin natürlich genau auf seinem Pullover einen Katzenkringel gebildet hatte und empört war, dass man ihn da runterhob. Seine Socken waren von Pina Grigia von Grabenstätt belegt, einer streitbaren Tigerin, die ihm erst mal eine Kralle in die Hand hieb. Im Bad schöpfte er sich kaltes Wasser ins Gesicht, und als er sich ein Handtuch aus dem zum Schrank umfunktionierten orange angemalten Bosch-Kühlschrank – eine von Jos exaltierten innenarchitektonischen Ideen – nehmen wollte, hatte sich da Bianchi von Grabenstätt eingenistet. Das weiße Vieh hätte eigentlich kahl sein müssen, so viele Haare hatte es auf den Handtüchern abgeworfen. Bianchi gähnte ihn mit diesem abfälligen Katzenblick »Wer stört?« herzhaft an. Er flüchtete vor der ganzen Katzenplage und war heilfroh, in sein tierfreies Büro in Weilheim zu kommen.

Dort war Evi auch schon eingetroffen.

»Haben wir die Identität der Toten?«, fragte Gerhard.

»Ja, haben wir. Kassandra hatte auch den Eindruck, sie zu kennen«, sagte Evi.

»Ja?«

»Ja, Kassandra hat sie sicher mal in Bayersoien gesehen.« Evi sah ihn scharf an.

»Ja, was jetzt? Enthüllst du mir mal ihren Namen?« Gerhard spürte, dass ihm Schlaf fehlte. Viel Schlaf. Er war gereizt.

»Gerhard, hast du denn gar nichts gemerkt?« Evi schaute immer noch so merkwürdig.

»Was gemerkt?«

»Es ist schon das zweite Mal, dass Kassandra über eine Leiche gestolpert ist. Das erste Mal im mystischen Eibenwald und nun heute am moosig-moorigen See. Du solltest Kassandra wenigstens ein bisschen kennen. Das hat sie völlig aus der Bahn geworfen. Sie war wie paralysiert. Sie hat geredet wie ein Roboter.«

Gerhard sah Evi an, dann sprang er plötzlich auf. »Ich hol mal 'nen Kaffee.«

Was für ein Idiot war er bloß? Deshalb war sie so kurz angebunden gewesen. Ja, ein bisschen sollte er sie kennen, die Frau, mit der er schlief. Wissen, dass Kassandra eine Botschaft darin sehen würde, dass sie schon zwei Mal eine Leiche entdeckt hatte. Dass sie das aufarbeiten musste. Er griff nach seinem Handy und wählte ihre Nummer. Es war nicht mal eine Mailbox dran. Zornig packte er eine der unabgespülten Tassen und hielt sie unters Wasser. Den Erstbesten, der vorbeikam, brüllte er an: »Kann hier mal irgendjemand den Saustall aufräumen!« Er stampfte zurück ins Büro, wo Evi so tat, als würde sie geschäftig irgendwelche Akten studieren. Sie sah auf.

»Ich soll dir von Kassandra sagen, sie sei zu ihrer Schwester nach Freiburg gefahren. Sie hat gerade angerufen. Sie will ihre Gedanken sortieren. Sie würde sich melden, hat sie gesagt.« Evi zog fast ein wenig den Kopf ein, eingedenk der Tatsache, dass der Überbringer schlechter Nachrichten selbigen ja gerne mal verlor.

»Was heißt hier angerufen? Wieso holst du mich nicht ans Telefon?« Gerhard war ziemlich laut.

»Weil sie auf meinem Handy angerufen und mich gebeten hat, dir das auszurichten«, sagte Evi und stöberte dabei in irgendwelchen Schriftstücken.

Aber Gerhard reagierte gar nicht. Er sah an Evi vorbei. »Was ist jetzt mit der Toten?«, fragte er in Richtung der Wand.

»Also, unsere Tote wohnt in Schönberg. Jacqueline Paulig, geboren am 12.10.1980 in Pasewalk, erste Wohnadresse Klein Luckow.«

»Wo ist das denn?«

»In der Uckermark. Nicht gerade eine Boomgegend, was Arbeitsplätze betrifft. Deshalb ist sie wohl mit ihrer Mutter 1993 nach Kempten gezogen, ins Thingers. Die Mutter wohnt da noch. Jacqueline hat mit siebzehn an der Maria-Ward-Schule in Kempten ihre mittlere Reife gemacht und war dann in Isny auf der NTA«, erklärte Evi.

»NTA?«

»Diese Schule für PTAs, hattest du nie 'ne Freundin von dort? Die Mädels waren doch sicher im tobenden Nachtleben von Kempten unterwegs? Und von dir hört man, dass du zeitweise nicht wählerisch ...«

»Evi, es reicht!«, unterbrach Gerhard sie.

»Ja, schon gut. Also: Die Ausbildung dauerte zweieinhalb Jahre; als sie volljährig war, ist sie nach Isny in ein Wohnheim und dann im Januar 2002 nach Peißenberg gezogen. Hat da eine erste Stelle angetreten. Hat anscheinend die Probezeit nicht überstanden. Dann hatte sie in den nächsten Jahren verschiedene Adressen und Jobs. Die Verweildauer in ihren Jobs wurde immer kürzer.«

Gerhard war immer noch verschnupft wegen Evis unangemessener Attacke. Sie mochte ihn privat ja veräppeln, aber nicht im Büro. Und das Schlimmste war: Sie hatte recht. Er schluckte den Ärger – über sie, mehr über sich selbst – runter. »Das hast du in der Kürze der Zeit alles rausgefunden? Respekt.«

Evi zuckte mit den Schultern. »Tja …«

»Und die momentane Adresse von Jacqueline Paulig? Schönberg, sagst du?«, fragte Gerhard.

»Ist ein Bauernhof außerhalb von Schönberg. Es handelt sich um Herrn Anton und Frau Marianne Erhard. Bruder und Schwester. Jacqueline hat dort ein wenig ausgeholfen für Kost und Logis. Vor allem weil der Bauer eine Knie-OP hatte und etwas gehandicapt war.«

»Sonst noch Verwandte hier?«, fragte Gerhard.

»Nein, wir müssen die Mutter informieren. Aber das sollten wir kaum am Telefon machen. Sollen wir die Kollegen in Kempten bitten?«

»Nein, wir fahren hin. Wir müssten so oder so mit der Mutter reden.«

»Gleich?« Evi sah ihn überrascht an.

»Gleich!«

Gerhard griff sich seine Softshell-Jacke, die er sonst zum Skitourengehen trug und die zu seinem neuen Lieblingskleidungsstück aufgestiegen war, seit seine Antiklederjacke gestorben war. Oder gestorben worden war. Kassandra und Jo hatten sie in einer gemeinsamen geheimen Kommandosache verschwinden lassen, nachdem er sich geweigert hatte, das völlig zerschlissene und speckige Stück zu entsorgen. Die beiden hatten gesagt, dass sie sich so nicht weiter mit ihm in der Öffentlichkeit zeigen würden. Weiber! Und das wirklich Irritierende war, dass Kassandra niemals eine solche Aktion angedacht oder durchgezogen hätte. Ihr Umgang mit Jo, ja, er musste das so formulieren, tat ihr gar nicht gut. Er fand den Gedanken beklemmend, dass die klare, kluge Kassandra eben doch für diesen Weiberkram zu haben war und sich verführen ließ von Jos Albernheiten. Kassandra, die nun einfach verschwunden war. Einfach? Gerhard versuchte, die Gedanken an Kassandra abzuschütteln. Im Gehen wies er Melanie und Felix an, möglichst viel über die Biografie und die Gewohnheiten der Jacqueline Paulig herauszufinden.

Er überließ Evi das Fahren, nicht zuletzt weil er immer, wenn ein neuer Fall vor ihm lag, einige Zeit einfach nur abschalten wollte. Er genoss diese Ruhe vor dem Sturm, dieses letzte Rasten, bevor der Strudel ihn packte und mitriss und erst dann wieder ausspie, wenn die Lösung vor ihm lag.

Er schaute aus dem Fenster und befand, dass der Mountainbiker, der auf dem Radweg den Hohenpeißenberg hochstrampelte, eine völlig falsche Sitzposition hatte. Er notierte, dass das Eiscafé in Hohenpeißenberg wieder mal einen neuen Namen hatte. Er wunderte sich über die vielen Autos vor der Möbelzentrale, aber wahrscheinlich gab es Menschen, die mehr Einrichtungsgegenstände benötigten als er mit seinem Billy-Regal und seiner Matratze. Er überlegte, wann sie wohl die Schneefangzäune aufstellen würden in Krottenhill, diesem windzerzausten Ort im Nirgendwo. Es war eine Berufskrankheit, immer alles und jeden zu beobachten, abzuspeichern und irgendwann, irgendwo wieder abzurufen, manchmal mitten in der Nacht, wenn er aufwachte, zum Kühlschrank ging und ein Dachs öffnete. Erst als Evi in Bertoldshofen rechts abbog, sah er zu ihr hinüber. »Und, wie fühlt es sich an, nach Kempten zu fahren, nachdem ich dich da abgeworben habe? Wehmut?«

»Eigentlich nein. Es mag für dein lokalpatriotisches Ohr schlimm klingen: Aber Kempten war nie mein Zuhause. Die Allgäuer waren mir immer zu eigentümlich: zu mundfaul, zu verschlossen, zu engstirnig. Den Inner Circle hättest du da doch nur erreicht, wenn du deine Bergbauern-Anverwandten lückenlos bis zu den Kraxenträgern des Mittelalters zurückverfolgen könntest. Nein, keine Wehmut, Kempten war auch nur eine weitere Stadt auf dem Weg zum Ruhm.« Sie lachte. »Nein, im Ernst. Kempten war sicher nicht die schlechteste meiner Arbeitsstellen. Aber du, du Allgeier Kerla, wie sieht es mit dir aus?«

Nun war es an Gerhard, zu lachen, die Fränkin Evi war noch nie in der Lage gewesen, auch nur ein einziges Allgäuer Wort richtig zu betonen. »I kriag Hennapfrupfa, wenn i di her. Föhl, schwätz besser frängisch.«

»Wehmut? Sehnsucht?«, insistierte Evi.

Gerhard überlegte. Zu lange, wie er fand. Er war Allgäuer, sogar ein stolzer Allgäuer. Aber er konnte eigentlich überall leben, wo es Berge gab und Weißbier. Und ein paar Menschen, mit denen er schweigen konnte. Das Wort Sehnsucht lag im Dunkel der Vergangenheit. So vieles, was ihm vielleicht einmal als erstrebenswert erschienen war, hatte sein Verfallsdatum erlebt. Auch für den kühnsten Traum war es wahrscheinlich einmal zu spät. Bloß war er sich überhaupt nicht sicher, ob er jemals kühne Träume gehegt hatte. Völlig unvermittelt sagte er: »Wir ersticken fast am Geruch der Kadaver unser Träume.«

»Bitte?« Evi verriss das Steuer ein wenig. »Soll ich den Notarzt holen?«

Nun musste Gerhard lächeln. »Okay, das ist definitiv nicht von mir. Das hab ich irgendwo gelesen, und das habe ich mir gemerkt. Weiß nicht so genau, warum.«

»Was meine Frage nach der Wehmut nur sehr indirekt beantwortet«, meinte Evi.

»Ja, eben. Indirekt.«

»Dass der Mensch in seiner Jugend das Ziel so nahe glaubt! Es ist die schönste aller Täuschungen, womit die Natur der Schwachheit unseres Wesens aushilft.«

HÖLDERLIN, HYPERION

2. Es wurde wieder still im Auto, zumindest was das Reden betraf. Evi hatte eine jazzige Working-Week-CD eingelegt, und diese Musik lullte ihn ein. Sie waren am Berliner Platz angekommen, und nun umfasste doch ein unbestimmtes Gefühl Gerhards Herz. Es war kein gutes Gefühl. War das die viel besungene Wehmut?

Wie das Amen in der Kirche kam es von Evi: »Warum baut ihr Allgäuer eigentlich immer in die Löcher? Kempten liegt im Loch, Kaufbeuren auch. Ihr seid Grottenolme!«

»Danke, meine Beste, ich habe diese Tirade erwartet. Fahr ins Thingers. Das liegt eindeutig höher.«

Als Evi den Ring hinunterkurvte, fiel Gerhard auf, dass diese Straße eigentlich ziemlich überdimensioniert war. Schön war diese Zufahrt zu einer Stadt nicht, die mit einer Säule ihren Anspruch, Deutschlands älteste Stadt zu sein, in den Boden zementiert hatte. Als Evi dann an der zweiten Ampel rechts abbog und gleich wieder links, drängten viele alte Gefühle und Geschichten heran. Sie handelten fast alle von den ersten Malen, als er Karin, seine erste und einzige große vorbehaltlose Liebe, besucht hatte, als er nervös und voller Erwartungen gewesen war. Waren die Häuser damals auch so trist gewesen? Hatte es dieses Haus in Blau gegeben, das aussah, als wäre man in Griechenland gelandet? Da war das Schild »Kusterer«. Gerhard musste kurz grinsen, denn der Sohn des Hauses war damals in seiner Clique gewesen, und dessen Auftritte auf den legendären Pyjamabällen im Pegasus gehörten zu jenen Geschichten, die man später den Enkeln erzählt. Erzählen würde, denn Gerhard bezweifelte, es jemals zu Enkeln zu bringen. War das nun Wehmut?

Evi hatte die Adresse »Im Thingers« erreicht. Ja, höher lag das Thingers vielleicht, aber die Tristesse der Wohnblocks fiel ihm heute weit stärker auf als damals, als er zu Karin in den Amselweg gefahren war. Karin mit ihrem Zimmer in der Dachschräge, das komplett holzgetäfelt gewesen war, wie eine Sauna. Im Sommer hatten die Temperaturen auch im saunaheißen Bereich gelegen, schwüle Sommer, Schweißperlen, Asti und Apfelkorn, die perfekt gebauten Tüten, deren Geruch vom Balkon Richtung Mariaberg gezogen war. Pavlov's Dog, Lake, REO Speedwagon, *Keep the fire burnin'* … LPs und Kassetten, deren Innenleben sich spätestens nach einem Monat wie ein großer Haufen schwarzer Spaghetti am Boden geringelt hatte. Jetzt aber Schluss mit Wehmut! Also – falls es das war. Gerhard straffte die Schultern, als Evi geparkt hatte. »Dann wolln wir mal!«

Sie gingen auf den Mix aus Lebensmittelmarkt, Bistro und Bürgerzentrum zu. Zwei türkische Jungs brüllten sich an, eine alte Frau mit Gehwagen und leerem Blick überquerte den Platz: alle Schattierungen von Grau, die Morbidität von Beton. Im Hauseingang roch es nach Sauerkraut. Im zweiten Stock kümmerte eine Pflanze vor sich hin, sie klingelten im dritten. Mehrmals. So lange, bis jemand aus der Nachbarwohnung den Kopf herausstreckte. Frau Jemand im Kittelschurz über laufmaschiger Seidenstrumpfhose.

»Dia söttet scho do sei. I hon se gsäha, wia se reikomma sind.«

»Ja, schön, dann läuten wir doch nochmals.« Evi flötete regelrecht.

»Was wend Se von deane?«

»Liebe Frau ...«

Gerhard spechtete zur Türglocke.

»... Holzapfel. Des lasset dir doch uifach isere Sorga sei, fei meh.«

Sie starrte ihn an.

»Zruck in dia Wohnung. Ja, wird's allat bald!« Er wedelte mit der Hand, und die völlig konsternierte Frau Holzapfel zog die Tür zu.

Evi gluckste. »Die Sprache des Landes, was? Wetten, die klebt jetzt am Türspion?«

»Lass sie kleben!« Gerhard läutete nochmals an der Nachbarwohnung, auf deren Türschild »Paulig/Bodenmüller« stand. Dann pumperte er ordentlich dagegen, bis plötzlich die Tür aufgerissen wurde und ein gewaltig großer Kerl den Türrahmen füllte. Er war fast zwei Meter groß, korpulent, sein T-Shirt bedeckte seine Wampe nur unzureichend, die Bermudas waren unterhalb derselben verankert. Der Mann hatte einen graubraunen Vollbart.

»Ja, ihr Saukrippel, ihr greißlichn, hert sich des etzt amol auf mit ...« Er stockte, als er Gerhard und Evi sah.

»Herr Bodenmüller?«, fragte Gerhard.

»Ja, wer sonscht?«

Gerhard ignorierte ihn. »Wir würden gerne Frau Paulig sprechen.«

»Wegs was?«

»Das würden wir ihr gerne selber sagen.«

»Ach, schleichts eich doch. Zeitschrifta oder Zeugen Jehovas oder was? Mir brauchet nix«, brummte Bodenmüller.

Gleichzeitig zogen Gerhard und Evi ihre Polizeimarken heraus. »Herr Bodenmüller, wir würden jetzt sehr gerne Frau Paulig sprechen und dazu auch überaus gerne den Treppenaufgang verlassen.« In Gerhards Stimme lag ein unerfreulicher Unterton.

Der Riese Bodenmüller gab einen grunzenden Laut von sich und ging wortlos in einen dunklen Gang. Gerhard und Evi folgten. Bodenmüller stoppte im Wohnzimmer. Der Aschenbecher auf dem Marmortisch quoll über, eine Kippe glomm vor sich hin. Eine halb volle Flasche Jack Daniel's und drei leere Bierflaschen zierten den Tisch. Gab es heute noch Fototapeten? Eigentlich nicht. In den siebziger Jahren waren sie der Gipfel innovativen Designs gewesen. Je nach innerer Gestimmtheit des Bildertapetenklebers waren das entweder Ansichten von Palmenstränden gewesen oder aber bodenständiger: der teutsche Wald im Herbstgewand. Irgendwann waren diese Tapeten auf einmal alle verschwunden, überklebt mit neutraler Raufaser. Wenige hatten im Verborgenen überlebt – so wie dieser leicht angegilbte Herbstwald.

Die Balkontür stand offen. »Sui hockt dussa«, grunzte Bodenmüller.

Gerhard und Evi betraten den Balkon, der zwar gar nicht groß, aber dessen Bepflanzung dschungelartig war und von so was wie dem obergrünen Daumen zeugte. Die Geranien in den Kästen waren unnatürlich üppig, an der Seitenfront rankten Bohnen, und in Kübeln gediehen Tomaten, die irgendwelche Mutanten sein mussten, so riesig waren sie. An einem kleinen Bistrotisch, dessen Fuß verrostet war, saß eine Frau auf einem klapprigen Biergartenstuhl. Sie war sehr dünn und rauchte angesichts des übervollen Aschenbechers augenscheinlich wie ihr Lover auch Kette. Bodenmüller hatte sich an den beiden Polizisten vorbeigedrückt.

»D' Bullerei, dia wend zu dir. Hosch eabbas gstohla, du bleds Stück?« Er lachte brüllend.

Die Frau auf dem Stuhl schien gleichsam zu schrumpfen. Sie sackte zusammen. Sie verlor noch mehr an Farbe, falls das bei ihrer bleichen Haut überhaupt noch möglich war.

»Herr Bodenmüller, Sie verlassen augenblicklich diesen Balkon.« Gerhard machte einen Schritt auf ihn zu, und als Bodenmüller eine kleine Handbewegung machte, packte Gerhard ihn blitzschnell, überwältigte ihn, drehte ihm die Hände auf den Rücken, und schnapp – die Handschellen waren zu.

»Tätlicher Angriff auf die Polizei, ts, ts, ts«, machte Evi. »Das sieht gar nicht gut aus, Herr Bodenmüller!«

»Dir spinntet doch, dir Saubulla!«, brüllte der.

»Auch noch Beamtenbeleidigung, ts, ts, ts.« Evi schüttelte den Kopf und schob Bodenmüller durch die Terrassentür. Eine Zwergin schob einen Riesen, der keinen Widerstand mehr leistete. Im Gehen zwinkerte Evi Gerhard zu.

Der zwinkerte zurück. Sie waren ein gutes Team und meisterliche Schauspieler, wenn es drauf ankam. Gerhard hatte sich inzwischen den zweiten verbeulten Stuhl geangelt und sich zu Janette Paulig gesetzt. Er sah in ein Gesicht, das sicher einmal sehr hübsch gewesen sein musste. Heute lagen tiefe Stirnfalten auf diesem Gesicht, schwarze Augenringe und geplatzte Äderchen. Auch sie war dem Alkohol sicher nicht abhold. Das blond gefärbte Haar war strohig und dunkelte am Ansatz nach.

»Frau Paulig, ich muss Ihnen leider eine schlechte Nachricht überbringen.«

Sie reagierte nicht.

»Frau Paulig?«

Nichts.

»Frau Paulig, es geht um Ihre Tochter Jacky.«

Nun sah sie auf. »Hat sie mal wieder ihren Job verloren? Verkauft sie Drogen?«

»Weniger, Frau Paulig. Sie ist tot.«

In dem Moment ließ Janette Paulig ihre Zigarette fallen und begann hysterisch zu kreischen. Immer lauter. Von drinnen hörte man Bodenmüller brüllen, es war ein Geräusch-Inferno. Gerhard tat nichts, außer sich nach der Zigarette zu bücken, die er behutsam im Aschenbecher ausdrückte.

Janette Paulig wurde leiser. »Tot?«

»Ja, sie wurde tot am Bayersoiener See aufgefunden. Wir wissen noch nichts Genaueres. Wann haben Sie Ihre Tochter zuletzt gesehen?«

»Vor 'nem halben Jahr. Sie brauchte Scheiß-Geld.« Janette Paulig hatte sich mit zitternden Fingern eine neue Zigarette angesteckt.

»Sie hatten keinen besonders guten Kontakt zu ihr?«, fragte Gerhard.

»Sie kam mit Mike nicht klar.«

»Und Mike nicht mit Jacky?«, fragte Gerhard.

»Was geht Sie das an?« Ihre Stimme wurde wieder schrill.

»Nun, Herr Bodenmüller scheint mir ein streitbarer Zeitgenosse zu sein. Nicht der Inbegriff des liebenden Stiefvaters, oder, Frau Paulig?« Ein wenig Provokation konnte nicht schaden, befand Gerhard, sie lockte Menschen meist aus der Reserve.

»Scheiße! Sie wissen nichts, gar nichts!« Sie schlug den Aschenbecher vom Tisch und begann zu weinen. Minuten vergingen. Evi war auf den Balkon gekommen und zog Gerhard zur Seite. Sie flüsterte: »Der Bodenmüller sitzt ganz zahm auf der Couch, die Drohung, dass er in den Knast geht, hat gefruchtet. Er hat Angst um seinen Arbeitsplatz. War wohl lange arbeitslos und hat jetzt was Neues als Lagerarbeiter bei der Käserei Edelweiß gefunden. Und sie?«

»Klassische Alkoholikerin, würde ich sagen. Aggression und Depression liegen sehr nahe beisammen. Gib ihr noch ein paar Minuten.«

Sie lehnten an der Balkonbrüstung und betrachteten die umliegenden Häuser: würfelförmige mehrstöckige Bauten, marode Fassaden und Minibalkone, meist geschmückt von riesigen Satellitenschüsseln.

»Ist sie wirklich tot?« Frau Paulig klang auf einmal so, als käme ihre Stimme von weit her.

»Ja, es tut uns sehr leid«, sagte Evi, »aber wir können ein Verbrechen nicht ausschließen. Wenn es einen Täter gibt, werden wir ihn finden. Aber dazu brauchen wir Ihre Hilfe. Verstehen Sie, Frau Paulig?«

Janette Paulig nickte mit halb offenem Mund.

»Frau Paulig, Sie haben meinem Kollegen gesagt, dass Sie keinen Kontakt mehr zu Jacky hatten?«

Sie nickte wieder.

»Sie wissen also gar nichts über Freunde, Bekannte, über ihr Leben?«, fragte Evi weiterhin ganz sanft.

»Sie hatte nie Scheiß-Freunde, sie war immer schon gaga.«

»Gaga?«

»Ja, als wir noch daheim waren, da ist sie immer abgehauen in der Nacht. In den Feldern rumgelaufen. Ich bin jedes Mal gestorben vor Angst. Mein Mann ist ausgeflippt.« Janette Paulig hatte begonnen, an ihren Fingernägeln zu kauen.

»Heißt ausgeflippt, dass er sie geschlagen hat?«, fragte Gerhard.

Sie zuckte mit den Schultern.

»Antworten Sie!«

»Eine Watschn wird er ihr schon mal gegeben haben«, sagte Frau Paulig zögernd.

»Und Ihnen auch?«

»Das geht Sie einen Scheißdreck an!«

Gerhard ignorierte die Attacke. »Und was ist mit Jackys Vater? Sie sind ohne ihn ins Allgäu gekommen?«

»Ist abgehauen, als Jacky zehn war. Direkt an ihrem Geburtstag. Ab in den Westen.«

»Und dann?«

»Was, und dann? Was fragen Sie so blöd? Ich habe gearbeitet, Tag und Nacht, um das Gör, das undankbare, durchzubringen. Putzen war ich und in der Scheiß-Fabrik.

Aber es hat ja alles dichtgemacht, war ja ein einziges Kuddelmuddel mit dieser Scheiß-Wende. Diese Scheiß-Wessis haben doch alles plattgemacht.«

»Und dann sind Sie auch zu den Scheiß-Wessis gezogen, Frau Paulig?« Gerhard versuchte es erneut mit Provokation, was auch fruchtete.

Janette Paulig kreischte auf einmal. »Ach, Scheiße! Ich wäre lieber zu Hause geblieben. Das können Sie mir glauben. Ich war mal Ingenieurin.« Sie wurde wieder leiser und lachte bitter. »Das hätten Sie jetzt nicht gedacht, wa? Ohne die Scheiß-Wende wäre ich jetzt vielleicht schon Chefin. Aber bei uns zu Hause gibt's bloß noch scheißalte Männer und Glatzen.«

»Und warum ins Allgäu?« Evi mischte sich wieder ein.

»Weil 'ne Freundin von mir schon 1990 nach Kempten gezogen ist und wir da wohnen konnten. Und sie mir 'ne Stelle besorgt hat.«

»Und dann sind Sie mit Jacky zu Herrn Bodenmüller gezogen?«, fragte Evi weiter.

»Fragen Sie doch nicht so scheißblöd. Das wissen Sie doch.«

»Und wie ging es Jacky damit?« Evi blieb ganz ruhig.

»Wie soll es ihr schon gegangen sein?«

»Na, in der neuen Stadt, in der neuen Schule – das ist doch ein großer Schritt für einen Teenager, oder?«

»Mich hat auch keiner gefragt, wie man ein neues Scheiß-Leben beginnen soll«, maulte Frau Paulig.

»Wären Sie so gut, die Frage zu beantworten? Wie ging es Jacky?«, fragte Gerhard in einem drohenden Tonfall.

»Sie war wieder dauernd unterwegs. Ich hab ihr das

verboten. Der Mike auch. Das geht doch nicht, dass ein Mädchen allein rumläuft. Das ist gefährlich. Und nun ist sie tot. So was musste ja mal passieren.« Sie hatte wieder zu weinen begonnen.

»Und deshalb gab es immer wieder Streit mit Mike?«, fragte Evi.

»Ja, der Mike ist nicht unrecht. Aber er hat gesagt, das gehört sich nicht. Sie war ja nicht volljährig. Ist ja auch gefährlich. Gerade heutzutage. Was man da alles so hört.« Sie schluchzte.

»Ja, sicher.« Evi sah sie besorgt an. Das wirkte. Janette Paulig redete weiter.

»Ja, und da hat er ihr den Hund weggenommen. Er hat immer gesagt, wenn das nicht aufhört mit dem Abhauen, dann nimmt er ihr den Scheiß-Hund weg.« Sie schien auf einmal froh zu reden. Es schien, als wolle sie sich rechtfertigen für Mike und ihr ganzes einsames Wohnblock-Leben zwischen Alkohol und Balkonblumen.

»Und dann?«

»Wurde alles nur schlimmer. Jacky ist dann nach Peißenberg. Sie hatte eine gute Arbeit. So eine gute Arbeit. Aber das hat sie auch vergeigt. So eine Scheiße.«

»Frau Paulig. Wo waren Sie gestern Nacht?«, fiel Gerhard plötzlich ein.

Janette Paulig schien den Sinn der Frage nicht zu verstehen. »Auf Arbeit, ich arbeite Schicht bei Bosch in Seifen. Gestern war Frühschicht, der Bus fährt kurz nach vier. Ich arbeite am Fließband, tolle Karriere, wa?«

»Heute nicht?«

»Ich hab frei, den Rest der Woche.«

»Aha, und wo war der Mike?«, fragte Gerhard.

»Im Ringstüble oder im St. Lorenz. Was weiß ich. Er steigt da nach der Arbeit immer aus dem Bus aus und latscht dann heim. Schadet ihm ja nicht, die Bewegung.«

»Gut. Frau Paulig, es kommt auf Sie die traurige Pflicht zu, Ihre Tochter zu identifizieren. Das können Sie tun oder Ihr Lebensgefährte. Haben Sie mich verstanden?«

Sie nickte. Evi schrieb ihr eine Adresse und Telefonnummer auf und erklärte ihr den Ablauf. Dann drückte sie ihr noch ihre Karte in die Hand. »Sie können mich jederzeit anrufen, ja, Frau Paulig?«

Gerhard war inzwischen wieder ins Wohnzimmer gegangen. Jetzt nach der Frische auf dem Balkonbiotop war es noch auffälliger, was für ein ekliger Geruch aus altem Rauch, Alkohol, billigem Parfüm und Schweiß in den Vorhängen und Polstern hing. Bodenmüller saß wie ein Häufchen Elend auf der Couch. Als Gerhard sich zu ihm hinunterbeugte, um die Handschellen zu öffnen, zuckte er regelrecht zurück. »Dir sagtet nix beim Edelweiß, odr?«

»Nein, aber ich muss Sie ernsthaft verwarnen, Herr Bodenmüller. Ich drück jetzt mal ein Auge zu wegen des Todesfalles. Aber nur deshalb. Unterstützen Sie Ihre Lebensgefährtin, die braucht jetzt Ihre Hilfe.«

»Isch dia Föhl echt tot?« Bodenmüllers rot geäderte Augen sahen auf einmal traurig aus.

»Ja, Herr Bodenmüller, leider. Wo waren Sie denn eigentlich heute Nacht?«

Auch er schien die Frage nicht merkwürdig zu finden. »Im Ringstüble. Do war i zum Schofkopfn.«

»Und Sie haben in letzter Zeit auch nichts mehr von Jacky gehört?«

»Na!«

»Sie mochten Sie nicht, oder?« Gerhard versuchte, neutral zu klingen.

»Dia war it ganz echt! Hot ihrer Muttar bloß Sorga gmacht. Von dera Apotheke in Peißaberg hot dia Chefin amol agrufa, dass es Probleme geit. Des hob i dr Netti gar it gsagt. Damit a Ruah isch. Dia Föhl war it ganz echt.«

»Nun ist sie tot, tut Ihnen das gar nicht leid?«, fragte Gerhard.

»Des hot so komma miassa«, sagte Bodenmüller nur und nahm einen kräftigen Schluck aus der Whiskypulle.

Die beiden Kommissare verabschiedeten sich, schärften dem Riesen nochmals ein, zur Identifizierung zu kommen und nett zu Netti zu sein. Sie gingen schweigend zum Auto, Evi setzte sich wieder hinters Steuer und fuhr los.

»Weißt du, was ich am wenigsten an unserem Job mag?«, fragte sie.

»Ja«, sagte Gerhard. »Es sind nicht die Toten, nicht die Leichen, es sind die Lebenden. All diese zerstörten Leben. Ich weiß, Bella, du hättest gerne eine bessere Welt. Aber es ist eine Scheiß-Welt, um mit Netti Paulig zu sprechen.«

Evi zog die Mundwinkel hoch. »Ja, es ist beklemmend, wie oft man das Wort Scheiße verwenden kann. Wie kann sich eine kluge Frau selber nur so runterwirtschaften? Die ist doch wahrscheinlich Mitte vierzig und sieht zehn Jahre älter aus, fünfzehn sogar!«

»Falsche Männer, wirtschaftliche Krisen, Alkohol – immer die gleiche kleine unbedeutende Geschichte.« Gerhard zuckte mit den Schultern.

»Bedeutend für Jacky!«, begehrte Evi auf. »Ich habe mir, als du auf dem Balkon warst, mal ihr ehemaliges Zimmer von Bodenmüller zeigen lassen. Furchtbar, das muss als eine Art Abstellraum gedacht gewesen sein. Es hat vielleicht sechs Quadratmeter und kein Fenster. Bodenmüller hat da jetzt 'nen Kicker drin, und Jackys Tierposter hängen noch an den Wänden. Vergilbte Poster von Meerschweinchen und Kaninchen. Die Ecken abgeschnitten, sie hat die Poster wahrscheinlich immer mit Tesa hingeklebt und beim Runtermachen die Ecken ruiniert. Sie hat die dann abgeschnitten und das Bild wieder neu befestigt. Ist das nicht traurig?«

Normalerweise hätte Gerhard jetzt einen ironischen Spruch abgelassen, was denn an Tesa so traurig sei, aber er verkniff es sich. Weil er Evi verstand, weil es wirklich traurig war, wenn die einzigen Freunde ein paar Poster waren. Die einzige Habe, die bedeutend gewesen war, Abbilder von Meersäuen.

»Also, fassen wir mal zusammen«, sagte er fast schroff. »Jackys Kindheit war wahrscheinlich kein Zuckerschlecken. Ihrem Vater ist sicher ab und zu die Hand ausgerutscht. Sie erlebt ihre Mutter in permanenter Verzweiflung und unter Druck. Die Mutter trinkt. Sie zieht in eine neue Stadt ...«

»... in der die Menschen sonderbar sprechen«, fiel Evi ein.

»In der die Menschen sonderbar sprechen und anders sind. Sie lebt erst bei einer Freundin der Mutter, dann bei Bodenmüller und kommt sich immer vor wie das fünfte Rad am Wagen. D'accord?«

»Ja, völlig. Und dann verliert sie mit dem Hund noch den einzigen Freund. Eine Tragödie und kein guter Start in ein erwachsenes Leben«, ergänzte Evi.

»Das nicht sehr lange gedauert hat. Jetzt müssen wir nur noch herausfinden, warum es so enden musste.«

»Wie ich Melanies Arbeitseifer kenne, wird sie uns schon einiges zu erzählen haben. Melanie ist richtig gut, oder?«, fragte Evi.

»Ja, ist sie, und unterstell mir nicht wieder, ich würde sie nicht schätzen«, erwiderte Gerhard, der sich öfter mal mit Evis Promotion für die Kollegin Kienberger konfrontiert sah. Er konnte einfach nicht so recht mit der Kollegin mit dem dicken Hintern, die wirklich sehr rührig war. Die immer versuchte, ihm alles recht zu machen. Vielleicht mochte er sie genau deshalb nicht. Außerdem lebte er getreu dem Allgäuer Motto: »Nix gsagt isch scho globt.«

Evi fuhr. Präzise und vorausschauend, wie sie auch lebte. Sie schwiegen, und Gerhard sah aus dem Fenster in die opulente Farbenpracht des Herbstes. Und er sah doch nur Jacky. Weil Morde an jungen Frauen stets mehr Beklemmung in sich bargen. Weil diese meist missbraucht worden waren, vergewaltigt, benutzt, weggeworfen – physisch oder psychisch. Tot war nicht gleich tot. Der Tod hatte andere Gesichter, wenn die Opfer schwach waren. Der Tod hatte eine hässliche Fratze. Am schlimmsten waren tote Kinder, niemand konnte damit umgehen. Gottlob war ihm das bisher erspart geblieben. Auch er drohte in eine seltsame Stimmung abzurutschen. Melancholie, Wehmut?

Er war froh, als sie in das in jeder Hinsicht kühle Büro kamen. Kurz darauf berief er ein Meeting ein. Er erstattete

Bericht über die familiäre Situation bei Paulig/Bodenmüller und hieß Felix Steigenberger die Alibis der beiden zu überprüfen.

Dann wandte er sich an Melanie. »Und, wissen wir sonst noch was über Jacqueline Paulig?«

»Ich habe einige ihrer Arbeitsstellen nach der Apotheke notiert und schon mal vorgefühlt.« Melanie las ihre Liste vor und fuhr fort: »Auf die Schnelle war überall rauszuhören, dass man sie für nicht ganz normal hielt. Es wird gemunkelt, dass sie ein Verhältnis mit dem Bauern hatte, bei dem sie wohnte.«

»Gut gemacht, Kienberger. Ein Eifersuchtsdrama oder so was. Na, das hört sich doch mal nach einem Klassiker an!« Gerhard hatte die Arme verschränkt und sich auf seinem Stuhl zurückgelehnt.

Evi lächelte ihn an. »Ich kenn einen, der ist so was wie mein Chef, und der hat mal gesagt, man dürfe dem Augenscheinlichen und Vordergründigen nicht trauen. Das wiederum hat er von seinem großen Vorbild Peter Baier.«

»Ja, danke für den Hinweis, Frau Kollegin. Sonst noch Ideen?«, fragte Gerhard.

»Na ja, alle fragen, ihre Arbeitsstellen abklappern, ihre Freunde ausfindig machen«, sagte Evi.

»Und wo fangen wir an, meine Beste?«

»In Peißenberg, würde ich sagen. In der Apotheke«, meinte Evi.

»Apothekers sind allerdings gerade auf der Gewerbeschau mit einem Stand vertreten. Die ist noch bis achtzehn Uhr offen«, fiel Melanie eilfertig ein, und sie deutete auf die Wanduhr, die jetzt sechzehn Uhr anzeigte.

»Auch das noch! Na dann, auf zur Gewerbeschau«, knurrte Gerhard, der solche Messen hasste. Enge Gänge, stinkende Leiber, nichts Vernünftiges zum Essen. Hunger hatte er nämlich auch, scheußlichen Hunger. Seit er so wenig schlief, fühlte er sich wie ein Vielflieger, der ständig am Jetlag litt. Schlafstörungen, verquollene Augen, Hungerattacken zur völlig falschen Zeit.

»Ihr checkt das noch mit den Alibis, und dann macht ihr mal Schluss«, sagte Gerhard zu Melanie und Felix. Er nickte Evi zu, und beide verließen das Büro. Als sie die Turnhalle, die als Messezentrum diente, erreicht hatten, saßen am Einlass Leute vom Roten Kreuz.

»Ham Se 'nen Ausweis?«, ranzte ihn ein junger Dicklicher an.

»Ja, 'nen Polizeiausweis«, giftete Gerhard zurück.

»Sie brauchen 'nen Ausstellerausweis, sonst drei Euro«, meinte der ungerührt.

»Und Sie brauchen gleich 'nen guten Anwalt!«, schrie Gerhard. »Sie behindern hier polizeiliche Arbeit, Sie, Sie …« Dann packte er Evi an der Schulter und stieß sie an den Typen vorbei.

»Himmel, Weinzirl!«

»Ich habe echt keine Zeit für den Schmarren.« Gerhard war jetzt schon so was von genervt. Echte Charmebolzen saßen hier am Eingang der Leistungsschau für Peißenberg. Das machte doch gleich mal Lust auf mehr. Der schweißige Geruch von Jahrzehnten von Stinkefüßen haftete der Halle an.

Auf den Rängen saß ein älteres Ehepaar, er im Janker, sie im Altdamenstrick, den man in einem Laden in Weilheim trefflich erstehen konnte, und die beiden waren eingekesselt. Von einer Steelband namens Pura Vida, die einen Lärm veranstaltete, dass das Hallendach bebte. Und dieses machte keinen so guten Eindruck mehr, zumal Gerhard wusste, dass gerade diese Halle nach der Reichenhall-Katastrophe sehr argwöhnisch beäugt worden war.

Er hingegen beäugte die Creme der Peißenberger Geschäftswelt: Da war diese Bücherdame, die ihm jüngst beim Einkauf eines Buches doch ziemlich überdreht vorgekommen war. Da war der Uhrmacher, der mit zunehmendem Alter auch immer exaltiertere Bart-Optiken in sein Gesicht zauberte. Er entdeckte zwei ewige Stänkerer der Opposition, die nette Frau vom netten Teeladen, den ehemaligen Leiter des Kulturvereins, wie immer mitten in einem Wortschwall. Er erklärte gerade jemandem die Welt. Und da war die Apothekerin, die gerade über den BMI referierte – sie war so was von dünn! Aus deren Mund klang wahrscheinlich der BMI eines Normalgewichtigen wie ein Verbrechen. Er würde seinen BMI nicht errechnen lassen und jedes Gespräch über Schüßler-Salze abblocken. Da konnte sich Evi betätigen. Er wollte einzig etwas über Jacky erfahren und dann so schnell wie möglich raus. Himmel, war das heiß hier! Nachdem er seine und Evis Polizei-Identität gelüftet und Frau Apotheker auf die stufenförmigen Sitzbänke der Sportarena gebeten hatte, kam er schnell zur Sache.

»Wir hätten einige Fragen zu einer ehemaligen Mitarbeiterin von Ihnen.«

»Ja?«

»Es geht um Jacqueline Paulig«, sagte Gerhard.

»Jacqueline?« Die Apothekerin überlegte kurz. »Ach ja,

das ist natürlich schon eine Weile her. 2002 war das, glaub ich.«

»Ja genau.« Gerhard sah sie durchdringend an.

»Ja und? Was wollen Sie 2007 deswegen von mir? Ist sie in Schwierigkeiten?«, fragte die Apothekerin in einem Ton, der ihm sagte, dass sie gerade gar keine Zeit hatte.

»Sozusagen.«

»Was heißt hier sozusagen? Es wäre schön, wenn Sie mir etwas konkreter sagen würden, worum es geht. Wenn Sie schon meine Zeit stehlen.«

»Sie ist tot.« Gerhard warf das so hin wie: Ich hätte gerne Aspirin.

»Tot? Um Gottes willen. Warum das denn?«

»Sie ist ertrunken. Sozusagen.«

»Schon wieder sozusagen? Ein Unfall?« Die Apothekerin sah Gerhard scharf an. »Wohl kaum, Sie sind von der Kripo. Ist sie, ich meine: Ist sie ...?«

»Ermordet worden? Nun, es gibt Anzeichen dafür, dass das kein Unfall war, und weil wir uns nun mal ein Bild von ihrem Umfeld machen wollen, würden wir nun wirklich gerne über Ihre kostbare Zeit verfügen.«

»Ja sicher, entschuldigen Sie meine Unhöflichkeit. Ist sie wirklich tot?«

»Ja.«

Die Apothekerin überlegte erneut. »Ich habe sie sicher seit einem halben Jahr nicht mehr gesehen. Sie hatte ein Magenmittel gekauft. Es war für uns beide etwas ungut, wir wussten nicht so recht, was wir reden sollten.«

»Und was hatten Sie für einen Eindruck von ihr?«

»Ach, sie wirkte auf mich eigentlich ganz positiv. Sie war

gebräunt, war schlanker, als ich sie in Erinnerung hatte. Sie trug eine Arbeitslatzhose. Ich hätte sie wahrscheinlich fragen sollen, warum sie die trägt, mich ein bisschen für ihr Leben interessieren. Aber ich habe es nicht getan.«

»Sehen Sie, wir wollen die Person Jacqueline Paulig näher kennenlernen. Also: Jacqueline Paulig hat bei Ihnen im Januar 2001 angefangen?«

»Ja, sie hatte sich beworben, hatte gute Zeugnisse und auch sonst einen guten Eindruck gemacht«, sagte die Apothekerin.

»Haben Sie sich nicht gewundert, dass sie so weit von ihrer Heimatstadt Kempten weggehen wollte?«

»Ja schon, aber sie war da sehr offen. Sie sagte, sie verstünde sich nicht so gut mit dem Freund ihrer Mutter und wollte etwas ganz Neues anfangen.«

Na ja, Peißenberg war ja vielleicht nicht das Traumziel einer jungen Frau. Sie hätte sich doch vielleicht besser in München oder Augsburg beworben.

»Warum Peißenberg?«, fragte Gerhard deshalb auch.

»Nun, sie wollte mehr in eine ländliche Region, hatte sie gesagt, sie sei nicht so der Stadtmensch.«

»Aber Sie haben sie dann bald wieder entlassen, oder?«, fragte Gerhard.

»Ja, am Ende der Probezeit.«

»Warum das?«

»Sie war zunehmend unzuverlässig, kam zu spät und machte Fehler.«

»Und haben Sie nicht mal nach den Ursachen geforscht?« Gerhard hatte seiner Stimme einen leicht provokanten Unterton verliehen.

Sie warf ihm einen warnenden Blick zu. »O doch! Ich habe versucht, mit ihr zu sprechen. Ich habe ihr Hilfe angeboten, falls sie Probleme hätte.«

»Hatte sie Probleme?«

»Nun, es sprach sich recht bald rum, dass sie nächteweise wach war. Sie war bis in die Puppen in Kneipen und ist danach noch auf den alten Stollenwegen spazieren gegangen. Unsere anderen Mitarbeiter haben sie gesehen, auch unsere Kunden. Alte Damen, die früh mit dem Hund rausgehen, haben sie getroffen, und es war offensichtlich, dass sie noch – nicht schon wieder – wach war. Mir wurde auch berichtet, dass sie öfter einen fast verwirrten Eindruck gemacht hätte, so als wüsste sie gar nicht, wo sie war«, sagte die Apothekerin.

»Alkohol? Drogen? Tabletten? Letzteres würde sich ja anbieten in einer Apotheke«, meinte Gerhard.

Die Frau sah ihn missbilligend an. »Ja, alle Apotheker sind tablettenabhängig, alle Ärzte nehmen Prozac, und alle Künstler saufen. So was in der Art?«

»Ich wollte Ihnen da jetzt nicht zu nahe treten. Es geht rein um Jacky.«

»Mir ist nichts aufgefallen, Alkohol hat sie definitiv gar keinen getrunken. Sie war eben sehr häufig in der Nacht unterwegs – ob unter Tabletteneinfluss oder zugekifft, das entzieht sich meiner Kenntnis.«

»Ja, okay, aber war das denn so schlimm mit der nächtlichen Aktivität?« Gerhard provozierte noch immer ein bisschen.

»Ja und? Na Sie sind gut! Das war sicher der Grund für das Verschlafen, die Fehler. Der Mensch braucht nun mal

Schlaf. Ich hab ihr versucht zu vermitteln, dass sie gerne am Wochenende tun und lassen kann, was sie will. Dass mich ihr Privatleben nicht interessiert, aber dass ich erwarte, dass meine Mitarbeiter wach und motiviert ihre Arbeit machen.«

»Aber da ließ sie nicht mit sich reden?« Gerhard klang nun wieder neutral.

»Doch, sie versprach, sich Mühe zu geben. Sie hätte eben Schlafstörungen. Ich habe ihr sogar ein leichtes Schlafmittel gegeben«, sagte die Apothekerin.

»Ja?«

»Sie war da sehr ablehnend, sie hatte Angst, abhängig zu werden. Das spricht auch gegen einen Abusus von Medikamenten. Es ging dann zwei Wochen etwas besser, und dann war alles wie vorher. Ich habe ihr sogar die Adresse einer Therapeutin besorgt.«

»Warum eine Therapeutin, bloß weil ein junger Mensch nachtaktiv ist? Da müssten fünfzig Prozent aller Studenten zum Therapeuten.« Gerhard fühlte sich müde und leer, und er hatte wirklich keine Muße, sich irgendwelchen Psychokram anzuhören. Er schlief zurzeit schließlich auch schlecht, brauchte er deswegen einen Therapeuten?

Sie ging auf seine Provokation nicht ein. »Vielleicht hätte ich mich selbst mehr kümmern müssen. Aber sie war eine Mitarbeiterin unter anderen. Mitten im Tagesgeschäft, mitten in den Bedürfnissen der Familie, wird es schwer, jedem Einzelnen immer gerecht zu werden. Aber in der Rückschau fällt mir auf, dass sie ein paarmal hinten aus der Giftküche«, sie lachte kurz, »also dort, wo wir Medikamente hergestellt haben, plötzlich rauslief. Ja, wirklich fast panisch rauslief.«

»Und haben Sie Jacky zur Rede gestellt?«

»Ja, ihr sei schlecht geworden, sagte sie nur.«

»Aber ihr wurde relativ häufig schlecht, nehme ich an«, sagte Gerhard und zog die Augenbrauen hoch.

»Ja, und so bitter das ist: Wenn ein erwachsener Mensch kein Hilfsangebot annimmt, was kann man da machen? Ich habe sogar drei Mal versucht, ihre Mutter anzurufen.«

»Versucht?«

»Ja, ich habe angerufen. Der Lebensgefährte der Mutter war immer dran. Hat gesagt, sie sei krank oder nicht da. Einmal wollte die Mutter zurückrufen, aber es ist nichts passiert.«

»Der Lebensgefährte, ein Herr Bodenmüller, hat ausgesagt, er wollte seine Freundin nicht aufregen. Sie hätte genug Ärger mit dem Mädchen gehabt«, erklärte Gerhard und fuhr fort: »Und dann haben Sie Jacky letztlich entlassen?«

»Ja, wir konnten nicht anders. Auch wegen der anderen Mitarbeiter, die sich bemühen. Was wäre das bitte für ein Signal an die anderen gewesen, wenn wir sie behalten hätten?«

»Wissen Sie, was aus ihr dann wurde?«

»Ja, sie hat eine Zeit lang bei der alten Frau Jocher gelebt, das hat mich beruhigt.«

»Frau Jocher?«

»Eine Kundin von uns, eine sehr ungewöhnliche alte Dame. Fit wie ein Turnschuh und glasklare Gedanken. Sie lebt jetzt allerdings im Altersheim in Schongau. Wo Jacky dann hin ist, wie gesagt, keine Ahnung.«

Gerhard verabschiedete sich, nickte Evi zu, die mitgeschrieben hatte, und als sie wieder auf der Alpspitzstraße standen, atmete er tief durch. »Wie kann man so eine Schau bloß freiwillig besuchen?«

»Den Leuten gefällt das. Ist doch ein netter Treffpunkt. Du wirst allmählich ein menschenscheuer Grantler, Weinzirl. Falls das deine Adaption oberbayerischen Charmes sein soll, na danke schön.« Evi verzog unwillig die Mundwinkel.

»Ich war immer schon so. Ich habe Menschenaufläufe und Stinkefüße seit jeher gehasst.«

»Und Frauen wie Frau Apotheker? Zu dünn? Zu akademisch? Du warst ganz schön unfreundlich und zynisch.«

»Du hättest ja auch was fragen können in deiner Güte und Wärme«, ranzte er sie an.

Evi klang nämlich ziemlich oberlehrerhaft, fand Gerhard. Sie hatte in dem Punkt andererseits natürlich recht, der ganze Tag heute war aus dem Ruder gelaufen. Und er hatte Hunger, bohrenden Hunger. Nachdem Evi seine Attacke einfach ignoriert hatte, fragte er etwas sanfter: »Und was meinst du nun zu dieser Aussage? Wer war Jacky?«

»Ein Mädchen mit einer beschissenen Kindheit. Herumgestoßen. Der Vater läuft weg. Die Mutter trinkt zu viel. Sie gibt sich die Schuld dafür. Kinder tun so was. Leider. Ihre schwache Mutter lebt mit einem neuen Freund zusammen, der mit Jacky nicht auskommt. Ihre Mutter entfernt sich noch weiter, und Jacky gibt sich wieder die Schuld dafür. Sie versucht Fuß in einem Job zu fassen, das misslingt ihr. Ein Teufelskreis. Das Mädchen hätte professionelle Hilfe gebraucht.«

»Ach Evi, ich weiß nicht. Da bräuchten fünfzig Prozent der Menschheit Hilfe. Wieso müsst ihr Weiber immer alles gleich psychologisieren? Diese Jacky hatte sicher Pech als Kind, aber sie war unreif, hat einfach nicht kapiert, dass Arbeit eben auch Verantwortung bedeutet. Das ist doch kein Einzelfall bei den Kids heute. Wir können doch nicht bei allen Loosern immer die Eltern und die Gesellschaft haftbar machen. Ich ruf doch nicht gleich den Therapeuten, wenn eine ein bisschen Party macht.«

Evi schenkte ihm einen merkwürdigen Blick. »Ich setze dich bei Toni ab. Du hast Hunger, und für einen seiner Busenfreunde hat Toni sicher auch schon um halb sechs Nahrung. Ich fahr jetzt nach Hause. Mir reicht es. Du reichst mir.«

Eigentlich hätte Gerhard ja etwas sagen wollen. Aber er spürte, dass Schweigen in dem Fall wirklich Gold war. Es war sich durchaus bewusst, dass er verdammt voreingenommen in den Fall eingestiegen war. Wahrscheinlich war er einfach von zu vielen Frauen umgeben. Tote Frauen, lebende Frauen, lebendige Frauen. Er war umzingelt von deren komplizierten Theorien über das Leben. Frauen hatten immer Theorien und einen unendlichen Erklärungsbedarf zu allem, was sie selbst taten, mehr noch hatten sie den Bedarf, das zu erklären, was andere taten – was Männer taten. Frauen waren immer auf der Suche nach Rezepten, wo das Leben doch so einfach war. Schlafen, wach sein, essen, trinken, sterben. Manche starben früher – so wie Jacky.

Als er bei Antonios Zacheriodakis, vulgo und bayerisch Toni, im Dionysos an der Theke saß und sich in ein extragroßes Gyros und sein Weißbier vertieft hatte, ließ die Anspannung langsam nach. Er wählte erneut Kassandras Nummer und hörte wieder nur, dass der Teilnehmer vorübergehend nicht erreichbar sei. Wie lange war eigentlich vorübergehend? Er hätte vielleicht bei der Schwester anrufen können, aber er wusste ja nicht mal deren Namen. Er wusste, dass diese mit einem Patentanwalt verheiratet war und immer das *good girl* gewesen war im Gegensatz zum schwarzen Schaf Kassandra.

Keiner sprach ihn an, ein, zwei frühe Abendgäste nickten ihm lediglich kurz zu. Auch das war etwas, was Frauen nie verstanden. Den gewichtigen Wert des Kneipenschweigens. Und den Wert der schlechten Freunde: In seiner Ausbildungszeit im verhassten Augsburg hatte sein Kumpel Matthias auch dort studiert, und sie hatten sich unregelmäßig getroffen: zum Tütenbauen, Billard und Kickern. Irgendwann hatte ihn Matte mal nach seiner Adresse gefragt, und Gerhard war völlig konsterniert gewesen. Da wohnten sie seit einem halben Jahr in derselben Stadt, und sein bester Kumpel wusste nicht mal seine Adresse und Telefonnummer. Genau das hatte er Matte auch vorgeworfen mit dem Zusatz: »Na, du bist mir mal ein toller Freund!« Der Konter war einer der Sätze, die ihn sein Leben lang begleitet hatten und begleiten würden: »Ich erwarte von dir, dass du mir hundertprozentig hilfst, wenn mir einer in der Kneipe ein Messer an die Kehle hält. Ich will sicher sein, dass du mich in Bukarest oder Budapest oder sonst wo abholst, wenn ich dich anrufe, ohne Frage nach dem Warum. Wo du wohnst, ist mir scheißegal, auch dass wir uns mal monatelang nicht sehen. Okay, ich bin ein schlechter Freund. Such dir gute Freunde, oder leb mit den schlechten.«

Gerhard lebte mit den schlechten, mit den Jungs, die er maximal dreimal im Jahr sah und die er auch in Timbuktu abgeholt hätte. Sie waren sein Halt, sein loser Faden, und das genügte ihm vollkommen.

Er lehnte Tonis Ouzo ab und trank stattdessen einen extrastarken griechischen Kaffee. Er orderte die Rechnung, die wie immer ein Toni-typischer Schätzwert war, der weit unter den Preisen auf der Speisekarte lag.

Gerhard sah auf die Uhr über Tonis Küchentür. Es war noch früh am Abend, und ältere Leute schliefen doch sowieso wenig. Er hatte das Gefühl, diese Frau Jocher sprechen zu müssen.

»Leihst du mir dein Auto?«, fragte Gerhard.

»Klar«, sagte Toni und warf ihm den BMW-Schlüssel zu.

Na, das war doch mal ein anderes Fahrgefühl als mit dem alten Bus! In der Hohenwarter Kurve quietschten die Reifen und übertönten das Geheule von Tonis Griechensound. Gerhard drückte so richtig drauf und jagte regelrecht über die Umgehung und wurde erst innerorts langsamer, als diese formschöne evangelische Betonkirche auftauchte. Langsam fuhr er durch das Stadttor und überlegte einmal mehr, wie hübsch dieses Schongau eigentlich war, wie nett es sein müsste, mal vor dem Ballenhaus in der Sonne zu sitzen – wenn man denn Zeit hätte. Im Heilig-Kreuz-Altersheim löste er zwar eine gewisse Verwunderung aus, dass er jetzt noch zu Frau Amalie Jocher wollte, aber man ließ ihn zu ihr.

Frau Jocher hatte ein Zimmer im Erdgeschoss, dessen kleine Terrasse in eine Wiese überging, die ihrerseits an der Stadtmauer endete. Eigentlich echt romantisch.

»Da haben Sie es aber schön«, sagte Gerhard deshalb auch, nachdem er sich vorgestellt und erklärt hatte, weswegen er hier war.

»Papperlapapp. Lauter alte Leute um mich herum.«

»Aber das Zimmer ist doch hübsch.«

»Nonsens. In der Kirchstraße hatte ich eine schöne Wohnung. Mit meinem Mann, Joschi Jocher. Lustiger Name, nicht wahr? Ist schon vor zwanzig Jahren gestorben, der Gute. War immer ein bisschen indolent.«

»Aber Essen müssen Sie sich jetzt keins mehr kochen.« Gerhard kam sich ziemlich dämlich vor, aber Altersheime bedrückten ihn einfach.

»Hab ich sowieso nicht mehr gemacht, seit der Bub gestorben ist. Ich brauch nicht so viel. Ab und zu bin ich in die Blaue Traube oder in diesen kleinen Biergarten an der Mauer. Heißt jetzt Garibaldi.«

»Der Bub?«

»Ja, mein Sohn. Er ist mit einundsiebzig im Frühjahr 2002 gestorben. Ja nun, er war immer ein Problembub. Stirbt vor der Mutter.«

Gerhard musste grinsen. Na, diese Dame war eine echte Marke, und sie war vierundneunzig, wie er in Erfahrung gebracht hatte. Er lächelte sie an. »Und dann hat Ihnen die Jacky eine Weile geholfen?«

»Ja, oder ich ihr.«

»Wie muss ich das verstehen?«

»Sehen Sie, das Mädchen hat doch die Stelle in der

Apotheke verloren, und da habe ich mich ihrer etwas angenommen. Ich habe ihr angeboten, bei mir zu wohnen, bis sie etwas anderes gefunden hat.«

Frau Jocher hatte einen ganz reizenden Von-drieben-rieber-Akzent, und Gerhard begann Spaß an dieser Unterhaltung zu bekommen. »Aber woher kannten Sie Jacky überhaupt?«

»Junger Mann, von der Apotheke natürlich.«

»Entschuldigen Sie, Frau Jocher. Aber die Apotheke war in Peißenberg.« Gerhard runzelte die Stirn.

»Eben. Mir haben die Apotheken in Schongau und Peiting nicht gefallen. Die Bahnhofsapotheke schon. Und in Peißenberg wohnt auch meine letzte Freundin. Alle anderen sind längst verstorben.«

»Und wie sind Sie da hingekommen?«

»Mit dem Bus oder dem Rad, junger Mann.«

»Rad? Bis Peißenberg?«

»Ja, was meinen denn Sie? Glauben Sie, wir wurden auf Sänften getragen, als wir aus dem Egerland vertrieben wurden? Und was glauben Sie, wie ich zu meiner ersten Arbeitsstelle von Steingaden nach Schongau kam? Mit dem Rad.«

»Respekt!«

»Papperlapapp. Das waren andere Zeiten.«

Von dieser kleinen, zierlichen Frau ging eine solche Ruhe und Kraft aus, dass Gerhard sich auf einmal so viel besser fühlte als all die verkorksten Tage zuvor. »Und die Jacky? Wie kamen Sie mit ihr ins Gespräch?«, fragte er.

»Ich kannte sie von der Apotheke. Dann sah ich sie einmal an der Bushaltestelle. Sie hatte geweint wegen der

Kündigung. Und bei mir war ja Platz. Und einsam war es auch, weil der Bub ja weg war.«

»Und wie ging das dann weiter?«

»Ach, ich habe sie in Ruhe gelassen. Das Mädchen war ein ganz armes Luder. Aus der alten Heimat herausgerissen. Ich weiß, wie das ist. Die Mutter war kalt, sie fand da keine Wärme. Das Mädchen hatte überhaupt kein Selbstvertrauen, dabei war sie hübsch und gar nicht dumm.«

»Sie war sehr oft in der Nacht unterwegs, habe ich gehört«, meinte Gerhard.

»So«, sagte Frau Jocher nur.

»Ist Ihnen das nicht aufgefallen?«

»Ja und? Junger Mann, werden Sie so alt wie ich. Da schläft man auch nicht in der Nacht. Ich stricke, oder ich schaue fern, aber da kommt ja nur noch Sex. Eine arme Zeit, traurige Menschen – diese Welt hat keine Geheimnisse mehr. Alles ist heute nackt.«

»Und wieso ist Jacky bei Ihnen dann weg?«

»Weil meine Tochter Ende 2003 fand, dass ich in ein Heim sollte. Weil sie die Wohnung wollte.«

»Und Sie sind einfach gegangen?«

»Sie wird in der Wohnung nicht froh. Ich spuke da von Zeit zu Zeit ein bisschen.« Frau Jocher lächelte verschmitzt und fuhr fort: »Und Sie haben ja recht. Es ist doch ganz unterhaltsam hier. Es kommen immer die Stadtführungen vorbei, und zudem rede ich viel mit dem großen geschnitzten Christus. Der ist 1994 vom Pürschling zu uns runtergezogen. Ich meine, wenn der Heiland vom Berg kommt, kann ich auch hier wohnen.«

»Und Jacky, die stand dann wieder auf der Straße?«

»Nein, ich habe ihr noch eine Arbeit besorgt. Bei der Flößerstube.«

»Es hat dort aber leider nicht geklappt mit der Jacky.«

»Ja, wenn's einmal in einem Leben hakt, dann bleibt der Wurm drin. Sie war ab und zu noch bei mir zu Besuch.«

»Und hat sie Ihnen denn mal was aus ihrem Leben erzählt?«

»Dass es beim Erhard-Bauern recht gut passt und dass sie da auf jeden Fall und unbedingt bleiben wird.«

»Aber nun ist sie tot.«

»Ja, viel zu früh! Sie war ein gutes Mädchen. Aber bei manchen klappt es nicht, weil auf manchen Menschen ein Fluch ruht.«

Als Gerhard sich verabschiedet hatte, nicht ohne Frau Jocher zu versprechen, mal wieder vorbeizukommen und ihr Edle Tropfen in Nuss mitzubringen, war er fast so was wie glücklich. Wenn man so altern durfte, war die Aussicht ja doch nicht so trübe. Allerdings wusste er immer noch viel zu wenig über die Ermordete. Aber Frau Jocher hatte mit so viel Wärme von dem Mädchen gesprochen, dass sie wohl doch nicht einfach nur eine Rumtreiberin gewesen sein konnte. Als er wieder bei Toni ankam, war der Laden nahezu leer.

»Soll ich dich schnell heimfahren?«, fragte Toni.

»Wenn das geht.«

»Sicher, ist ja noch nichts los.«

»Wohin?«

»Nach Tankenrain. In meine Wohnung. Geht das?«

»Klar.«

Toni nahm den illegalen Weg an der Moosmühle und dem Segelflugplatz vorbei zum Hahnenbühl. Er grinste. »Hab ja die Polizei im Auto. Neuer Fall?«

»Ja.«

»Ja dann.«

Toni hatte ihn aussteigen lassen und war Richtung Weilheim davongefahren. Gerhard überquerte die Straße, ein Fall für Abenteurer oder Suizidkandidaten. Die rasten wie die Irren hier. Er wunderte sich, dass die Katzen seiner Vermieter noch nicht platt gefahren waren. Jetzt sorgte er sich schon um Katzen. Dieses Landleben mit den Tiermädels allerorten tat ihm nicht gut. Sarah, die Tochter seiner Vermieter, war ja auch so ein in Tiere vernarrtes Exemplar, und just als er den Hof betrat, kam sie ihm entgegen. Sie war mal wieder in langen Rock und Mieder gewandet, mal wieder auf dem Weg zu irgendeinem Mittelalter-Event. Sie war mittelaltersüchtig und hatte ein Faible für Spielmänner. Dass diese Begeisterung weniger der Musik galt, sondern anderen Qualitäten, hatte sie ihm durchaus mal ganz offen erzählt. Himmel, warum konnte er kein Instrument oder ließ sich lange Haare wachsen? Er wünschte ihr viel Spaß, und als er ihrer Gestalt in diesem provokanten Mieder nachsah, war er sicher, dass sie den Spaß haben würde. Leider nicht mit ihm.

Er rief sich zur Räson. Er könnte fast ihr Vater sein, er war mit Kassandra zusammen – oder so. Kassandra! Er versuchte es erneut, und schließlich wählte er die Nummer in der WG. Dort ging nach einmal Läuten der AB dran. Gerhard war froh darüber. »Hallo, ich wollte mich mal melden. Meldet ihr euch halt mal.« Dumme Aussage, wo er doch wusste, dass nur Jo zu Hause war. Dumm und so unverbindlich wie die Zeitansage. Das Weißbier, das er aufmachte, schmeckte schal.

Er schlief früh ein, schlief sogar mal gut, erwachte früh, lief eine Runde im Wald und spürte, dass er langsam wieder vom Zombie zum Menschen wurde. »Pack mers!«, rief er seinem Spiegelbild beim Rasieren zu und wollte gerade ins Büro fahren, als sein Handy läutete. Es läutete wirklich, er hatte so einen Nostalgie-Ton eingespeichert, weil ihn die ganzen sonstigen Klingeltöne, Geräusche und Musikstücke extrem nervten. Es war Jo, und das hatte er geahnt. Sie hatte die Mailbox erst heute früh abgehört und war Jo-like natürlich kaum mehr zu bremsen. Ein Wortschwall ergoss sich über ihn, bezüglich Kassandra, die weggefahren war, woran er schuld sei. Bezüglich der Leiche, über die Jo alles wissen wollte. Jo kannte das Mädchen, sie hatte mal im Tourismusverband gearbeitet. Gerhard bemühte sich um Objektivität und konnte Jo erst dann bremsen, als er ihr sagte, er müsse sie sowieso offiziell befragen. Es folgte noch eine weitere Rüge wegen Kassandra, dann hatte er aufgelegt. Eigentlich hätte er Jo wegen Kassandras Schwester fragen können, Jo hatte sicher eine Telefonnummer in Freiburg. Jo wusste doch immer alles.

»Alles altert und verjüngt sich wieder. Warum sind wir ausgeschlossen vom schönen Kreislauf der Natur?«

HÖLDERLIN, HYPERION

3.

Gerhard ging im Büro erst mal zu Evi. »Und, Magen voll? Laune besser?«, fragte die, ohne den Kopf zu heben.

»Ja, entschuldige. Der ganze Tag gestern hat mich auf dem falschen Fuß erwischt.«

»Tage können einen nicht auf Füßen erwischen.« Evi war anscheinend noch nicht bereit, ihm zu vergeben.

»Ja, Frau Germanistin. Sorry, Entschuldigung, Pardon, ich war gestern einfach nicht so ganz fair.«

»Ja, unfair, launisch und ein Grantler! Aber wenn du jetzt mal deine Lauscherchen aufmachen möchtest: Ich habe gerade mit der Gerichtsmedizin telefoniert.« Sie lächelte.

»Das ging aber schnell.«

»Ja, die haben das tatsächlich gleich gestern noch erledigt. War gerade wenig los in den Kühlschränken, wie sich die Frau Doktor auszudrücken pflegte.« Evi schüttelte den Kopf.

»Mediziner! Und was hat sie gesagt?«, fragte Gerhard.

»Nun, Jacky ist ertrunken. Ein genauer Bericht folgt. Todeszeitpunkt etwa drei Uhr. Wie ich dem Fachchinesisch entnehmen konnte, sind sich die Gerichtsmediziner da vollkommen sicher – wohl wegen des Wassers in der Lunge. Und nun kommt es: Die Pathologin, mit der ich gesprochen habe, hat noch mehrere Kollegen zugezogen, und die sind sich alle einig, dass sie sozusagen quasi zweimal ertränkt wurde. Keine Ahnung, mit welchen Finessen die so was rausfinden können.«

»Bitte?« Gerhard war zumindest jetzt hellwach.

»Ja, es sieht folgendermaßen aus: Einmal konnte sie sich wohl noch wehren. Ist dem Angreifer entkommen. Und beim zweiten Mal hat er sie dann eben doch erwischt. Unter Wasser gedrückt, bis sie starb. Sie wurde nicht vergewaltigt, hatte auch länger schon keinen Verkehr mehr, es wurde kein Sperma gefunden. Kein Alkohol. Keine Drogen. Keine Tabletten.«

»Sonstige Spuren?«

»Keine verwertbare DNA, wenn du das meinst. Nichts unter den Fingernägeln oder so. Keine Fingerabdrücke, da hat die kurze Zeit im Wasser auch schon genügt, Spuren zu tilgen. Und um deiner Frage zuvorzukommen: Auch die Spusi hat nichts oder eben eine Lebensaufgabe. Wie du das sehen willst. Es gibt natürlich Hunderte von Spuren, Fußabdrücke, Fahrradreifen. Wir reden hier von einem Kurpark in der Hauptwandersaison.«

»Gar nichts, was uns nutzt?«, fragte Gerhard.

»Doch, ein kleiner Hoffnungsschimmer: Sie haben einige Holzspreißel gefunden«, sagte Evi.

»Holzspreißel? Wo?«

»An den Fingern und an den Knien«, sagte Evi.

»Öha, das ist interessant. Denkst du, was ich denke?«

»Ja, sie könnte auf einem Boot gewesen sein, oder?« Evi sah ihn aufmerksam an.

»Ja, das könnte sie. Oder sie hat sich sonst wo einen

Schiefer eingezogen.« Sich einen Schiefer einziehen, eine treffliche Beschreibung für anecken, für unangenehm auffallen. Das klang hier so zynisch. Das Mädchen hatte sich mehr als nur einen Schiefer eingezogen, es war tot. Mausetot und leichenblass und ermordet. Gerhard straffte die Schultern. »Sie könnte auch irgendwo im Holz gearbeitet haben, Daxenprügel geputzt haben …«

»Was geputzt haben?« Evi runzelte die Stirn.

»Ach Evi, aus dir wir nie eine Landfrau! Daxenprügel, Äste, an denen die Daxen noch dran sind.«

»Danke, das hilft mir ungeheuer weiter.« Evi schüttelte den Kopf.

»Egal, da fehlt's weit nei, dir das Wesen der Forstwirtschaft zu erläutern. Bei dir kommt die Wärme aus dem Heizkörper, das genügt dir, oder?«

»Ja, und der Strom kommt aus der Steckdose. Himmel, Weinzirl, führen wir jetzt eine Energiediskussion? Oder bleiben wir bei den Spreißeln?«

Gerhard verdrehte die Augen. »Herzblatt, aber ja. Sie war im, am, um das Holz herum oder auf einem Boot oder einem Steg oder irgendwo, wo's holzig herging. Kann man die Spreißel näher untersuchen? Altes Holz, neues?«

»Sie sind dran«, sagte Evi in leicht genervtem Ton.

»Gut, so lange suchen wir das Boot, und dann haben wir vielleicht den Mörder.« Gerhard grinste.

»Wenn das nur so einfach wäre!«

»Der Soiener See ist ja nicht gerade der Chiemsee, Evilein, auch nicht der Bodensee. So viele Boote gibt es da ja wohl kaum. Ein paar private vielleicht? Und ein paar Leih-Ruderboote beim Fischerhäusl.«

»Ja, aber auch ein Boot kann man verschwinden lassen«, rief Evi.

»Evi, du Unke! Mag ja alles sein, lassen wir die Schilfzone durchsuchen. In der Kürze der Zeit wird es kaum einer aus dem Wasser gehoben und abtransportiert haben, oder?«

»Möglich ist alles«, sagte Evi, die eben doch unken wollte.

»Klar, aber irgendwo müssen wir doch anfangen. War sonst noch was?«

Evi schenkte ihm einen dramatischen Augenaufschlag. »Das Mädchen hatte wohl wirklich massive Probleme. Die Gerichtsmedizinerin hat tiefe Abschürfungen am Ansatz ihres rechten Zeigefingers gefunden.«

»Ja und?«

»Jacky war Rechtshänderin!«

»Hast du gerade deine drolligen fünf Minuten? Evis lustige Ratestunde? Das Mädchen hatte massive Probleme, weil sie Rechtshänderin war oder weil sie einen Kratzer am Zeigefinger hatte?« Gerhard legte die Stirn in Dackelfalten, na, der Tag begann ja schon wieder gut.

»Männer!«, rief Evi. »Den männlichen Kollegen der Pathologin ist das auch nicht aufgefallen. Jacky hat sich den Finger in den Hals gesteckt. Sie litt an Bulimie und wohl von der übelsten Sorte. Ihre Magenschleimhaut war komplett im Eimer, ihre Speiseröhre auch schon sehr in Mitleidenschaft gezogen. Sie muss sich wohl über Jahre hinweg mehrmals täglich übergeben haben.«

»Bulimie?«

»Ja, Ess-Brech-Sucht. Ein großes Problem bei jungen Frauen, so wie Magersucht auch. Die Mädels essen, denken, sie werden zu dick, und führen absichtlich Erbrechen herbei. Bulimie ist meist auch ein Anzeichen für psychische Probleme und für mangelndes Selbstwertgefühl. Es gibt bei einigen auch diese Tendenz, sich selbst Schaden zuzufügen. Jacky Paulig war eine sehr unglückliche junge Frau«, sagte Evi.

Sich selbst den Finger in den Hals zu stecken? Das war pervers, und selbst Gerhard, den die ganze Psychokacke, wie er das auch heute für sich nannte, eher abschreckte, war überzeugt, dass solches Verhalten wirklich pure Verzweiflung sein musste. Kotzen, Reihern, Speien – das war ja wohl das Unwürdigste, was es gab. Auf Knien vor der Kloschüssel, das pure Elend, und in seinem Leben waren das zwei oder drei der übelsten Tage gewesen, als er in so eine Position gezwungen worden war.

Weil er so lange geschwiegen hatte, kam von Evi: »Lädst du gerade deine Munition für eine deiner legendären Reden gegen alles, was mit der Psyche zu tun hat, deren Existenz du ja gerne leugnest?«

War er wirklich so ein Arsch? Gerhard war betroffen, ließ sich das aber nicht anmerken.

»Nein, Evi, ich bin mir dessen bewusst, dass man so etwas nicht unterbewerten sollte. Wir haben eine zutiefst verletzte junge Frau, die beschissen aufgewachsen ist. Die entwurzelt war. Die ermordet wurde. Deren Leben kurz war und nicht mal schön. Danke, Evi, das habe ich alles begriffen!«

Evi schluckte.

»Ruf mal bei diesem Fischerhäusl an, wegen der Boote.« Gerhard wandte sich ein paar Unterlagen auf seinem Tisch zu.

Als Evi den Raum verlassen hatte, lehnte er sich in seinem Stuhl zurück. Seine Augen glitten über die Bilder des Mädchens, die auf eine Stellwand gepinnt waren. *Jeanny, quit living on dreams, Jeanny, life is not what it seems ...* Auch er hatte dieses Video vor Augen und den Sound im Ohr, den Skandalsong der Achtziger, er war definitiv Generation Falco. *Drah di net um, der Kommissar geht um ...* Hätte er damals gewusst, dass er mal Hauptkommissar sein würde, Leiter einer Mordkommission? Nachfolger des legendären Peter Baier, der vor einem Monat in Pension gegangen war? Dass er sozusagen eine Karriere machen sollte? Nein, Anfang der Achtziger war er bester Kunde im Pegasus und im Oberwang gewesen und, was die Kunst des Tütenbauens betraf, der Held in Willofs. In den Polizeijob war er irgendwie reingeschlittert, und er hatte seine Karriere nie bewusst vorangetrieben. Manchmal, als junger Mensch, hatte er die beneidet, die schon lange vor dem Abitur genau gewusst hatten, wohin ihr Weg sie führen musste. Die ihren Abiturschnitt aktiv nach oben korrigieren konnten. Oder nein, beneidet hatte er sie nie, Neid war eine Regung, die ihm gänzlich fremd war. Er hatte sie mit Interesse beobachtet. Wie Außerirdische. Er hatte nie nach oben gebuckelt und nach unten getreten. Er hatte gänzlich unaktiv Karriere gemacht, eher so beiläufig, und der Dummheit, Ignoranz und Arroganz, die ihm auf dem Weg nach oben begegnet waren, hatte er seinen schrulligen Humor entgegengesetzt. Seine Bewerbung nach Weilheim war ja auch mehr ein Versuchsballon gewesen – aber einer, der wohl steil hochgestiegen war. Drum war er nun hier. Gerne hier. Wie hatte seine Mutter kürzlich mal gesagt: »Mei, Bua, dass du so eabbas schaffsch, des het i fascht nimma glauba mega. Aber mit de Wieber miasset halt au amol was passiera. Du wirsch amol a geschpässiger Junggsell. Wie dr Onkel Alfons.« Die gute Mama! »A Ma brucht a Wieb, so uifach isch des.« Aber das mit den Frauen war eben alles andere als einfach! Er hatte Evi gar nicht näher treten hören, und als die sich räusperte, fuhr er hoch.

»Ja?«

»Dieser Wirt von dem Seekiosk sagt, ihm würden zwei Boote fehlen. Das ist ja ein echtes Herzchen. Während er mit mir telefoniert hat, hat der jemanden zusammengeschnauzt, der wohl zum Brotzeitteller noch ein Stück Brot wollte. Der Typ hat allen Ernstes fünfzig Cent extra verlangt. Und dann wollte er bei mir gleich mal Anzeige erstatten, gegen Gott und die Welt. Gegen Bayersoien und alle, die da gehen und wandeln. In einem Ton, da legst du die Ohren an!«

»Evi, Kritik aus deinem zarten Munde!« Gerhard grinste. »Aber wieso zwei Boote?«

»Ja, gute Frage, was denkst du?«

»Dass die mondsüchtige Schlafwandlerin Jacky auf den See gerudert und der Mörder ihr gefolgt ist.«

»Woher willst du wissen, dass sie mondsüchtig war? Hast du 'ne Ahnung von echtem Somnambulismus? Bei Schlafwandlern ist das Bewusstsein sozusagen noch am Schlafen, der Körper schon wach. Schlafwandeln ist im Prinzip eine REM-Schlafstörung, eher ein neurologisches Problem.«

»Ich verbeuge mich vor deinem Wissen, meine Beste«, sagte Gerhard. »Ich hab das so dahingesagt. Selbst wenn sie mondsüchtig gewesen wäre, wäre das eine schlechte Nacht gewesen, denn die war wolkenverhangen, ja eher zappenduster. Es wurde erst gegen fünf Uhr besser, die Wolken haben sich verzogen.« Das zumindest wusste er, weil er schlaflos mehrmals aus dem Fenster gesehen hatte. »Aber zwei Boote auf einem winzigen See, vielleicht hat ja doch jemand etwas beobachtet. So eine Seeschlacht zu Soien, das muss doch jemand gesehen haben.«

»Weinzirl, da ist der tote Hund begraben. Unsere Leute waren doch schon überall. Auch dieser streitbare Wächter des Sees, dieser Wastl-irgendein-Nachname-mit-'nem-Baum hat nichts gesehen. Und mit spät heimkehrenden Discogängern schaut es auch schlecht aus. Wir haben den Barkeeper vom Parkhotel gefragt, die letzten Gäste im Vino, und da haben wir es!« Evi lächelte triumphierend.

»Was haben wir?«, fragte Gerhard.

»Ein Mädchen – dunkel, hübsch, vielleicht nicht gerade Einsteins legitime Nachfolgerin –, das ab und zu ins Vino geht, war gegen acht Uhr mit dem Radl auf der Dorfstraße unterwegs. Sie meint, sie hätte Jacky aus einem Jeep bei Auto Henritzi aussteigen sehen.«

»Meint?«

»Ja, sie war sich nicht ganz sicher, ob es wirklich Jacky war. Sie kannte Jacky auch nur flüchtig«, sagte Evi. »Jedenfalls ist ein Hund aus dem Auto gesprungen und um sie rumgehüpft. Daraufhin kam ein Mann aus dem Auto und prügelte den Hund richtiggehend wieder rein.«

»Was für ein Mann? Was für ein Hund?«

»Sie hatte keine Ahnung.«

»Oje! Ja, und das Auto? Jeep, sagte sie?«

»Ja, aber unter Jeep verstand sie einen Geländewagen,

welche Marke das war, das wusste sie nicht. Bei der Farbe war sie sich mit Grün recht sicher.«

»Und bestimmt hat sie die Nummer notiert?«, fluchte Gerhard.

»Klar, du weißt doch, wie das ist bei Augenzeugen. Wie die drei Affen. Das Kennzeichen sei kein GAP gewesen und ziemlich sicher kein WM, aber was es dann war: Fehlanzeige.«

»Prima, wir fahnden nach einem Geländewagen in Grün von allen Marken, die's so gibt. Und als grandiose Hilfestellung wissen wir immerhin, dass er nicht im Landkreis Garmisch und nicht in Weilheim-Schongau zugelassen ist. Toll! Manchmal hasse ich unseren Job«, stöhnte Gerhard.

»Zumindest wissen wir aber, dass Jacky gegen acht in Bad Bayersoien war. Ab da verliert sich ihre Spur. Ab dann hat sie keiner mehr gesehen. Toter als tot, diese Gegend.«

»Hmm, und todbringend, zumindest für Jacky. Wir werden jetzt mal systematisch alle befragen, die etwas mit ihr zu tun hatten. Beginnend bei ihrer letzten Adresse. Wissen die von ihrem Tod?«, fragte Gerhard.

»Sicher, das ist doch die Sensation zwischen Schongau und Oberammergau. Die geheimnisvolle Tote am See«, sagte Evi.

»Ja, sonst springt man hier ja eher von der Brücke oder erhängt sich im Kuhstall.«

»Gerhard, das ist elendiglich zynisch!«

»Allmächt, meine Beste, das ist es. Zynisch wie das Leben. Also, hat jemand mit denen geredet?«

»Ja, natürlich. Als Erstes. Jacky ist am Morgen nicht zur Stallarbeit erschienen. Das Geschwisterpaar war nur bedingt besorgt, weil sie eben gerne mal nachts spazieren gegangen ist. Und als Felix und Melanie bei denen aufgetaucht sind, wussten sie bereits von einer Toten im See.«

»Und wie haben die ihren Tod aufgenommen?«, fragte Gerhard, den es wurmte, dass er nicht selbst hingegangen war. Diese ersten Reaktionen waren immer sehr aufschlussreich. Aber Felix Steigenberger fehlte jedes Gespür, und bei Melanie war er sich da auch nicht so sicher.

»Verhaltene Trauer, haben die Kollegen gesagt. Keine Leute, die ihre Emotionen zur Schau tragen. Melanie hatte allerdings den Eindruck, dass die beiden nicht überrascht genug waren«, berichtete Evi weiter.

»Aha, und sonst? Irgendwas Verdächtiges?«

»Nein. Aber sie haben auch mit einer Bäuerin gesprochen, bei der Jacky vorher noch gewesen ist, bevor sie zu den Erhards ging. Die sagte auch, dass Jacky bei den Erhards gerne eingeheiratet hätte, und sie hat so merkwürdige Andeutungen gemacht. Ich hab dir hier mal diese drei Befragungsprotokolle mitgebracht. Sag mir, was du davon hältst.«

»Okay«, sagte Gerhard und begann zu lesen.

Befragung Agnes Lindauer, Austragsbäuerin, 68, Bad Bayersoien

»Bei Ihnen war Jacqueline auch mal kurze Zeit?«

»Die Tschakweline, ja mei. Des war im Null-Vierer-Johr, glaub i. Isch se gwieß hi? Umbrocht?«

»Ja.«

»Mei, des Mädla! Aber des hot so kemma miassa!«

»Ja, warum?«

»Ma wui ja nix Schlechts song …«

»Aber?«

»Aber zefix – des isch doch it normal, wenn oane alle Nacht umanand isch.«

»Alle Nacht?«

»Ja, spaziera wars, hots gsogt.«

»Und das war nicht normal?«

»Ja, des duat ma ned bei uns und scho gar it an dr Hauptstroß.«

»Wieso sagen Sie, schon gar nicht an der Hauptstraße?«

»Da sengs ja alle. Do muass ma si glei schäma.«

»Hat sie denn jemanden damit gestört?«

»Gstört? Was hoast gstört? Des duat ma ned. Und die Greana homm se scho dreimol eingfanga. Oamol, weil se denkt homm, sie springt von dr Bruck. Jeds Mol des Polizeiauto bei uns am Hof. Schäma muass ma sich. Schäma!«

»Und dann haben Sie Jacky entlassen?«

»Was hoaßt scho entlassen? Do hots nix zum Entlassen geba. Ma wollts ja mitkemma lossn. Ma hot ihr allweil a Arbeit geba. Wia se beim Wirt weg war. Und so hot ses do mit ihra. Mim Viech geht se guat um. Besser als wie mit de Leit.«

»Nun, dann ist sie bei Anton und Marianne Erhard doch ganz richtig gewesen. Der hat doch 'ne Mordslandwirtschaft.«

»Ja, dann werd's scho recht sei.«

»Werd's scho?«

»Ja mei, ma sagt, se mechat do neiheirata. Schiach is se ja ned. Aber z jung fürn Toni. Der isch doch scho näch an de Fuffzge.«

»Ist da denn was geplant in der Richtung?«

»Ja mei, d Leit redn halt. Und für die Tschakweline wär des a gmachts Nescht. Jetzt, wo se der Weiler no nia meng hot.«

»Der Weiler?«

»Ja, der Manfred Weiler. Mit dem hot ma se öfter gseng. Und der isch ja immer beim Toni. Die saufn immer mitanand und machn ihre Holzgschäftlan.«

»Holzgeschäfte?«

»Ma wui ja nix Schlechts song ...«

»Frau Lindauer, Sie haben die Pflicht, der Polizei alles zu sagen, was Sie wissen. Sie machen sich sonst strafbar!«

»Ja mei, des mit dem Holz isch so a Sach. Ma woaß ned, wie viel ma umduat. Ma woaß ned, wie vui dass se aufm Wagn ham.«

»Sie wollen sagen, Anton Erhard und Manfred Weiler haben betrügerische Holzgeschäfte gemacht?«

»Des will i ned song. Aber zwoa Freinderl und a Weib dzwischn. So was geht doch nia guat. Ma wui ja nix Schlechts song. Des arme Mädla, Gott hab sie selig.«

Befragung Marianne Erhard, Bäuerin, Schönberg, 48, ledig

»Wie kam es, dass Jacky bei Ihnen aushilft und lebt?«

»Mei, wo sie beim Wirt 2005 weg ist und auch noch bei der Käsalm nicht so wohlgelitten war, haben wir ihr halt geholfen.«

»Und woher kannten Sie Jacqueline?«

»Von der Flößerstube, der Anton sitzt da häufig.«

»Warum eigentlich die Flößerstube? Schönberg hat doch auch eine Wirtschaft.«

»Wirtschaft ist gut, das ist eine Glück-auf-Wirtschaft.«

»Eine was?«

»Sie haben Glück, wenn die aufhaben. Meistens eh bloß am Sonntag, und selbst da weiß man nie.«

»Aha, und aus der Flößerstube kannte Ihr Bruder Jacky.«

»Ja, und sie hat ihn gefragt, ob er keine Hilfe brauchen könne, weil er doch an Krücken gehen musste. Und weil wir wirklich Hilfe gebraucht haben, haben wir ja gesagt.«

»Sie war ausgebildete PTA.«

»A was?«

»PTA, also Apothekenhelferin, und sie hat bedient. Passt so jemand in die Landwirtschaft?«

»Sie konnte es gut mit Tieren und war anstellig.«

»Wann haben Sie die Jacky denn zum letzten Mal gesehen?«

»Ja, am Montag halt im Stall, bis wir fertig waren. Um sieben gab's Brotzeit. Sie hat immer recht ordentlich zugelangt. Als der Anton sein drittes Bier aufgemacht hat, ist sie plötzlich hochgeschossen wie von der Tarantel gestochen und raus.«

»Raus?«

»Ja, weg halt. Aber das waren wir schon gewöhnt.«

»Frau Lindauer hat gesagt, sie wäre gerne mal in der Nacht herumgerannt. Bei Ihnen auch?«

»Ja, sie hat gesagt, sie ginge spazieren. Ich bitt Sie, nächtelang.«

»Und Sie hat das nicht gestört?«

»Mei, zur Stallzeit wars bis auf ein oder zwei Mal wieder da. Und dann will man ja nicht so sein.«

»Aber am Dienstagfrüh war sie zur Stallzeit nicht da?«

»Na.«

»Und das hat Sie nicht beunruhigt?«

»Wie soll mich bei so einer was beunruhigen? Wird schon irgendwo eingeschlafen sein, hab ich denkt. Dass die gleich tot wird. So was denkt doch keiner.«

»Nein, das denkt keiner. Haben Sie denn eine Idee, wer das gewesen sein kann? Hatte Jacky Feinde?«

»Schmarrn. Ein junges hübsches Ding. Die hatte eher Freunde.«

»Ach ja, gab's einen bestimmten?«

»Nein, aber da sind einige rumscharwenzelt. Sie hat aber keinen so recht wollen.«

»Was daran gelegen haben mag, dass sie ein Auge auf Ihren Bruder geworfen hat?«

»Die? Auf den Anton? Ach kommen Sie, Sie wissen doch, wie die Leut reden. Der Anton wird seiner Lebtag Junggeselle bleiben.«

»Und er hat ja auch seine Schwester ...«

»Die Ironie können Sie sich sparen. Ich hab mir das nicht ausgesucht. Mein Verlobter ist bei der Waldarbeit erschlagen worden. Eine Woche vor der Hochzeit. Sie wissen doch gar nix.«

»Das tut mir leid.«

»Ja, ja, euch tut immer was leid, wenn sich das Maul schneller bewegt als das Hirn.«

»Frau Erhard, wo waren Sie denn in der Mordnacht?«

»Ach, brauch ich jetzt ein Alibi? Ich war im Bett, und den Bruder hab ich um drei Uhr im Bett liegen sehen. Tief geschlafen hat er und geschnarcht. Ich hab das offene Fenster zugemacht, das im Wind geklappert hat.«

»Frau Erhard. Sie hatten also ein gutes Verhältnis zu der Jacky?«

»Ja, hatte ich, die wird schon auch Sachen erlebt haben, wegen denen die so komisch war. Mir hat sie leidgetan, aber bei uns hätt sie auch nicht ewig bleiben können.«

»Nein?«

»Na, dem Anton sein Knie ist fast wieder in Ordnung, und gar so viel ist ja nicht mehr zu tun, seit wir keine Gäste mehr haben.«

»Gäste?«

»Ja, wir haben das mit dem Urlaub auf dem Bauernhof aufgegeben.«

»Warum, das ist doch eigentlich eine touristische Schiene, die sehr gut läuft, oder?«

»Ja mei, gut? Früher kamen die Leute zwei Wochen, heut wollen die ein Zimmer sogar für eine Nacht. Das rentiert sich doch nicht mehr. Da müssen Sie wegen einer Nacht Betten frisch beziehen, Handtücher braucht's, alles muss gewaschen werden. Und ein Klo am Gang, das geht auch nicht mehr, en Suite wollen die. So muss man das in den Prospekt schreiben. Und wenn man da drin sein will, dann kost das auch. Das rentiert sich nicht.«

»Wie lange haben Sie denn schon keinen Urlaub auf dem Bauernhof mehr?«

»Ach, seit 2005, glaub ich.«

»Ich würde gerne mal die Hypothese aufstellen, dass Jacky bei einer ihrer Nachtwanderungen vielleicht etwas gesehen hat, was sie nicht hätte sehen sollen. Haben Sie da eine Idee?«

»Mei, was soll man da schon sehen! Schlafen doch alle. Hirsche und Rehe wird sie gesehen haben und rollige Katzen gehört und ein paar Autos, die spät noch rumgeistern. Ja, einige fahren ja noch spät rum. Auf dem Weg zur Disco oder so fahren die rum.«

Befragung Anton Erhard, 46, ledig

»Herr Erhard, hatten Sie ein Verhältnis mit Jacqueline Paulig?«

»Schmarrn.«

»Das haben wir aber nun schon öfter gehört.«

»Schmarrn, d' Leit redn viel.«

»Aber Sie mochten die Jacqueline?«

»Ja.«

»Obwohl sie nachts dauernd spazieren ging?«

»Ja.«

»Das hat Sie nicht gestört? Konnte sie denn so unausgeschlafen überhaupt arbeiten?«

»Na.«

»Was, na?«

»Es hot mi ned gjuckt.«

»Und hat sie trotz Schlafmangel gut gearbeitet?«

»Ja.«

»Herr Erhard, Sie sind über vierzig. Wäre es da nicht mal Zeit für eine Frau?«

»Woaß ned.«

»Hatten Sie denn nie das Bedürfnis, zu heiraten?«

»Oamal hob i de Gebhard-Marie ogsponna.«

»Und?«

»D' Marie hot nix gsagt.«

»Oh, okay, und die Jacky, die wär wirklich nichts gewesen?«

»Mei, vielleicht.«

»Und?«

»Da bi i beim Wirt verhockt. Beim sechstn Bier hob i denkt: Mei, so schee isch se o it.«

»Ähm, ja. Sie sind also als Junggeselle zufrieden?«

»Ja.«

»Aber die Jacky. Ich meine, Sie kannten sie ja trotzdem gut. Könnte sie bei einem ihrer Nachtspaziergän-

ge etwas gesehen haben, was sie nicht gesehen haben sollte?«

»Was woaß i.«

»Herr Erhard. Sie wurde am Montag gegen acht Uhr abends in Bad Bayersoien gesehen. Sie soll aus einem Geländewagen ausgestiegen sein.«

»Sie war beim Brotzeitmacha, und nocha isch se nausganga.«

»Und dann haben Sie Jacky nicht mehr gesehen?«

»Na.«

»Wo waren Sie denn dann?«

»Im Bett. Wo sonscht.«

Gerhard lehnte sich in seinem Stuhl zurück. Menschen reden viel, und wenn sie nichts reden, ist das auch oft sehr beredt. Es gab keinen perfekten Mord. Es gab keinen Mord, der nicht Spuren hinterließ. Echte oder emotionale. Und zwischen den Zeilen gab es immer etwas zu lesen. Aber hier? Besonders ergiebig fand er diese drei Protokolle nicht. Evi war hereingekommen. »Und?«, fragte sie.

»Tja«, meinte Gerhard. »So übel haben sich die Kollegen gar nicht angestellt, sofern sie sich mal abgewöhnen würden, so geschwollen daherzureden. Wir haben mal die Hypothese aufgestellt ... Egal, viel bringt uns das auch nicht, oder?«

»Nun, zumindest haben uns noch drei Leute bestätigt, dass diese Jacky ziemlich viel in der Nacht unterwegs war«, sagte Evi.

»Ja, und ich bestätige dir nochmals, dass sie ein unreifes Gör war, das sich geweigert hat, Verantwortung zu übernehmen.« In dem Augenblick, in dem er das sagte, wusste er, dass er von seiner eigenen Rede gar nicht überzeugt war. Nicht seit er mit der unglaublichen Frau Jocher gesprochen hatte. Es musste mehr dahinterstecken. Aber er starrte Evi einfach nur missmutig an.

Evi gab ein schnaubendes Geräusch von sich, doch mehr als ein genervtes »Himmel, Weinzirl!« kam nicht. »Und diese Holzgeschichte?«

»In jedem Gerücht ist ein Körnchen Wahrheit, oder? Lass uns doch mal zu dieser Flößerstube fahren, da hat Jacky ja auch gearbeitet. Dorfbeizn sind perfekte Kommunikationszentralen und Wirte so was wie Post, Telefon und Seelsorger zugleich. Auf geht's!«

»Und wenn, wie mir, das Element ihm fehlt,
worin er sich ein stärkend Selbstgefühl
erbeuten könnte?«

Hölderlin, Hyperion

4. Obgleich Jo und Kassandra nun schon seit vier Monaten in ihrer Villa Kunterbunt wohnten, war Gerhard noch nie in der Flößerstube gewesen. Es gab einen runden Stammtisch, und da hing einer in durchlöchertem Pulli trotz der vormittäglichen Stunde schon ziemlich in den Seilen. Er verbreitete einen bestialischen Geruch nach Stall und jahrelanger Waschmaschinen- und Duschabstinenz.

»Ziag dein Pullover aus!«, rief ein anderer am Stammtisch gerade, als die beiden Kommissare eintraten.

»Wieso?«

»Den schier i ei.«

Tosendes Gelächter und betretene Touristen am Nebentisch, an dem sich eine Dame nun aufbaute und herübergiftete: »Sie riechen wirklich streng! Sie verpesten ja das ganze Lokal. Mir schmeckt mein Kaffee gar nicht mehr.«

»So?«

Langsam erhob sich der schlaksige Mann und ging an den Nebentisch. »I kon mi wascha, und dann schmeck i morga wia a Blumalada. Aber du gehsch heit ins Bett, und morga bisch genauso schiach wia heit. Du Wetterhex, du schiache.«

Evi gluckste, Gerhard sah zu Boden. Einzig dem Kellner, dessen leichter Sprachfehler seinen Charme, der besonders auf ältere Damen zu wirken schien, nur noch verstärkte, gelang es, die Dame zu beruhigen. Es war herrlich, und über allem wachten unzählige Reachkrickerl, Urkunden und eine Tafel, die die zehn Gebote des Wirts auflistete. Eine herrliche Wirtschaft, eine wie anno dunnemals, und ein perfekter Anziehungspunkt für saubere Schlitzohren, die sicher bauernschlau genug waren für geschickte Holzschiebereien. Dazu würde die Wirtin Marlies Neider doch sicher etwas zu sagen haben. Sie wurden in die Küche gebeten, und die Dame des Hauses, die von kräftiger Statur war, sah sie nicht unfreundlich, aber doch sehr bestimmt an.

»Sie wollen was wegen der Jacky wissen?«

Na, sie hielt sich ja wenigstens nicht lange auf, dachte Gerhard. »Ja, wie sind Sie denn an Jacqueline Paulig gekommen?«

»Über die alte Frau Jocher. Anfang 2004 hat sie angefangen. Zuerst haben wir ja übers Arbeitsamt eine Bedienung gesucht. Also das war nämlich so, dass die Paula aufhören musste, und dann …«

»Ja, bleiben wir doch bitte bei Jacky. Sie hat sich vorgestellt?«

»Ja, freilich, sie und drei andere. Die anderen eben vom Arbeitsamt. Sie glauben ja gar nicht, was da für ein Volk kommt. Die eine wie von der Reeperbahn, die andere fett wie a Qualle, die dritte so was von verhuscht. Bei uns muss eine freundlich sein und sauber und auch mal was einstecken können. Schlagfertig muss sie sein, am Stammtisch geht's nicht immer zimperlich zu. Verstehns mich nicht falsch, alles ganz harmlos, aber da muss eine passen. Hierher.«

»Und Jacky hat gepasst?«

»Sie hat gut gearbeitet. Sie kam gut an am Stammtisch, und sie konnte auch mal rausgeben. Sie konnte gut mit Tieren. Hat immer freiwillig ausgemistet, obwohl das ja nicht zu ihren Aufgaben gehörte. Hat gesagt, sie würde so gerne mit dem Esel reden. Na ja, wir fanden das ein bisschen komisch, aber jeder spinnt ja auf seine Art.« Frau Neider knetete heftig in ihrem Semmelknödelteig.

»Und wieso ist sie dann nicht mehr da?«

»Weil's dann nicht mehr ging.« Das sagte sie mehr zum Teig als zu den Kommissaren.

»Was ging nicht mehr?«, fragte Evi.

»Na, sie war müde, sie war unzuverlässig, sie hat verschlafen.«

»Aber Sie hatten doch zuerst so einen guten Eindruck von ihr?«

»Ja, anfangs schon, aber dann ging das eben los.« Der Teig hatte keine Chance gegen die Gewalt der Frau.

»Was ging los?«

»Na, dieses Nachtwandeln.«

»Nachtwandeln?« Gerhard beäugte immer noch den malträtierten Teig.

»Ja, wenn wir hier aufgeräumt hatten, dann ist sie erst mal in den Stall und ist bei den Viechern gesessen. Ich hab ihr dann gesagt, sie soll ins Bett gehen.«

Frau Neider formte erste Knödel. Kugelrund und riesengroß. Verhungern musste hier sicher keiner, dachte Gerhard und fragte weiter: »Ja, warum denn?«

»Warum? Na hören Sie mal. Man sitzt doch nicht mitten in der Nacht stundenlang im Stall. Die Nachbarn dachten ja, bei uns ist jede Nacht was passiert. Fragten, ob schon wieder der Tierarzt da gewesen ist.«

»Und das haben Sie ihr dann verboten, das Im-Stall-Sitzen?«

»Ja, und dann hat sie Musik gehört. Morgens um drei oder vier. In einer Lautstärke, sag ich Ihnen!«

»Und das ging natürlich auch nicht?«, fragte Gerhard.

»Den Ton können Sie sich sparen. Der Mann muss um fünf aufstehen, muss in den Stall. Da braucht man den Schlaf. Jeder hier braucht den Schlaf, wir sind doch nicht in der Großstadt, wo die schlafen bis in die Puppen.«

»Und Jacky brauchte den Schlaf nicht?«

»Natürlich, hab ich doch gesagt. Sie war unausgeschlafen, sie hat ganz verschlafen, hat Fehler gemacht.«

Der Ton der resoluten Dame wurde schärfer, und der nächste Knödel musste büßen. Der wurde regelrecht in Form geschlagen. Gerhard war amüsiert, versuchte aber ernst zu bleiben. »Und dann flog sie raus?«

Frau Neider sah aus, als würde sie den Knödel demnächst werfen, und schnaubte. »Nein, so sind wir nicht. Wir haben ihr ins Gewissen geredet.«

»Und?«

»Sie ging nicht mehr in den Stall und hat keine Musik mehr gehört, dafür ist sie ganze Nächte spazieren gegangen. Sie ist oft erst im Morgengrauen aufgetaucht. Da war der Mann schon lange im Stall.«

»Und was hat sie da gemacht, so in der Nacht?«, fragte Evi.

»Sie hat gesagt, sie würde mit den Eulen reden und den Tieren der Nacht. Also wenn Sie mich fragen, die lief nicht ganz rund, lief nicht auf allen Zylindern. Das ist einfach nicht normal, nächtelang rumzurennen.«

»Frau Neider, ob das normal ist, weiß ich auch nicht, aber es war auf jeden Fall nicht gesund für Jacky. Sie ist tot. Wir denken, dass sie etwas gesehen haben muss in der Nacht, was sie besser nicht gesehen hätte. Haben Sie da eine Idee, was das gewesen sein könnte?«

»In der Nacht? Bei uns?«

»Ja, Frau Neider. Hier im schönen Oberbayern. In Rufweite der Wies und Rottenbuch. Frau Neider, es ist mir ernst! Erzählen Sie mir nicht, das hier sei Lummerland.« Gerhards Amüsement wich zunehmend einer gewissen Genervtheit. Sie traten in dieser Ermittlung total auf der Stelle.

»Ich weiß zwar nicht, wo Sie Lummerland ansiedeln, aber wenn Sie damit meinen, hier ist auch nicht alles friedlich, haben Sie schon recht.«

»Ja? Also, zum Beispiel?« Gerhards Ton war immer noch alles andere als freundlich.

»Schauens sich mal bei den Jägern um.«

»Können Sie mal konkreter werden?«

»Nein, aber der Miesbacher, der die Jagd vom Toni gepachtet hat, der ist kein guter Waidmann, kein Heger, das dürfen Sie mir glauben.«

»Miesbacher?«

»Ja, ein Herr Bauunternehmer aus Miesbach, und der hat die Jagd vom Anton Erhard gepachtet. Der hat viel Wald um den Hof rum und noch Land am Trauchberg.«

»Ach, dann kannte Jacky den Miesbacher Jäger auch?«

»Sicher.«

»Und was könnte sie in der Nacht gesehen haben?«

»Ich war nicht dabei.«

»Frau Neider, ich kann Sie auch vorladen lassen!«

»Man sagt, er würde wildern, man sagt, er hat mal zwei Haflinger erschossen. Einfach so. Man sagt, der hätte sogar Nachtsichtgeräte.«

»Wer ist ›man sagt‹?«, fragte Evi und lächelte die Frau aufmunternd an, die sich jetzt dem Zerkleinern von Paprika zugewandt hatte.

»Man eben. Hier wird viel geredet am Stammtisch. Aber ob das stimmt, kann ich nicht sagen.«

»Wir haben auch was von illegalen Holzgeschäften gehört«, sagte Gerhard.

Sie sah von ihrer Arbeit auf und funkelte ihn an mit den dunklen Augen. »In den Wäldern ist vieles möglich. Viel wird geredet. Und die Jacky war oft dabeigesessen. Bevor sie wieder raus ist in die Nacht.«

»Auch später noch, als sie nicht mehr hier gearbeitet hat?«, fragte Evi.

»Ja sicher, nicht gleich nach dem großen Krach, aber später schon wieder. Ich bin auch nicht nachtragend. Also ich bin vom Typ ja eher ...«

»Ja, Frau Neider, bitte bleiben wir beim Wesentlichen: Ein großer Krach, sagen Sie?«

»Ja, ein bisserl spinnen ist gut, aber das wurde immer schlimmer. Einmal war sie drei Tage weg, wie vom Erdboden verschluckt. Wir hatten eine Familienfeier mit fast hundert Gästen, und die lässt uns sitzen.«

»Lässt Sie sitzen? Echt?« Evi konnte das gut, Interesse heucheln.

»Na, sie hat bedient, und als das Fest wirklich in vollem Gang war, als der Bär steppte, als wir mit Schnapsrunden den Umsatz unseres Lebens gemacht haben, rennt die einfach raus. Ich hab mich so aufgeregt, dass ich den dritten Hörsturz hatte. Also mein Doktor, der hat gesagt: Frau Neider, hat der gesagt, Sie müssen ...«

Die Frau fuchtelte so mit dem Messer, das sicher extrem scharf war, dass Gerhard versucht war, den Kopf einzuziehen. »Ja, sehr bedauerlich, so ein Hörsturz, können wir auf Jacky zurückkommen? Hat sie denn später gesagt, wo sie war?«

»Nein, die war richtig verstockt.«

»Ist vorher etwas passiert? Hatte sie Ärger? Kummer? Wurde sie vielleicht von jemandem auf diesem rauschenden Fest dumm angemacht?« Gerhard behielt das Messer im Auge. Aber womöglich war das ja eine Spur, ein Motiv, irgendwas von den typischen Zwistigkeiten unter ganzen Kerlen, wenn's um eine Frau ging.

»Nein, nix war los, klar hat ihr mal einer auf den Hintern geklopft oder gefragt, ob sie einen mittrinkt. Da ist ja nix dabei, oder?«

»Und solch frohgemute Stammtischbrüder gab es ja sonst auch?«, fragte Gerhard und beobachtete fasziniert, wie fein sie den Paprika schnitt.

»Bei uns geht's immer sehr gemäßigt zu. Darauf acht ich. Wir fahren die auch immer heim, bei uns fährt keiner unter Alkohol, wir sind da ganz korrekt. Die brauchen ja ihren Führerschein, also wir ...«

»Ja, Frau Neider, das glaub ich Ihnen. Zurück zu Jacky. Sie kam dann wieder, war verstockt, und dann?«

»Dann ging sie in den Stall, und da war's ganz aus.«

»Ganz aus?«

»Ja, wir hatten die Goaß erschießen müssen. Wenn ich mich recht erinner, hat sie die tote Goaß angesehen und ist dann gleich wieder weggelaufen.«

»Na, das ist verständlich, oder, wenn sie das Tier gemocht hat.«

»Ja, aber das war eine Goaß. Kein Mensch, aber mit Viechern war sie eh komisch. Sie glaubte wirklich, mit denen reden zu können. Wie dieser Doktor Dingsda. Wie hieß der? Der konnte doch mit Tieren reden.«

»Doktor Doolittle.«

»Ja, der!«

»Und dann haben Sie Jacky endgültig entlassen?«

»Ja, mussten wir, ich brauch 'ne Bedienung und keine mondsüchtige Frau Doolittle.«

»Wo ist sie denn dann hin? Zu ihrer Mutter? Nach Kempten?«

»Nein, da konnte sie nicht hin. Ihre Mutter hatte 'nen neuen Freund.«

»Woher wissen Sie das?«

»Sie hat's dem Klausi gesagt. Das ist so ein Ruhiger, der nie aggressiv wird am Stammtisch, der bloß einschläft. Sie hat erzählt, dass ein Freund von ihr bei einem Kretaurlaub einen kleinen Hund überfahren hätte. Hatte unter dem Auto im Schatten gelegen. War wohl zu müde und zu vollgefressen mit dem Welpenbäuchlein, um vom Motorengeräusch aufzuwachen. Sie hat Klausi erzählt, dass sie die Unebenheit gespürt hat und dass der Hund auf ihren Knien gestorben ist. Sie hat gesagt, dass sie nicht mehr nachts

Auto fährt, um keine Katze zu überfahren. Also ich bitt Sie! Viecher werden halt mal überfahren.«

»Nun, wenn sie auf so was sensibel reagiert hat«, meinte Evi.

Das Wort »sensibel« hing in der Luft. Frau Neider hatte ihr Messer weggelegt. »Und sie hat dem Klausi gesagt, der Freund der Mutter hätte ihren Hund ins Tierheim gebracht. Das Viech war ihr Ein und Alles. Und der Freund hat ihr Hausverbot erteilt.«

»Aber so etwas lässt eine Mutter doch nicht zu?«

»Ach, was wissen denn Sie! Es gibt so Frauen. Die haben keinen Mumm. Die werden immer kleiner, immer geringer.«

»Hatte sie denn gar keine Bezugsperson, eine Freundin oder so?«

»Doch, die Julia vom Dürr aus Wildsteig, mit der war sie beieinander.«

»Und wo finden wir die?«

»In Gründl, im Käsladen.« Frau Neider sah die Kommissare scharf an. »Wollen Sie jetzt nichts essen? Ihnen schadt das ja nicht«, sagte sie in Evis Richtung.

»Wollen schon, leider haben wir keine Zeit. Danke, Frau Neider«, sagte Gerhard und wusste, dass er Evi damit einen großen Gefallen tat. Denn sie war schon jedes Mal zusammengezuckt, als die Schwester der Wirtin, die im Hintergrund gearbeitet hatte, beherzt auf die Schnitzel eingeschlagen hatte. Vegetarier wie Evi waren in Wirtshausküchen einfach im Grenzbereich.

Evi kommentierte die Aussagen von Frau Neider nicht, sie rügte ihn auch nicht wegen seines Tones, sie stieg einfach nur ins Auto und fuhren Richtung Lechbruck. Der Schwaigsee ruhte in herbstlicher Fuizlandschaft, Hörnle und Pürschling schienen zu wetteifern, wer sich malerischer gegen den blauen Himmel anzuheben wusste. Wildsteig versuchte sich ebenfalls in Postkartenoptik, und die langsam dahinkriechenden Touristenautos bogen alle an der Wieskirche ab. In Gründl, kurz vor Lechbruck, gerade noch auf altbayerischem Grund, aus bayerischer Sicht auf der richtigen Seite des Lechs, trafen sie Julia Dürr, als diese gerade gehen wollte. Sie setzte sich mit den Kommissaren auf die Brotzeitbänke dieser Schönegger Käsealmfiliale. Das Mädchen war Anfang zwanzig, hatte rötliche und brünette Strähnchen im langen blonden Haar, ein Nasenpiercing und einen Brilli im Schneidezahn. Sie trug ein bauchfreies T-Shirt zur Stretchjeans und ein Jäckchen, das noch kürzer war als das Shirt. Sie war eher zu dünn als zu mollig und auf jeden Fall ganz schön kess für Gründl, befand Gerhard.

»Jacky war Ihre Kollegin?«, fragte er.

»Ja, aber nur kurz. Als sie bei der Flößerstube rausgeflogen ist, war sie ein paar Monate hier. Aber sie hat dauernd verpennt und den Laden nicht aufgeschlossen. So gechillt kann man das nicht machen, mitten in der Touristensaison. Da flog sie raus.«

»Hatten Sie danach noch Kontakt zu ihr?«

»Ja, wir sind von Zeit zu Zeit mal ins Vino gegangen. Wir waren auch ein-, zweimal in Kempten zum Shoppen. Kann man da recht gut, es ist näher als nach München. Aber Jacky war eh nicht so stylisch.«

»Sie war nachtaktiv, haben wir gehört. Hat sie Ihnen mal erzählt, wieso sie die ganze Nacht spazieren geht?«

»Na ja, nur dass sie das braucht und dass sie nachts mit Tieren redet. Auf der Käsalm hat's ja auch so 'nen kleinen Streichelzoo. Shetland-Ponys und so. Übelst frech, die Teile. Aber bei Jacky waren die wie Lämmlein.« Julia hatte sich eine Zigarette angesteckt, und als Gerhard ihr Feuer gab, schenkte sie ihm so was von einem Augenaufschlag. Gerhard registrierte Evis leises Grinsen, die nun fragte:

»Hatte sie denn nie Angst so alleine in der Nacht?«

»Hab ich sie auch mal gefragt, aber sie meinte, die Nacht wär nicht so aggro wie der Tag, wär so still und friedlich, und ein Waldspaziergang im Mühlegg wär ja wohl weniger gefährlich als Berlin-Friedrichstraße bei Nacht oder ganz Frankfurt. Ihr würd schon nichts passieren. Irgendwie hat mir das zwar eingeleuchtet, aber, ey, echt: krasses Pferd, oder? Ich fand es trotzdem gruselig. Diese komischen Geräusche in der Nacht.« Julia warf das Haar gekonnt nach hinten.

»Nun, Frau Dürr, nun ist ihr ja leider wirklich was passiert«, sagte Gerhard.

»Ja, voll krass! Aber sie wurde nicht, wurde nicht …?« So wie sie die stark geschminkten Augen aufriss, wirkten die noch größer.

»Vergewaltigt, meinen Sie? Nein! Hatte sie denn einen Freund?«

»Nö. Ich denk, die Jacky war voll psycho. Wollte immer reden mit den Typen. Wollte einen, der ihr Freund ist und ihr Lover. Krass, oder? So was gibt's in Filmen. Hier musst du froh sein, wenn dein Typ nicht völlig zu ist, wenn er nach der Flößerstube noch bei dir vorbeikommt. Sie wollte was Festes. Echt – zum Reden und so. Ich hab das nie kapiert. Typen kommen und gehen. Scheiß die Wand an – morgen kommt der Maler.«

»Aha, ähm, Sie kamen trotz Ihrer, ähm, unterschiedlichen Lebenseinstellungen gut aus? Sie würden sagen, Sie kannten sie gut?« Gerhard begann sich nach Frau Jocher zurückzusehnen. Das hier war nicht mehr seine Welt.

»Nein, nicht wirklich, sie war irgendwie gar nicht gechillt.« Julia drückte die Zigarette aus und steckte sich sofort eine neue an.

»Keine Frauengespräche über Männer? Sie war doch sehr hübsch, hatte sie keine Verehrer?« Evi verlieh ihrer Stimme diesen Unterton von verschwörerischen Frauengesprächen.

»Doch, sie war ein Schnittchen. Klar gab's genug, die mit ihr in die Kiste wollten, aber das waren nicht die, die sie gewollt hat.«

»Die da waren? Der Manfred Weiler?«

»Der? Sie ham wohl 'nen Scherzkeks gefrühstückt. Doch nicht der Weiler, einer, der immer nur am Stammtisch rumhängt oder beim Anton Erhard ein Bier nach dem anderen kippt. Sie wollte einen, der nicht säuft. Einen, der hier nicht säuft, gibt's nicht. Geld war ihr total latte, Autos auch.«

»Total latte?«

»Na, eben total egal. Bei Geld war sie so wie: Kennen Sie Wayne?«

»Bitte?«

»Wayne interessiert's!«

Doch, Gerhard wünschte sich inzwischen inständig zu

Frau Jocher hin. Julia war der lebende Beweis für den Verfall der Sprache Goethes und Schillers. Das war die Generation, die mal seine Rente zahlen sollte. »Okay, sie suchte also den Märchenprinzen, das romantische Klischee, oder?«

»Klischee? Keine Ahnung. Sie wollte keinen, der sich dauernd abschießt. Alkoholmäßig. Einen, der Viecher mag.«

»Wie wäre es denn mit dem Anton Erhard gewesen? Der ist doch schon aus den gröbsten Zeiten raus?«, sagte Evi.

»Aber der lötet sich auch voll krass zu. Und der ist uralt! Und dann immer mit der Schwester am Hof! Das ist ja schlimmer als 'ne böse Schwiegermutter.«

»Aber sie hatte mit Marianne Erhard doch ein gutes Verhältnis, oder?« Gerhard runzelte die Stirn.

»Wenn Sie das sagen.«

»Julia, ich will wissen, was Sie dazu sagen, was Jacky dazu gesagt hat.«

»Dass die 'ne Hexe ist.«

»Oh!«

»Ja, oh. Ich glaub, die Jacky mochte den Anton echt. Geil, oder? Sie mochte den alten Knacker. Aber die Jacky wär so gerne Bäuerin gewesen wegen der Tiere und der Natur und so. Übelst Landei. Aber doch nicht beim Anton und schon gar nicht mit der Schwägerin.«

»Aber sie hatte ein Faible für Landwirte?«

»Ja, alte Scheiße, aber ihre Typen hatten sich immer schon 'ne Bäuerin ausgesucht. Eine von hier. So leicht heiratet man als Ossi hier nicht ein. Das hab ich der Jacky immer gesagt.«

»Und wer waren die Kandidaten?«

»Ach, da gibt's so 'nen Rossbauern aus Schönberg, der immer in der Flößerstube sitzt. Blaue Augen und Grübchen. Oder noch so ein Schönberger, der sich immer unterm Hut versteckt. Obercool am Stammtisch, sonst ganz nett, aber auch nicht interessiert.«

»Nur Pech in der Liebe?«

»Ja schon. Sie hat mal mit dem Käser rumgemacht.«

»Rumgemacht?«

»Na ja, geknutscht. Mehr wollt sie nich. Krass, oder?«

»Und welcher Käser?«

»Ja, der von der Käsalm. Beide hatten komische Ideen, aber das beschissene Leben ist nicht so und auf der Käsalm schon gar nicht.«

»Warum?«

»Oben auf der Alm ist Disneyland mit Schaukäsen und so. Aber da gehen Sie mal nach Prem in die Zentrale. Total modern. In Wirklichkeit arbeitet man hier mit Mordsbulldogs, zieht ein Zehntausend-Liter-Fass, und das ist nicht die Landwirtschaft, wo der Tourist sehen will. Wenn ich hier verkauf, sagen mir die Gäste oft, dass die Kühe auf den Wiesen fehlen und die Siloballen eklig sind. Eh, die peilen das nicht, dass die meisten Bauern längst Laufställe haben, und wenn überhaupt, wird erst nach dem zweiten Schnitt im Herbst noch ausgetrieben.«

»Und was hat das mit Jacky zu tun?«

»Die wollte arbeiten wie früher. Bio und so, aber dazu hätte sie 'nen Bauern gebraucht. Ich mein, der Käser war auch ein bisschen anders. Der hätt zu ihr gepasst. So ein Depp, der hatte einen echt gechillten Job auf der Käsealm mit sicherem Monatsgehalt. Welcher Bauer hat das schon? Aber nun ist der nach Niederbayern und will was Eigenes aufbauen.«

»Da hätte Jacky doch mitgehen können?«

»Nein, der ist leider verheiratet. Leider für Jacky. Der brauchte auch keine Bäuerin mehr.«

Sie verabschiedeten sich schließlich und sahen Julia noch nach, die in ihrem aufgemotzten Vierer-Golf davonraste. Gerhard grinste und ahmte Julias Piepsstimme nach. »Scheiß die Wand an, Evi, ich werde alt, ich verstehe den Jugendjargon nicht mehr.«

Evi lachte. »Tja, Weinzirl, da könntest du der Papa von sein.«

»Ich halte es auch da mit Julia, ein klassischer Fall von Wayne. Wayne interessiert's. Aber ich werde nicht alt.«

»Toll, Weinzirl, jetzt kommt doch gleich, dass Männer so alt sind, wie sie sich fühlen, und Frauen so alt, wie sie sich anfühlen. Alt werden ist für uns Mädels echt kein Spaß. Außer Claudia Bertani werden alle alt. Die testet seit hundert Jahren Kirschen für Mon Chéri, das Kleidchen so rot, die Wangen so faltenlos. Ich werde alt, dabei fühle ich mich nicht anders als mit achtzehn, aber der Körper schwächelt einfach. Falten kommen, die mit viel Schlaf eben nicht mehr weggehen. Und ich kriege graue Haare wie Fäden und ein Hexenhaar am Kinn. Und in fünf Jahren hab ich Dellen an den Oberschenkeln, die jeder neuen Creme trotzen. Ich krieg diese fiese Cellulite auch.«

»Evi, du doch nicht, du dünner Hering, du bist von solchen Dingen doch sicher verschont. Und außerdem solltest du als Außenstehende nicht mitreden. Du bist doch höchstens dreißig.«

»Danke, Weinzirl! Sehr charmant, aber ich werde dieses Jahr noch fünfunddreißig. Schrecklich, oder? Ist das alt?«

»Alt ist man, wenn einen Achtzehnjährige siezen. Das tun sie schon, wenn du fünfundzwanzig bist. Drum lebe ich in Bayern, wo man kaum einen siezt, griaß di sagt und ihr«, meinte Gerhard.

»Ach, deshalb lebst du hier!« Evi lachte und wurde dann ernst. »Und du lebst hier, um einen Mordfall aufzuklären.«

»Danke für den Hinweis, hätt ich fast vergessen. Wir sollten uns die Erhards nochmals vornehmen, wir wissen zumindest, dass es zwischen Marianne und Jacky wohl doch nicht so gut aussah.«

»Ja, aber das ist mir zu einfach«, meuterte Evi.

»Mir auch, drum mach ich mich jetzt bei Hajo, meinem Vermieter, über Holz schlau. Der ist schließlich Forstwirt. Und du, meine Schöne, kannst diese schicke Schönberger Männerwelt abgrasen, und hör dich mal um, ob der niederbayerische Käser kürzlich an der Heimatfront im Oberland war.«

Evi rollte theatralisch mit den Augen. »Danke, ein Flirt mit Landwirten zwischen Silo und Heuballen, auf diese Gelegenheit hab ich gewartet.«

Sie fuhren zurück nach Weilheim, wo Evi ins Büro ging und Gerhard nach Hause, um Hajo aufzusuchen. Der war gerade dabei, an seinem dauerkranken Uralt-Unimog zu schrauben, und war heilfroh über eine Abwechslung, die ihm eine Flasche Luganer einbrachte und Gerhard Weißbier.

»Wie hass ich hingegen alle die Barbaren,
die sich einbilden, sie seien weise,
weil sie kein Herz mehr haben.«

Hölderlin, Hyperion

5.

»Du willst was übers Holzgeschäft lernen?« Hajo lachte. »Wie viel Zeit hast du?«

»Wenig, es geht um Mord und darum, dass die Ermordete wahrscheinlich zu viel gesehen hat. Im Wald. Bloß habe ich keine Ahnung, was das gewesen sein könnte«, sagte Gerhard und prostete Hajo zu.

Hajo nickte. »Gut, aber das ist schwere Kost, das sag ich dir gleich. Nirgendwo wird so beschissen wie im Wald. Nicht nur, dass illegal Holz geschlagen wird, das ist gang und gäbe, es geht noch viel perfider. Da schlägt einer Holz und weiß genau, dass es bei Holzlastern ein zulässiges Gewicht gibt. Er belädt aber beispielsweise um gut ein Drittel mehr und schickt das Fuhrwerk nach achtzehn Uhr los, weil dann Holzlaster meist nicht mehr kontrolliert werden. Unterwegs wird der Zusatz abgeladen und schwarz verkauft. In der Buchhaltung taucht ja nur das auf, was im Sägewerk ankommt.«

»Sauber, und das ist kein Einzelfall?«

»Einzelfall? Du bist gut. Es ist ein Einzelfall, wenn einer nicht bescheißt. Ich hab einen Fuhrunternehmer, bei dem ich immer mitfahren muss, weil der bekannt dafür ist, zwischendurch mal Ladung zu ›verlieren‹. Und auf dem großen Haufen im Sägewerk, wer will da noch so genau wissen, welches Holz von wem stammte? Die Zeichen auf den Stämmen, die kann man nicht mehr so gut oder gar nicht lesen. Sachen hab ich da erlebt!« Hajo hielt die Nase in sein Glas, nahm Witterung auf, dann trank er. »Herrlich!« Und damit war der Wein gemeint, nicht das Geschäft mit dem Wald.

»Aber wie hab ich mir das vorzustellen, ich meine, das Holz wird doch erst mal geschlagen und muss ja irgendwo gesägt werden?« Gerhard merkte, dass es viele Lebensbereiche gab, von denen er gar nichts wusste.

»Ja, aber das kann in aller Intimität vonstattengehen.« Hajo grinste. »Du kennst diese mobilen Sägewerke nicht, oder?«

Gerhard schüttelte den Kopf.

»Das ist so. Mobile Sägewerke sind sozusagen so eine Art Klapp-mich-zieh-dich. Mit einem Unimog werden die in situ gezogen und dann zu voller Länge ausgeklappt. Der Säger beginnt dann das ganze Monstrum auszurichten, bis es im Wasser ist. Dazu hat es herausdrehbare Beine, wobei der Untergrund natürlich von Haus aus gerade sein muss. Da sägst du dann und lädst auch dort gleich deine Stämme auf das Fuhrwerk. Die, die legal auftauchen, und die illegalen Kameraden auch.«

»Du meinst also, da kommt so einiges an rabenschwarzen Euros zusammen?«, fragte Gerhard.

»Das kann ich dir versichern! Nimm mal pro Fuhre zwanzig schwarze Festmeter an, dann sind das eintausendfünfhundert Euro, wenn wir mal fünfundsiebzig Euro für den Festmeter rechnen. Gar nicht so übel, oder?«

»Und das kann man nicht kontrollieren?«

»Wie denn – und wer wollte das schon? Ich erzähl dir mal 'ne kleine Geschichte. Ich hab mal zusammen mit einem Kollegen einen Vorstoß bei oberen bayerischen Behörden gemacht und habe aus der Luft, aus dem Flugzeug, Holz- und auch Wildbestand über den Einsatz von Infrarotsensoren gemessen. Das fanden die so lange eine gute Idee, wie das rechnerische Ergebnis gefallen hatte. Hatte es aber nicht, explizit haben die mir gesagt, dass sie so genau den Einschlag von Holz gar nicht wissen wollten. Vom Wild ganz zu schweigen.«

»Wild?«

»Na ja, Abschusspläne entstehen ja aufgrund der Verbissgutachten und aufgrund des Ist-Zustands. Das Witzige war, dass wir nachgewiesen haben, dass es in bestimmten Bereichen gar keine Hirsche mehr gab, dennoch aber Abschusspläne für Phantomhirsche. Wie schießen, was gar nicht existiert?«

»Aber deine Infrarotbilder sind doch unbestechlich?«

»Hmm, aber nicht gefragt, und die Waldlobbyisten auf der einen und die Tierschützer auf der anderen Seite wollten da doch lieber ihren bestellten Gutachtern und ihren gekauften Professoren glauben.« Hajo starrte in seinen Luganer, und Gerhard spürte, dass so viel Filz einen intelligenten Menschen wie Hajo beleidigte und der ganze Holzsumpf ihn abgestumpft hatte. Bevor die Stimmung zu sehr ins Melancholische abdriftete, ging Gerhard in die Offensive.

»Sag mal, ich würde gerne deine Kunst testen. Können wir denn nicht über Erhards Wald fliegen und ein bisschen spionieren? Warte …« Gerhard sprang auf, ging in seine

Wohnung und kam kurze Zeit später mit einigen Papieren wieder. »Das sind die Grundbuchauszüge, damit wir wissen, was dem guten Erhard so gehört.«

Hajo war Feuer und Flamme und steuerte Kartenmaterial bei, über das sie sich beugten. Erhards Ländereien bestanden aus rund vierzig Hektar östlich von Schönberg und weiteren zweiundachtzig Hektar am Hohen Trauchberg.

»Wir fliegen morgen«, meinte Hajo plötzlich und stürmte zum Telefon.

Gerhard hörte ihn im Hintergrund reden, und als er zurückkam, strahlte er richtig.

»Ich hab das geklärt. Wir haben die Cessna morgen, sie steht in Eschenlohe. Und mit diesem Baby werden wir uns in die Lüfte erheben.« Hajo hob das Glas, der Luganer war leer, Gerhards drittes Weißbier auch, und mit einem kräftigen Handschlag verabschiedeten sich die Männer.

Als Gerhard aus dem Bett kletterte, war es schon wieder ungewöhnlich warm. Viel zu warm für Oktober. Hajo kam ihm im Hof entgegen und drückte ihm eine Tasse Kaffee in die Hand. »Gutes Flugwetter«, grinste er, und wenig später saßen sie im Auto. Weilheim erwachte gerade, auf der Olympiastraße Richtung Süden war wenig los. Das sanfte Licht des Herbstes lag über dem Murnauer Moos, kein Wunder, dass sich all die Maler in diese Landschaft verliebt hatten, dachte Gerhard.

Am kleinen Flughafen verließ ihn allerdings die Begeisterung für den schönen Tag ein wenig, denn diese Cessna war winzig. Ein Spielzeug. Hajo registrierte Gerhards Blick. »Keine Sorge, das Baby fliegt wirklich.«

Er behielt recht, und als sie sich vom Boden löste, spürte Gerhard auf einmal auch diese Euphorie, dieses Gefühl von Freiheit und Erhabenheit hoch über all den Niederungen des Alltags. Hajo zog eine weite Schleife über das Moos und hielt dann auf den Hohen Trauchberg zu. Sie flogen rund fünfhundert Meter über Grund, und Hajo hatte aufgrund der Topografie nur wenige Optionen offengelassen, wo so ein mobiles Sägewerk stehen konnte. Es war faszinierend, die Wärmebildkamera zeigte etwas an, und Hajo war richtig begeistert.

»Hirsche«, rief er und erklärte Gerhard genau, wie man so ein Bild zu deuten hatte. »Wir haben schon Schneehühner in Verstecken geortet, die Methode ist genial.«

Gerhard blickte über die Baumspitzen, und plötzlich fiel ihm Braunbär Bruno ein. Wenn man sozusagen aus dem All via Satellit die Pickel jedes Einzelnen sehen konnte, dann wäre es sicher ein Leichtes gewesen, den Bären zu orten. Aber lieber hatten sich die finnischen Bärenjäger mit dem süffigen bayerischen Bier ausgetiltet, und den polaren Bärenhunden war es sowieso zu heiß gewesen.

Hajo schien seine Gedanken zu erraten. »Du denkst an Bruno, die arme Sau?«

»Ja, ich kann mir einfach nicht vorstellen, dass man nicht wusste, wo sich der Bär befunden hat.«

Hajo grinste. »Natürlich haben die das gewusst. Die ganze alberne Suche war ein Zugeständnis an die Tierschützer. Das Todesurteil hat doch immer festgestanden. Und seltsam: Kaum wurde das Projekt Finnland als gescheitert erklärt, töten bayerische Jäger den angeblich unauffindbaren Bären binnen eines Tages. Die Welt will beschissen sein.«

Hajo zog wieder eine Kurve und meinte schließlich: »Hier gibt's zwar Wild, aber kein Sägewerk, lass uns mal Richtung Schönberg fliegen.«

Er folgte dem Lauf der Ammer und überflog Echelsbach. Gerhard konnte Jos und Kassandras Haus ausmachen, es hatte als Einziges ein »geschecktes« Dach, wohl wegen der unterschiedlich farbigen Dachplatten. Die Welt war so friedlich von hier oben – und so angenehm weit weg.

Als sie über Erhards Wald flogen, kam von Hajo eine Art Schrei. »Da!«

»Was?«

»Dein Sägewerk. Der Motor gibt Wärme ab. Respekt, die Säge an dieser Stelle reinzufahren. Ich nehme mal stark an, dass er sein Tun nicht an die ganz große Glocke hängen will.«

Elegant drehte Hajo ab, und als sie in Eschenlohe wieder sanft gelandet waren, war Gerhard richtig traurig.

»Schön, nicht? Fliegen befreit die Seele und weitet das Herz«, sagte Hajo wehmütig. Er schickte hinterher: »Genieß diese letzten Herbsttage, bald kommt der hässliche Winter, ich hasse Winter.«

Gerhard überlegte. Eigentlich mochte er den Winter – oder besser hatte ihn gemocht. Je älter er wurde, desto stärker empfand er jene Zeit als unangenehm, in der die Tage noch kämpften gegen die Nacht und doch unweigerlich verlieren würden. Bald schon würden diese Tage kommen, wo die Dunkelheit schnell herandrängt und sich wie ein schwarzes Tuch über die Landschaft legt. Die Zeit, in der die langen Nächte die kurzen Tage vertreiben. Die Zeit, wo die Dämonen in den Herbststürmen ums Haus tanzen.

Wo sie auf Regentropfen reiten und unaufhörlich gegen die Fenster pochen, sodass man sich die Ohren zuhalten muss. Dunkelheit lähmte ihn.

Er war auf einmal gar nicht mehr so gut drauf. Außerdem war die Autofahrt wie eine Entzauberung. Laut, hektische Überholmanöver, viel gewalttätiger als Fliegen, befand Gerhard. Er rief Evi an, die ihm sagte, sie sei in Schönberg. Aha, die Landwirtsliga!

»Und, was Interessantes?«

»Na ja, erzähl ich dir später. Und selbst?«

»Erzähl ich dir später. Fährst du ins Büro?«

»Ich wollte bei Jo vorbeischauen, sie hat mich zum Früh- oder besser Spätstück eingeladen.«

»Oh! Dann komm ich da auch hin, wir müssen sowieso mit Jo reden. Jacky hat ja auch mal beim Tourismusverband gejobbt. Bis gleich!«

»Äh, Gerhard, wie, bis gleich? Wo bist du? Du kannst doch ...« Der Rest ging unter, weil das Netz ihn verließ, und Gerhard war froh darüber. Er wandte sich an Hajo. »Kannst du mich in Echelsbach absetzen?«

»Klar.« Hajo machte eine kurze Pause. »Bringt dir unser kleiner Ausflug was?«

»Was denkst du?« Gerhard sah aus dem Fenster.

»He, das ist dein Job! Aber bitte: Dein Erhard verschiebt Holz, deine Ermordete hat das mitgekriegt, hat ihn verpfiffen oder wollt ihn verpfeifen, und deshalb musste sie weichen. Etwas in der Art?«

»Ja, das wäre auch meine Theorie, und deshalb werde ich dem Spezl Erhard auch mal einen Besuch im dunklen Tann abstatten.«

Hajo setzte ihn vorne an der Flößerstube ab, Gerhard schlenderte durch den Biergarten und sah Jo und Evi schon von Weitem vor dem Haus sitzen. Mit einem »Hi, Mädels« sank Gerhard auf einen Gartenstuhl und lehnte sich zurück. Die Sonne meinte es gut mit der südseitigen Hausfront, es war sommerlich heiß, kein Lüftchen regte sich. Überall unter Jos bunten Gartenmöbeln fläzten Katzen, eine hatte sich um den Stamm einer eingetopften Palme geringelt. Hinter dem Misthaufen des Nachbarn erhob sich der Pürschling, der immer so aussah, als hätte ein Riese ein Scherzl rausgebissen.

»Wo kommst du eigentlich her?«, wollte Evi wissen.

»Gemach, gemach, gebt mir erst mal 'nen Kaffee.«

Sein Wunsch wurde erfüllt. Gerhard hatte die Augen geschlossen und wippte mit dem Stuhl. Er sah wieder auf. Jo nippte an ihrem Prosecco, es war fast wie Urlaub. Leider nur fast.

»Und was wollt ihr nun über Jacky wissen?«, fragte Jo nämlich plötzlich. »Ich kann das immer noch nicht fassen, dass sie tot ist. Ich hätte mich mehr um sie kümmern müssen.«

»Ach, Jo, das sagen alle, die Jacky gekannt haben. Aber du kannst nur Angebote machen, annehmen muss der Betroffene sie schon selbst. Außerdem ist es nicht gesagt, dass dein Kümmern den Mord verhindert hätte.«

»Ja, aber mir geht das trotzdem nahe. Sie war ein ungewöhnliches Mädchen. Ich mochte sie. Ich hätte wirklich den Kontakt zu ihr halten müssen.«

Gerhard seufzte und sah Evi an. »Okay, dann sind wir eben ab jetzt im Dienst.« Er zog seinen Block hervor, wobei

Block ein großes Wort für ein völlig vergammeltes kleines Heft mit Uli-Stein-Maus als Cover war.

»Also Jo, Jacky Paulig hat bei dir ein Praktikum gemacht?«

»Ja, gewissermaßen, eher semioffiziell.«

»Semioffiziell? Jo, bitte! Komm mal runter von deinem Akademiker-Ross.«

»Ja, dann nenn es eben halboffiziell. Ich hab sie am Stammtisch der Flößerstube kennengelernt, wir haben uns ein bisschen unterhalten, und ich fand das Mädchen sehr interessant.«

»Inwiefern?«, fragte Evi, die ihre Teetasse umfasst hielt.

»Na du kennst doch die typischen unausgegorenen Stammtischparolen. Es ging um Christian Stückl und darum, dass er das Passionsspiel nachts aufführen will. Der Tenor bei den Stammtischbrüdern war entweder ›Der ghert weg‹ oder aber ›Des gschieht den brotneidigen O'gauern recht‹.«

»Klärst du mich kurz auf? Kultur ist vielleicht Evis Steckenpferd, meins aber nicht.« Gerhard grinste.

»Zeitung lesen auch nicht, oder? Christian Stückl, Spielleiter des weltberühmten Passionsspiels, Diva von O'gaus Gnaden beziehungsweise der richtigen Zirkel, hat wegen der künstlerischen Dimension beschlossen, große Teile der Passion in der Nacht zu zeigen. Das hat einen ziemlichen Aufruhr gegeben. Es gab sogar einen Bürgerentscheid, den Stückl ganz knapp gewonnen hat. Der Aufruhr bleibt. Zum einen, weil das Nachtspiel historisch nicht korrekt ist, die Kreuzigung war zur vierten Stunde, also nicht nachts, und außerdem sehen viele Geschäfte ihre Felle davonschwimmen. Bisher kamen die Leute vormittags, schwärmten im

Ort aus, kauften ein, nutzten die Pause und waren auch nach dem Spiel noch unterwegs. Wenn das Spiel aber erst nachts endet, fallen die tot ins Bett. Man hat total vergessen, dass zum Beispiel die Polizei für all ihre Einsätze Nachtzuschläge verlangen wird … vieles wurde schlecht überdacht. «

»Okay, und was hat das nun mit Jacky zu tun?« Das Schlimme an Jo war, dass sie immer vom Hundertsten ins Tausendste kam.

»Sie hat damals am Stammtisch gesagt, dass Kunst sicher ihre Berechtigung habe, aber dass so ein Stückl sich wohl kaum einen Gefallen tut, wenn er sich gegen die Wirtschaft O'gaus stellt. Immerhin wäre der in und mit O'gau auch groß geworden, und da müsse die Kunst halt mal zurückstecken. Sinngemäß. Ich fand das eine sehr differenzierte Betrachtung, vor allem angesichts des Stammtisch-Umfelds. Da hab ich mehr im Spaß gesagt, sie wäre eine gute Touristikerin, ob sie denn schon mal über einen Job im Tourismus nachgedacht habe. Jedenfalls ergab es sich so, dass sie einen Monat so eine Art Schnupperkurs gemacht hat, und ich muss sagen, sie hatte echt das Gespür.«

»Gespür?«

»Ja, die Sicht der Außenstehenden, die aus einer komplett anderen Region stammt. Die nicht diese alpine Betriebsblindheit hat wie wir. Wir wissen ja gar nicht, wie schön es hier ist. Wir kennen unser Potenzial gar nicht. Zwar kommt das Team größtenteils auch nicht aus den Ammergauer Alpen, aber wir – Cheffe und ich auch – gehen viel zu akademisch an die Sache ran. Jacky hat mal zu mir gesagt, wir verschreckten die Leute bloß. Sie hatte einen echt guten Draht zu unseren bäuerlichen Vermietern.«

»Und dann?«

»Nun, der Monat war vorbei, ich hatte ihr empfohlen, auf die FOS oder BOS zu gehen, Abitur nachzumachen und vielleicht Tourismus zu studieren oder eine Ausbildung im Tourismus zu machen. Ich hätte sie auf jeden Fall unterstützt.« Jo schenkte sich Prosecco aus dem Weinkühler nach. Auch wenn Jo sonst alles andere als eine Hausfrau war, bei Getränken hatte sie Stil.

»Und wie fand sie die Idee?«, fragte Evi.

»Es kam mir so vor, als hätte sich eine Tür geöffnet, die ihr fast etwas Angst gemacht hat. Sie war, so habe ich das empfunden, froh, dass es für das damalige Schuljahr sowieso schon zu spät war. Über diese Schwelle zu gehen, eine klare Entscheidung zu treffen, das schien sie zu überfordern.«

»Und das hast du so hingenommen?« Gerhard sah Jo scharf an.

»Was hätte ich tun sollen? Ich bin weder ihre Mutter noch sonst näher bekannt. Mehr als ein Angebot machen kann ich nicht. Und im Prinzip schadet es ja auch nicht, noch ein bisschen zu jobben.«

»Unsere Jo! Auf 'nem Bauernhof Kühe zu melken ist kaum ein richtungsweisender Job für den Tourismus, oder?« Es ging schon wieder los. Gerhard spürte das. Immer wenn er mit Jo diskutierte, vergriff er sich im Ton.

»Meine Seele, Gerhard, du Spießer! Du Meister der Selbstverleugnung! Dein Lebensweg war ja wahrlich auch nicht durchgeplant!«

»Lassen wir das. Alles war also eitel Freude? Hat sie bei dir nie diese Nachtwandel-Marotte gezeigt?«

»Sie kam ab und zu um acht ins Büro, mit völlig verdreckten Bergstiefeln, und war irgendwo zwischen Köpfel und Hochschergen gewesen.«

»Und sie war nie müde oder unkonzentriert?«

»Was für eine dämliche Frage! Natürlich, aber sie war eine Volontärin, sie bekam kein Geld.«

»War sie manchmal richtig neben der Spur?«

»Ja, ein-, zweimal wirkte sie auf mich, als ob sich ihr Bewusstsein abgekoppelt hätte. Sie war irgendwie weggetreten.«

»Und du hast sie nie darauf angesprochen, gerade du?« Da war er wieder, der ungute Ton zwischen ihnen.

»Ach, und was soll das heißen? Dass ich ein geschwätziges Stück bin?«

»Nein, aber du bist jemand, dessen Gedanken schneller zu Worten werden als bei anderen, eine, die an ihren Worten ersticken würde. Und das ist ja nicht schlecht, und du musst zugeben: Stille Größe, zurückgezogenes Schweigen – das bist du nicht.«

»Nein, und im Gegensatz zu dir glaub ich auch, dass Kommunikation besser ist als dumpfschädliges feiges Schweigen.«

»Konfrontation!«

»Nein, Kommunikation!«

Evi mischte sich ein. »Wahl der Waffen? Schwert oder Keule? Reißt euch mal zusammen!«

»Sorry«, sagte Jo. »Also, ich habe natürlich versucht, was aus ihr rauszukitzeln.«

»Und?«

»Nichts! Sie liebte eben die Nacht. Zumindest hat sie das gesagt. Die Geräusche, das Mondlicht, die Sterne. Sie hat uns ein paar tolle Ideen für unser Kinderprogramm geliefert. Sie hat Pfade entdeckt, da war vor ihr wahrscheinlich noch keiner außer ein paar Hirschen. Es gab Felsformationen wie Nashörner oder Elefanten, Wurzeln wie Drachen. Wir haben einmal sozusagen auf ihren Spuren eine Familien-Nachtwanderung gemacht – die war ein sensationeller Erfolg. Seien wir doch mal ehrlich: Wir haben Angst vor Blindschleichen, vor dem nächtlichen Wind in den Bäumen, aber am Münchner Flughafen gehen wir nachts frohen Mutes durch ein leeres Parkhaus. Wir sind doch krank! Nicht Jacky.«

»Aber dadurch war sie auch sehr allein.«

»Ja, wenn du menschliche Gesellschaft meinst. Sie hat niemanden wirklich an sich rangelassen. Ich hab, nervig, wie ich nun mal in meiner Kommunikationswut so bin, schon versucht, ein bisschen über sie zu erfahren. Aber mehr, als dass sie den Freund ihrer Mutter nicht mochte, war da nicht herauszukitzeln.«

»Dieser Freund hat ihren Hund weggegeben.«

»Oh, wie schrecklich. Dabei waren Tiere ihr Ein und Alles. Ich habe sie mal beobachtet, wie sie mit meinen Pferden umgegangen ist. Sie war spazieren mit Falco. Der geht sonst keinen Meter, ohne die Fressbremse einzulegen. Neben ihr ist der getrottet, ohne dass sie auch bloß am Führstrick gezogen hätte. Sie waren eine Einheit. Ich war fast ein bisschen eifersüchtig. Du kannst mich ja gerne in die Klapse einweisen: Aber ich glaube, die beiden haben miteinander geredet.«

»Hmm! Und wieso hatte sie dann kein Tier, nicht wieder einen neuen Hund?«

»Sie meinte, ohne rechte Wohnung wär das schwierig.«

»Und wie ich dich kenne, hast du das nicht gelten lassen.« Gerhard hielt Evis warnendem Blick stand. »Jo, ich meine das nicht böse, aber du gibst selten auf.«

»Idiot!« Das klang eher wie eine Liebkosung. »Nein, ich hab nicht aufgegeben, zumal ich gerade ein paar supersüße Welpen gewusst hätte, die dringend einen guten Platz gebraucht hätten. Kleine Katzen auch!«

»Und sie hat nicht angebissen?«

»Nein, sie hatte plötzlich Tränen in den Augen und stammelte fast: ›Ich bin nicht gut genug für ein Tier. Nicht gut genug. Ich versage immer und kann die nicht schützen, die doch Schutz brauchen.‹«

»Und dann?«

»Was hätte ich sagen sollen? Sie hatte doch recht.«

»Bitte? Das sagst du als Mama Samtpfote? Ernährerin sämtlicher Katzen zwischen Schönberg und Saulgrub?«

»Gerhard, das wirst du nie verstehen. Dir sagen Tiere nichts. Bis auf jene, die als Landjäger oder Schweinsbraten auf deinem Teller landen.«

»Jo, das ist jetzt …«

»Bitte, Gerhard, lass mich ausreden. Ich meine das nicht böse. Du bist gesegnet, dass dir Tiere nichts sagen. Das befreit dich vom Leid. Ich – und nicht bloß ich –, Menschen wie Kassandra oder Jacky und Millionen andere haben sich auf eine entsetzliche Gratwanderung eingelassen. Wir gehen auf einem Grat, von dem der Sturz so schmerzhaft ist, dass ich zumindest wünschte, ich hätte nie begonnen mit diesem Weg. Tiere zu lieben heißt loszulassen, sie nicht einzusperren. Vor allem Katzen. Mama Samtpfote betet jeden Tag darum, dass alle wieder unversehrt auftauchen. Mama Samtpfote steht da mit bebendem Herzen und ruft und lockt, und mit jeder Katze, die um die Ecke biegt, jubiliert ihr Herz. Mit jeder, die einen Tag lang etwa nicht zu sehen ist, schnürt sich die Kehle mehr zu. Denn Katzen verschwinden, verlieren den Kampf gegen einen Marder, geraten in Mähmaschinen und werden überfahren. Sie haben auch meinen Kater überfahren, diesen schwulen Pazifisten, den liebsten von allen, ein Wollknäuel, das immer davon überzeugt war, alle müssten auch ihn lieben. Er kam auf meinem Kopfkissen zur Welt, er war meine erste Hausgeburt, er hat mich acht Jahre begleitet. Jeden Tag, viele Stunden. Mehr als all die anderen meiner Katzen. Weil er in meine Seele sehen konnte. Ich habe ihn von dieser Straße geholt, ihn heimgetragen in einer Holzkiste. Ihn beerdigt. Das Bild seines zerschmetterten Köpfchens trage ich in mir. Es verfolgt mich, es quält mich, und die Qual endet nicht. Es ist dieser Schmerz, dieser grenzenlose Schmerz. Es ist diese Schuld, diese unverzeihliche Schuld. Ich bin umgezogen in die Nähe dieser grausamen Straße. Wäre ich im Bergstätt-Gebiet im Allgäu geblieben …«

Gerhard sah die Tränen in Jos Augen, und die ganze Situation war ihm unangenehm. Er verstand das wirklich nicht, konnte nicht einsehen, dass Tierliebe so tief ging. Evi sprang in die Bresche.

»Jo, das ist doch nicht deine Schuld. Es hätte auch im Allgäu passieren können. Da gibt es auch Straßen.«

»Keine solchen Rennstrecken wie hier. Und deine Argumentation ist die derer, die nicht lieben. Tiere nicht lieben müssen. Nicht immer wieder stürzen, hinein in einen Strudel von Schmerz. Der Strudel mündet nach einer grauenvoll langen Zeit in ein ruhigeres Gewässer. Und selbst wenn es spiegelglattes Wasser ist und du hineinsiehst, dann ist da wieder nur das Bild eines zerschmetterten Körpers. Es gibt keine Erlösung. Niemals. Jacky wusste das sehr genau. Ihr Weg war klüger als meiner. Sich nicht einlassen auf die Liebe, vorher abblocken, sich dagegenstemmen, gegen den Wunsch zu beschützen. Sie wusste, dass du als Mensch nur verlieren kannst.«

Evi schwieg. Sie nippte an ihrem Tee. Dann stand sie auf und ging zum Haus. Im Gehen sagte sie leise. »Vorher abblocken. Gilt das auch für die Liebe zu Menschen?«

»Klüger wäre es«, sagte Jo und begann geräuschvoll Geschirr zusammenzustellen. Gerhard half ihr, und nach einiger Zeit fanden sie sich alle wieder vor dem sonnigen Haus ein.

Sie beobachteten Katze Prosecca von Grabenstätt, die Fliegen jagte, fast wollte sich das Urlaubsgefühl wieder einstellen, hätte da nicht eine seltsame Stimmung über ihnen allen gelegen. Es war Jo, die das Schweigen brach.

»Was wisst ihr denn nun? Gibt es Verdächtige?«

»Wir wissen wenig, außerdem dürfen wir dir dazu nichts sagen.« Gerhard blinzelte in die Sonne.

»Blödsinn! Ich bin ja sozusagen eine Zeugin, ich habe sie gekannt, ich kenne die Leute hier, ich liefere euch Hintergrundwissen.«

Jo hatte ein Nein noch nie akzeptiert, und ganz falsch lag sie nicht. Wo nichts Konkretes war, war auch nichts zu verraten. Eines aber nahm er Jo übel: Er hatte ein bisschen abschalten wollen, doch nun waren sie wieder da, die Bilder von Jeanny-Jacky. Er seufzte. »Hast du denn was Neues in Schönberg erfahren?«, fragte er Evi.

»Nein, nichts Neues, aber Bestätigungen erhalten. Erhards Wald ist wohl wirklich nicht ganz koscher. Das haben diese beiden Landwirte gesagt.«

»Na, und? Hatte er nette Grübchen?« Gerhard grinste.

Evi verzog das Gesicht. »Hab ich nicht so drauf geachtet, der Silogeruch hat mich fast umgehauen.«

»Und der andere? Auch keiner für den Jungbauern-Kalender?«

»Er hat sich nicht entkleidet, du Depp! Aber er hatte einen hübschen Oberarm.« Evi schüttelte den Kopf und fuhr fort: »Er wusste auf jeden Fall zu berichten, dass die Affäre mit dem Käser von Jackys Seite her doch ernster gemeint war. Ob die Ehefrau was mitbekommen hat, wusste er nicht. Er sagt, die seien seit Monaten in Niederbayern und nicht wieder aufgetaucht. Ich habe Melanie gebeten, das zu prüfen. Tja, und sonst haben beide gesagt, dass Jacky verrückt war, hübsch, aber total durchgeknallt.«

»Okay, nichts Neues unter der Sonne.« Gerhard blickte auf seine Notizen. »Allen kommt dieses Nachtwandeln komisch vor. Jacky war schon in Kempten immer unterwegs. Auch in Peißenberg, das wissen wir von der Apothekerin. Anton Erhard ist ein Muhackl, Marianne Erhard war wohl nicht unbedingt begeistert, dass sich Jacky bei ihnen eingenistet hatte. Agnes Lindauer ist 'ne Ratschn, die leicht zu verunsichern ist, aber ihre Holzgeschichte haben auch Frau Neider und die Jungbauern bestätigt.«

»Was hast du über mich notiert?«, unterbrach ihn Jo.

»Ja genau. Was?«, wollte nun auch Evi wissen.

»Das ist doch egal.«

»Ist es nicht!«

»Also bitte: *Jo: typisch, immer aufseiten der unkonventionellen Revoluzzer.*«

»Ja! Weil es nicht schlimm ist, durch die Nacht zu wandeln. Und wenn ich die Einzige bin, die das so sieht, bitte schön!«, schimpfte Jo.

»Du bist nicht die Einzige. Auch Frau Jocher fand das nicht schlimm«, sagte Gerhard und erzählte von seiner Unterhaltung mit der alten Dame. »Bei ihr ist das aber eher die Milde und die Würde des Alters.«

»Pah«, fiel Jo ein. »Das hat nichts mit dem Alter zu tun. Manche sind mit dreißig steinalt. Da bist du bei Freunden hinter dem Schallschutzwall eingeladen. Also, der Wall besteht aus einem uralten Bauernhaus, das sie in der Ortsmitte abgerissen haben. Nicht erhaltenswert, das alte Ding. Jedenfalls wohnen deine Neubürger-Freunde Nummer drei. Aber ist das nun a, b, c oder d gewesen? B, es muss b sein! Du läutest und kriegst gleich mal ein Glas viel zu süßen Prosecco angeboten. Übelkeit wäre in dem Fall kein Problem, das Zwei-Quadratmeter-Klo mit dem Miniwaschbecken, in das genau eine Hand passt, ist bei allen Reihenhäusern am Wall stets vom Vorraum aus gesehen rechts, der Eingang in die Küche befindet sich links. Die Küche hat helle Holzfronten, heißt irgendwie Allmilmö oder Potzenpoll oder so ähnlich. Sie ist zeitlos, zeitlos nichtssagend. Sie sagt dir beim Einzug nichts und wird dir auch nichts sagen, wenn die Besitzer ins Grab fahren. Diese Küche ist aber dann noch wie neu, weil man eine gute Qualität gekauft hat. Jedenfalls gibt es dann einen Nudelsalat aus Bionudeln, der geschmacklich zur Küche passt, und ein Chili con Carne, das den Pep einer stinkenden Skisocke hat. Es sind nur Pärchen eingeladen, was sonst, alle sind so nett. Alle Sies haben leichtes Wohlstandsübergewicht. Die Ers haben alle ein Bäuchlein und gute Berufe. Alle Sies wollten nach dem Kind sofort wieder anfangen zu arbeiten und sitzen nun seit fünf, sieben, zehn Jahren zu Hause. Alle Sies wettern gegen die Kindergärtnerin oder Lehrerin, alle Ers über die Chefs und die Verspätungen der Vorortzüge. Und du sitzt da auf der bläulichen Couch – modern, aber doch zeitlos – und betrachtest deine Freundin. Und auf einmal merkst du: Das ist sie gar nicht. Sie wohnt ja doch in c, aber sie hat den gleichen gesträhnten halbkurzen Blondschopf – modisch und zeitlos –, den gleichen Mann, den gleichen Zaun, das gleiche Mülltonnenhäuschen. Das ganz gleiche uniforme Leben.«

»Das ist eine Scheiß-Geschichte«, knurrte Gerhard. »Du bist eine Polemikerin, Jo, eine totale Scheiß-Geschichte ist das!«

»Könnte aber so passieren«, meinte Evi und zwinkerte Jo zu. »Und diese Untersuchung, dass Vorschulkinder zu achtzig Prozent keinen Purzelbaum mehr können, lässt sich auch auf diese Reihenhäuser zurückführen. Sie haben keinen Platz; würden sie purzeln, würden sie unweigerlich im Grill des Nachbarn landen.«

Jo gluckste.

Gerhard war von den beiden in dem Moment abgrundtief genervt. Das war typisch Jo, und Evi musste da auch noch mitmachen.

Evi schien zu spüren, dass die Situation zu eskalieren

drohte. Sie schenkte Jo diesen warnenden Blick, den sie sonst für ihn reserviert hatte. Gerhard sah das genau und war einmal mehr froh, dass Evi seine Kollegin war. Sie hatte sich an ihn gewandt: »Abseits aller Altersfragen und Reihenhäuser, lass uns mal zum Wesentlichen zurückkommen: Müssen wir uns nicht allmählich mal eingestehen, dass dieses Nachtwandeln des Mädchens nicht einfach eine Schrulligkeit war, sondern dass das eine ganz eigene Dimension hatte? Wenn du ganz ehrlich bist, Weinzirl: Du hast schon sehr früh dementiert, dass Jacky ernsthafte psychische Probleme hatte. Du hast sie als ein unzuverlässiges Gör abgetan. Aber wenn wir das hier alles noch mal mit Abstand und ganz neutral lesen, müssen wir andere Schlüsse ziehen. Da war mehr als eine schwere Kindheit, die tatsächlich andere auch hatten, die später doch ihr Leben gemeistert haben. Was ich sehr interessant fand: diese Ablehnung, ein Tier zu halten, obgleich sie Tiere liebt. Sie hatte überhaupt kein Selbstwertgefühl.«

»Ja, das denke ich auch«, fiel Jo ein. »Als sie damals so viel Lob für die Nachtwanderung bekam, war ihre Reaktion eher ablehnend. Das Lob schien sie wirklich aus der Bahn zu werfen. Und das war nicht dieses Kokettieren, da war wirklich eine echte Beklemmung und Panik zu spüren. Sie ist dann auf der kleinen Feier einfach verschwunden, ohne den Prosecco, den wir doch auf sie trinken wollten, auch nur anzurühren.«

Evi nickte. »Ja, das passt ins Bild. Ich habe da eine Theorie. Ihr dürft jetzt nicht lachen. Aber auch ich habe mir die Protokolle nochmals vorgenommen. Es war immer von einer Art Flucht die Rede. In der Wirtschaft, bei den

Albrechts. Die Apothekerin sagt, sie sei hinausgerannt. Bei Jos kleiner Party ist sie auch vor dem Prosecco geflüchtet.«

»Ja und?« Gerhard schüttelte verständnislos den Kopf.

»Ich glaube, sie hat keinen Alkohol vertragen. Nein, mehr, sie ...«

»Bitte? Ist das das Plädoyer der Anti-Alkohol-Liga? Evi, bitte, bloß weil du nur Mineralwasser trinkst!«

»Quatsch, aber ich hatte dir doch gesagt, ich lese mich in die Materie ein. Ich habe mal einen Psychiater konsultiert, der natürlich keine Ferndiagnosen posthum stellen kann. Aber so wie ich ihm Jackys Leben geschildert habe, sagt er, dass sie wahrscheinlich unter Dissoziation gelitten hat. Das ist sozusagen eine psychische Reaktion auf ein altes Trauma. Dem, Weinzirl, darfst du ein gewisses Fachwissen zutrauen. Er hielt meine Beschreibungen für sehr bedenklich. Es war eine Art Getriebensein. Irgendein Trigger ...«

»Ein was?«, fragte Gerhard.

»Ein Auslöser. Irgendein Auslöser schien sie dazu zu treiben, herumzugeistern. Ja, es ist tatsächlich wie ein Herumgeistern, hat der Psychiater gesagt.«

Jo fiel ein. »Ja, ich konnte das vorher nicht so gut formulieren, aber ich habe sie selbst mehrmals nach so einem frühen Morgenspaziergang getroffen und hatte den Eindruck, dass sie wirklich nicht zu wissen schien, wo sie war. Ja, Herumgeistern trifft es.«

»Ihr meint, etwas hat sie unter die Geister getrieben?«, sagte Gerhard süffisant.

»Der Psychiater sagt, dieses Herumgeistern ist eben nicht wie Schlafwandeln. Sondern eine bewusstseinsnahe Sache. Aber es bedarf eines Auslösers, und dabei kann es sich um Alkohol handeln.« Evi machte eine Pause. »Alkohol am Stammtisch, Alkohol beim Abendessen, sogar reiner Alkohol bei der Medikamentenherstellung – sie ist davor weggelaufen, ohne genau zu wissen, warum und wohin. So was kommt öfter vor, als man denkt, sagt der Psychiater, er hat auch andere dissoziative Patienten.«

»Gut, lassen wir das mal so stehen. Das würde zu dem Eindruck passen, den Jo von ihr hatte. Dass sie quasi abwesend war. Alkohol als Auslöser, möglich«, meinte Gerhard und überlegte kurz. »Aber dann ist Bedienung so ziemlich der dümmste Job, den sie wählen konnte.«

»Erstens hatte sie wenig Auswahl, und zweitens kennt der Betroffene den Auslöser ja nicht. Diese Abspaltung ist ein Schutz. Der Psychiater sagt, dass so was kumuliert. Nimm so einen Stammtisch: Erst geht alles ganz zivil vonstatten. Trinker durchlaufen einige Stufen der Wirkung von Alkohol, je länger der Abend dauert. Zunächst werden alle witziger und aufgeräumter, und dann kommt zunehmend Melancholie, Lebenskrisen treten zutage oder aber Aggression. Du hast ihre Mutter gesehen. Du selbst hast gesagt, sie sei Alkoholikerin. Und der Bodenmüller? Man konnte auf hundert Meter erkennen und riechen, dass der Schwerstalkoholiker ist. Wissen wir, wie ihr Leben ausgesehen hat, bevor sie volljährig wurde?« Evi schien sehr überzeugt zu sein, und sie hatte sich gut vorbereitet.

»Nein, genau das wissen wir eben nicht. Und bitte komm mir jetzt nicht mit irgend so einer Missbrauchskiste.«

Jo war dem Gespräch eine Weile gefolgt und mischte sich jetzt ein. »Man muss Kinder nicht gleich missbrauchen, um ihnen dennoch unendlich wehzutun. Durch Missachtung, durch Zerstören ihres Selbstvertrauens. Durch Lieblosigkeit. Dadurch, ihr den Hund wegzunehmen. Durch seelische Grausamkeit!«

Gerhard atmete tief durch. »Jo, Evi, das ist sicher alles wahr. Aber ihre Mutter wird das kaum so sehen wie ihr.«

»Nein, das macht die Tragödie nur größer. Die Wirtin hat erzählt, dass der Mann ihren Hund weggegeben hat und dass es Frauen gibt, die immer geringer werden. Das hat mich sehr stark aufgewühlt. Ein kleiner Satz, ein kleines Wort, das ein ganzes verpfuschtes, verzweifeltes, verlogenes Leben zusammenfasst«, sagte Evi nach einer Weile.

Gerhard schwieg eine Zeit lang. »Ihre Mutter wird Gründe haben, dass ...«

»Scheiße, Gerhard, es gibt keinen guten Grund, dass ein Mann das eigen Fleisch und Blut quälen und verjagen darf«, unterbrach ihn Jo.

»Nein, Jo, es gibt keinen guten Grund, aber viele schlechte. Die Angst davor, allein fernsehen zu müssen. Die Angst, allein alt zu werden. Die Gewissheit, unwert zu sein, nicht schön, nicht schlau. Es ist das System ›Besser den Spatz in der Hand als die unerreichbare Taube irgendwo‹.«

Evi und Jo sahen ihn überrascht an.

Gerhard fuhr fort: »Mädels, haltet ihr mich wirklich für so gefühllos, so blind? Gerade ich als Polizist und Evi auch wissen aus unserem Job nur zu gut, dass es so etwas gibt. Dass ein großer, ja der größere Prozentsatz aller Beziehungen auf so etwas fußt.«

Evi nickte nur. »Würdest du meine Hypothese also gelten lassen?«

»Ja, würde ich, weil ich alle deine Hypothesen schätze.

Ich wollte lediglich vermeiden, dass wir die Vergangenheit von Jacky zu sehr aufwerten und darüber die Gegenwart aus den Augen verlieren. Denn warum auch immer sie in die Nacht rausgerannt ist, das ändert nichts an der Tatsache, dass sie ermordet wurde. Im Hier und Heute. Und wenn ich dir in einem hundertprozentig zustimme: Eine Frau, die schleicht wie eine Katze, hat was gesehen, das nicht für ihre Augen bestimmt war.«

Jo mischte sich erneut ein. »Hypothese ja, Psyche nein. Die kommt bei Gerhard nicht vor. Kann man nicht sehen, nicht riechen und nicht essen!«

»Genau, drum hab ich ja in Evi mein Psycho-Gewissen. Und, Mädels: von mir aus! Vielleicht ist Nachtwandeln ein psychisches Problem. Aber mich interessiert das Greifbare: Was war der Grund für den Mord? Hat sie was gesehen oder wurde sie einfach ermordet, weil man so was einfach nicht tut? Weil man nicht einfach in der Nacht lebt statt am Tage?«

»Nun, da wäre sie durchaus in bester bayerischer Gesellschaft! Der Kini, der Märchenkönig, hat auch komplett in der Nacht gelebt. Er ist nächtens mit Kutschen zwischen Linderhof und Neuschwanstein dahingeflogen. Er hat die Zimmer verdunkelt, den Tag ausgesperrt mit seiner fordernden Helle. Er musste auch sterben. Auch sehr dubios. Auch im Wasser.« Jo war Feuer und Flamme für ihre eigene Rede, das war zu spüren.

»Jo, er war ein Monarch. Er war ein Opfer politischen Ränkespiels. Er war …«

»Ich will damit nur sagen, dass auch er mit seinen Marotten der Mehrheit nicht gefallen hat«, belehrte ihn Jo.

»Ja, aber das hatte eine andere Dimension. Er war am

falschen Ort in Zeiten Bismarckschen Säbelrasselns. In der falschen Position.«

»Wie Jacky. Sie war eben auch nicht normal in den Augen der anderen«, fiel Evi ein, und sie zwinkerte Jo zu.

Warum musste er bloß immer mit dieser beharrlichen weiblichen Übermacht kämpfen?, überlegte Gerhard. Eigentlich sollte er mal eine Erschwerniszulage erwirken. Er war nur noch von Weibern umgeben, seit Baier in Rente war. »Aber ein unbedeutendes Mädel und ein Mord, weil man nicht konform ist, das ist mir zu wenig greifbar. Außerdem stimmt was mit dieser Marianne nicht«, grummelte Gerhard.

»Aber das ist ja wirklich zu einfach, oder? Eifersüchtige Schwester tötet potenzielle Heiratskandidatin, weil sie den Bruder nicht verlieren will. Da müssen wir aber wirklich auch an dem Käser dranbleiben, dessen Ehefrau kann ja auch eifersüchtig sein.«

»Na, Kollegin Melanie ist laut deinen Aussagen schon dran, und außerdem: Die meisten Morde passieren aus Eifersucht und gekränkten Gefühlen. Oder wegen des Geldes.« Gerhard war immer noch genervt.

»Ja, das hatten wir auch schon ganz zu Beginn unserer Ermittlungen.«

»Eben, und erste Impulse sind oft richtig. So toll ist das Alibi der Geschwister nicht«, sagte Gerhard.

»Nö, sie sagt, sie war im Bett.«

»Und bestätigt hat das?«

»Ihr Bruder! Genau, der seinerseits auch im Bett war.« Evi zuckte mit den Schultern. »Was hast du erwartet?«

»Schick alle verfügbaren Leute los, um Nachbarn und so

weiter zu befragen. Ob jemand von den Erhard-Geschwistern vielleicht doch den Hof verlassen hat.«

»Ihr wisst, wo der Hof liegt. Versprecht ihr euch wirklich was davon?«, fragte Jo.

»Nein, aber versuchen müssen wir es. Auch wenn der Hof da allein und einsam am Hang kauert. Und nur die Tiere des Waldes Zeugen sind. Und mit denen konnte nur Jacky reden, die ist aber leider tot.«

»Gerhard, ehrlich! Da muss was anderes dahinterstecken, zumal es keinerlei Anzeichen gibt, dass der Anton Erhard wirklich etwas mit Jacky hatte oder gar ernsthafte Heiratsabsichten gehegt hätte. Wir müssen in eine andere Richtung ermitteln. Sie muss etwas gesehen haben, das sie nicht hätte sehen sollen!« Evi sah ihn eindringlich an. »Die Nacht hat viel mehr Augen als der Tag.«

»Verborgene Augen, Nachtaugen«, ergänzte Jo. »Verschwiegene Pfade ziehen sich durch die Nacht. Wer in der Nacht geht, hat Katzenaugen und bewegt sich genauso unbemerkt.« Sie lächelte Gerhard an. »Gerhard, du musst dich mal an den Stammtisch setzen und nur ein bisschen zuhören. Da wird viel geredet über die einen und die anderen Leute. Natürlich nur, wenn die gerade nicht dabeisitzen«, sagte Jo bedeutungsschwanger.

»Und die einen haben auch Namen?«

»Ja, die heißen gerne mal Anton Erhard.«

»Und was redet man so?«

»Och, es geht gerne mal darum, dass der Wald vom Erhard groß ist, sehr groß, und dass dort so mancher Festmeter geschlagen wird, der nirgends in der Buchhaltung auftaucht.«

»Und gekauft wird es dann von den anderen?«, fragte Gerhard mit einem Grinsen.

»Hmm.«

»Die auch Namen haben?«

»Ja, die heißen gerne mal Weiler, Manfred. Die bauen eine neue Maschinenhalle. Und die haben den großen Vorteil, dass deren Wiesen und ihr kleiner Wald im Nirgendwo an Erhard angrenzen.« Jo lächelte ihn an.

»Und auch das Nirgendwo hat einen Namen?«

»Gerhard, du bist Mountainbiker!«, rief Jo. »Kennst du all die kleinen Sträßchen und Wege im Dreieck Böbing, Soien und Schöffau? Den Grambacher Wald, den Kirnberg, Sonnenbühl und die Kropfleite?«

»Ja und nein – und um auf unser vorheriges Gespräch zurückzukommen: Um die alle abzufahren, bin ich schon zu alt.«

»Du siehst den Punkt! Wir leben inmitten einer hochzivilisierten Welt, aber das ist ein Eck, wo ich immer denke, hier könnte ein Bär, ein Wolf oder sogar ein Yeti unbemerkt seiner Wege gehen.«

»Ja, das wäre ein guter Tipp für Bruno gewesen, hätte sich der dumme Jungspund nur nicht als so unstet erwiesen. Da hätte er maximal ein paar Bauernschädel und eine völlig andere Form von Schafsschädeln getroffen. Solche, die kleine illegale Holzgeschäfte machen.« Gerhard hatte sich erhoben und an die Hauswand gelehnt.

»Meine Damen, der alte Weinzirl war heute früh nicht untätig. Natürlich ist da was dran an der Holzgeschichte, das sind nicht einfach nur die Hirngespinste von zwei redseligen Weibern und brotneidischen Nachbarn. Der Wald ist wirklich dunkel und verschwiegen«, sagte er etwas kryptisch und erzählte dann von seinem kleinen Flugmanöver mit Hajo und dass sie das mobile Sägewerk geortet hatten.

»Wow! Was, wenn Jacky dort irgendwas Illegales aufgedeckt hat, weswegen sie sterben musste? Sie hat etwas gesehen, das man dem stillen Landleben gar nicht zutrauen möchte«, beharrte Evi. »Dabei wäre es hier so idyllisch«, meinte sie, seufzte tief und setzte hinzu: »Wenn man so viel Natur mag.«

»Auf der Alm, da gibt's koa Sünd, ist es das, was du meinst? Ach, Evi-Maus, dein positives Gemüt in Ehren, aber hier passieren menschliche Tragödien genauso wie in der Stadt. Vielleicht kriegst du sie in der Stadt nur weniger mit, erfährst sie erst, wenn Blitz- und Explosiv-Reporter mit ihren Mikros vor jenem Hochhaus stehen, in dem mal wieder ein Kind zu Tode gefoltert wurde. Vielleicht aber gibt es am Land sogar mehr Tragödien, weil die Wohlanständigkeit die Worte erstickt und die Tatkraft erdrückt. Weil nicht geredet wird übers persönliche Versagen. Weil die Fluchtwege verstellt sind. Weil keine unabhängige Instanz von außen eine noch so kleine Tür öffnet. Das Idyll ist auch bloß ein Trugbild.«

»Weinzirl, was für eine Rede für deine Verhältnisse – und dieser Kulturpessimismus. Meine Diagnose: akuter abgesunkener Weißbierpegel.« Jo lachte.

»Wie wahr, wie wahr. Und deshalb machen wir auch einen Ausflug in die herbstlichen Wälder, denn das ist immer noch besser als hier zu darben. Bei Jo gibt's ja nur Prosecco und diese knochentrockenen Weißweine.«

»Soll ja momentan sehr schön sein mit all den Farben«, grinste Jo. »Wir sollten mein Auto nehmen!«

Ja, das war auch Gerhards Idee gewesen. Jos uralter Landcruiser drohte zwar durchzurosten, aber der Allradantrieb funktionierte pfenningguat. Deshalb war er auch bereit, Jo mitzunehmen, denn das Auto hätte sie ihnen niemals mitgegeben, ohne als Chauffeurin dabei zu sein.

Aber er dämpfte Jos Euphorie, die gleich mal die halbe Mafia ausheben wollte. »Ein mobiles Sägewerk als solches ist nicht illegal.« Was Jo natürlich nicht gelten ließ, die losrauschte wie auf der Rallye Paris–Dakar.

»Piano, pianissimo. Zuerst werfen wir noch einen kleinen Blick auf den Hof der Familie Weiler«, bremste Gerhard sie ein.

Ein Hof, der verlassen dalag. Überall standen Bulldogs, diverse Heumer, zwei Ladewagen und zwei Kipper im Freien. Der Knabe brauchte wirklich eine neue Maschinenhalle. Welche als monumentales Bauwerk auf einer uneinsehbaren Lichtung abseits des Hofes auch schon in Arbeit war. Womöglich wollte der gute Manfred Weiler ja dem Münchner Flughafen mit einem Hangar Konkurrenz machen, oder er baute für Schönberg eine Mehrfachturnhalle.

»Geile Reithalle!«, kam es von Jo. Ja, auch das!

»Schön«, sagte Gerhard nur, und Jo durfte weiterbrausen in Richtung Böbing, bis sie dann auf Gerhards Weisung in einer Kurve rechts abbog.

»Nobelbauern«, murmelte Jo, »alles asphaltiert.«

Etwas, was sich ändern sollte, die Wege wurden schlechter, Gerhard war über eine Karte im Maßstab 1:25.000 des Bayerischen Landesvermessungsamtes gebeugt. »Links, rechts«, seine Befehle kamen knapp. Der Weg endete im Nichts.

»Super, Herr Navigator«, maulte Jo.

»Ruhe, mach mal erst dein röhrendes Ungeheuer aus, und dann lausche den Geräuschen des stillen teutschen Waldes.«

Jo gehorchte, und siehe, das Geräusch einer Säge war zu hören. Metallisch, einschneidend, irgendwo im Wald.

Für Gerhard war das der Triumph des Tages. »Wir kommen von hinten durchs Auge, meine Damen. Hajo und ich haben über der Karte gebrütet, und Hajo war sich ziemlich sicher, dass die eher von der Geigersauer Seite aus reingefahren sein müssen. Also, dann pack mers, und du, Jo«, er hob drohend den Finger, »du bleibst beim Auto!«

»Ja«, maulte sie, und als er und Evi schon einige Meter weg waren, grummelte sie ein »Arschloch« hinterher.

Gerhard fuhr herum und drohte ihr erneut mit dem Finger. »It noachmaula!«

Sie folgten dem Geräusch, schlängelten sich durch Jungbaum-Anpflanzungen, mussten durch eine sumpfige Rinne waten und kletterten schließlich einen Gegenhang hoch. Das Geräusch wurde lauter. Ein Pfad wurde sichtbar, der sich verbreiterte. Nun heulte die Maschine regelrecht, und als sie um eine Kurve bogen, tat sich mitten im Wald ein Holzplatz auf. Brettleseben, Voraussetzung für ein mobiles Sägewerk. Treffer! Gerhard war richtig aufgeräumt.

In der Kabine des Ungetüms saß ein Mann und arbeitete konzentriert. Zwei Männer fassten die Bretter sofort und schleppten sie zu einem Holzwagen, wo sie sie aufluden. Sie waren völlig in ihre Arbeit vertieft. Erst als der Säger seine Maschine ausmachte und rüberplärrte: »Ich stell jetzt die Sägeblätter um!«, entdeckten die beiden Männer den Besuch.

»Herr Erhard, grüß Gott. Und Sie sind?«, fragte er in die Richtung des anderen.

»Wer will des wissn?«

»Ach, nur die Kriminalpolizei, Herr …?«

Der junge Typ sah ihn an, als müsse er über diese Botschaft erst mal nachdenken. Er war rotbäckig, blond und wahrscheinlich relativ gut aussehend, zumindest wenn man als Vergleich die sonstige Schönberger Dorfschickeria heranzog. Seinem leicht geöffneten Mund und den erstaunten Kinderaugen war zu entnehmen, dass er wenigstens nicht die Bürde allzu großer Nachdenklichkeit mit sich herumtragen musste.

»Weiler«, sagte er schließlich.

»Na fein, und dann wüssten wir noch gerne, wer Sie sind«, sagte Gerhard mit penetrant fröhlicher Tonlage.

Die Frage hätte sich erübrigt, denn auf dem Ungetüm stand: »Gebrüder Bartholomäus und Benedikt Berthold«, eine Adresse in Landsberg. Der Mann gab sich nun als Bartl Berthold zu erkennen und wirkte nervös. »Ich hab damit nichts zu tun, ich mach nur meinen Job.«

»Jetzt kommen Sie da erst mal von Ihrer Kanzel runter!«, rief Gerhard immer noch so richtig aufgeräumt.

Bertholds Bartl gehorchte.

»So, womit haben Sie nichts zu tun, Herr Berthold?«

Er schaute auch nicht viel intelligenter als Blondie Weiler. »Na wenn Sie da sind, dann, dann …«

»Ja genau, dann ist was im Busch, gelle, Herr Berthold?

Und was könnte das sein?« Gerhard ließ den Blick vom einen zum anderen schweifen. Die Herren sahen zu Boden, eine Situation wie weiland in der Schule, in der man Stoßgebete zum lieben Herrgott schickte, der Herr Lehrer möge einen anderen aufrufen.

Es war Erhard, der als Erster sprach oder besser knurrte. »Was wollts n?«

»Holz kaufen, Herr Erhard. Wie wäre es damit?«, fragte Gerhard.

»Da gehts zum Heiserer oder zum Steinsdorfer. Aber der Hund is allweil so zwider. Oder gehts glei zum Obi.«

»Schauen Sie, Herr Erhard. Es gibt jetzt zwei Möglichkeiten: Sie packen jetzt alles hier zamm, und wir machen einen netten Ausflug nach Weilheim in unser Büro. Oder aber Sie sperren Ihre Lauscherchen jetzt mal auf und sagen mir hinterher, ob ich recht hab. Sie haben Holz, viel Holz, Herr Erhard, und ein Großteil Ihres Einkommens stammt bei Ihnen aus der Forstwirtschaft. Ein größerer Teil als der, den Sie mit Milchkühen und dem Verkauf von Kälbern erzielen. Und dann ist da das böse Finanzamt, das immer mitverdienen will. Also verticken Sie einen Teil Ihres Holzes schwarz zum Beispiel an den Kollegen Weiler. Und der Herr Berthold hier, der macht Ihnen sicher einen guten Preis und nimmt für den kleinen Rabatt eben noch das eine oder andere Bäumchen mit. Denn Sie alle drei kennen ja die sonderbare Wertvermehrung, wenn man Waldholz in Bauholz verwandelt. Sagen wir fünfundsiebzig Euro für den Festmeter und zweihundert bis zweihundertfünfzig Euro für Bauholz? Oder, Herr Berthold?«

Berthold schwieg.

»Mei, Herr Berthold, und weil ich so ein kleiner Hellseher bin, sag ich Ihnen noch was: Sie haben sicher nicht bloß dieses hübsche Baby hier, sondern auch Holz-Lkws, und bedauerlicherweise haben Sie einfach kein Gefühl für Gewichte. Sie laden einfach immer zu viel auf, aber, Herr Berthold, wie durch Zauberhand, wenn Sie dann ankommen, transportieren Sie nur das zulässige Gesamtgewicht.«

»Das ist eine Unverschämtheit, das müssen Sie erst mal beweisen. Sie haben eine blühende Fantasie, Sie, Sie …«

»Ich was?« Gerhard war immer noch zuckersüß.

Berthold machte eine unwirsche Handbewegung.

»Schauens, Berthold. Ich jag Ihnen so viele Betriebsprüfer auf den Hals, dass Ihnen ganz schwindlig wird. Ich setze eine Sonderkommission darauf an, all Ihre Kunden zu filzen. Und deren Bücher zu prüfen. Sie werden den Tag verfluchen, an dem Sie nur einen Ster Holz zu viel gefahren haben.« Und nun war der nette Gerhard auf einmal gar nicht mehr so nett.

Und während der Berthold noch nach Luft schnappte, wandte sich Gerhard unvermittelt an Weiler. »Und Sie, Sie haben sich Ihre Maschinenhalle doch sicher genehmigen lassen?«

»Bis hundert Quadratmeter und hundertvierzig Quadratmeter Dachfläche geht's ja koan was o!«, brüllte Weiler, der wohl ein bisschen zur Aggression neigte. Blondie hatte auch schon ein richtiges Rotköpfchen.

»Sie leiden hier alle an größeren Behinderungen, was!« Gerhard schrie jetzt. »Der Berthold hat kein Gefühl für Gewichte, und Sie haben einen Knick in der Optik. Ich warne Sie, Weiler! Die Gemeinde, Landratsamt, alle haben

Sie gleich so was von am Arsch wegen dieser Halle! Hundert Quadratmeter, dass ich nicht lache, die hat drei Mal so viel! Sie glauben wohl, ich bin auf der Brennsupp dahergeschwommen, was! Wenn Sie etwas schlauer wären, dann würden Sie auf zwei Flurstücken je eine Hundert-Quadratmeter-Halle bauen, die sechs Meter Abstand einhalten und später mal klammheimlich die beiden verbinden. Das wäre wenigstens gewitzt.«

Die drei Männer starrten ihn verdutzt an.

»Ja, ich bin auch vom Land, ich kenn euch und eure bauernschlauen Tricks.« Gerhard wartete ein paar Sekunden, bis er erneut brüllte: »Ist das jetzt in euren Holzköpfen angekommen?«

Evi mischte sich ein: »Der Kollege meint das ernst. Er war mal beim Dezernat für Wirtschaftskriminalität, das hat der noch drin.«

»Genau«, knurrte Gerhard. »Aber heute interessiert mich das eigentlich gar nicht.«

Dieser Effekt war gelungen. Die drei Männer starrten ihn entgeistert an. »Mich interessiert der Mord an Jacky Paulig.« Wieder eine kurze Kunstpause, und dann kam die finale Attacke: »Die hier im Wald gesehen hat, was Sie da so treiben.«

»Schmarrn«, brummte Erhard.

»Kein Schmarrn! Ich warne Sie, denken Sie an all die Betriebsprüfungen. Sie war hier.«

»Schmarrn!«, kam es nochmals von Erhard.

»Tja, dann ruf ich mal die Kollegen an, oder?«, Evi lächelte ein engelsgleiches Lachen. »Ich telefonier auch gleich mal mit Landsberg, die Kollegen dort sollen umgehend zur

Firma Berthold fahren. Ach, weiß Ihr Bruder eigentlich von Ihren kriminellen Machenschaften?«

Da hatte Evi wohl einen sehr wunden Punkt getroffen, weil Bertholds Bartl plötzlich einen gewaltigen Schritt nach hinten machte und in Erhards Richtung rief: »Machts doch, was ihr wollt, ich lass mich da nicht mit reinziehen.« Und an Evi gewandt: »Das Madel war da, einmal ist sie dagestanden. Wie vom Himmel gefallen. Ich bin total erschrocken. Ich dachte, das ist ein Gespenst, die weiße Frau oder so.«

»Schmarrn«, kam es erneut von Erhard, diesmal deutlich leiser.

»Aha, und dann?« Gerhard hatte sich an Berthold gewandt. Er schaute durch die beiden anderen Männer einfach hindurch. Fast lief Gerhard Gefahr, sich nicht mehr richtig zu konzentrieren, weil ihn das Gespräch langweilte. Menschen waren so durchschaubar, es war so einfach, das schwächste Glied in der Kette herauszufinden. Und das war Berthold.

»Der Anton ist zu ihr rübergegangen. Ist mit ihr eine Weile verschwunden.«

»Ja, du Sprichbeitl, du Matz, du verreckte!« Rotköpfchen war inzwischen knallrot. Ja, das waren diese blonden Typen mit der rosa Haut, sie verfärbten sich gerne einmal. Der gute Weiler hatte sicher auch stets mit Sonnenbrand zu kämpfen. »Du blede Sau!« Weiler hatte Berthold inzwischen am Kragen gepackt.

Gerhard fuhr ihm in die Parade und bog ihm blitzschnell die Hand auf den Rücken. »Na, na, na! Brauch ich Handschellen, oder geht es auch so?«

Weiler fiel in sich zusammen. »Aber ned fesseln, bitte!« Der Mann konnte sogar bitte sagen. Was für ein Weichei!

»Schön, Herr Weiler, wenn wir uns dann alle wieder beruhigt haben, würde ich gerne fortfahren.« Es machte doch richtig Spaß, so geschwollen daherzureden. Gerhard wandte sich an Weiler, der unvermindert wie eine rote Laterne leuchtete. »Ihr Einsatz für Ihren Spezl Anton ja in Ehren, aber sollte nicht er selbst mal erläutern, was er da mit Jacky gemacht hat?«

»Nix«, brummte Erhard.

»Gut, die Herren. Wir brechen das hier jetzt mal ab. Sie alle folgen mir ins Präsidium. Sie sind da vollzählig in fünfundvierzig Minuten. Falls nicht, lass ich Sie alle verhaften und setze sämtliche Steuerprüfer und Landratsämter der westlichen Hemisphäre in Gang!«

Mit einer Wendung auf den Hacken, die einem Einsatz sowohl bei einer »Let's Dance«-Show oder auch »Germany's Next Top Model« zur Ehre gereicht hätte, drehte Gerhard ab, zwinkerte Evi zu, und beide marschierten von dannen.

Evi grinste. »Das war ja besser als im ›Königlich Bayerischen Amtsgericht‹.«

»Viel besser, meine Liebe, und jetzt warten wir mal ab, was Erhard uns zu sagen hat.«

»Sagen ist ein großes Wort für die Grunzlaute, die der von sich gibt! Was für ein Dialekt ist das hier bloß?« Evi schüttelte sich.

»Das sind die sprachlichen Perlen des Oberlands.«

»O weh! Aber Weinzirl, Respekt, Chapeau – woher wusstest du, wann ein Stadel genehmigungsfrei ist?«

»Tja, Evi, das Landleben, das segensreiche. Mein Onkel

war Spezialist für Schwarzbauten. Ob am Niedersonthofener See oder im Bergstätt-Gebiet oben. Er hat das wirklich mal praktiziert: baute einen Stadel mit akkurat hundert Quadratmetern auf ein Flurstück, den nächsten auf das angrenzende Flurstück. Das ist absolut legal. Er hat die drei Meter bis zur Grundstücksgrenze eingehalten, ergibt nach Adam Riese sechs Meter. Und dann gingen zwei Jahre ins Land, und zwei heftige Allgäuer Bergstätt-Winter senkten ihr gnädiges Kleid des Vergessens über die beiden Stadel. Und im Frühjahr, wie durch Zauberhände, ward da bald ein Dach gebaut zwischen den beiden, und darum hat sich keiner mehr geschissen.«

Evi lachte leise vor sich hin. Jo hatte wirklich brav im Auto gewartet, und es gelang Evi und Gerhard mehr oder minder erfolgreich – sah man von Jos Schimpftiraden mal ab –, ihre Fragen mit »Geheime laufende Ermittlungen« abzuschmettern. Die beiden tauschten Jos Rostlaube dann gegen Gerhards VW-Bus um und waren nach genau fünfunddreißig Minuten in Weilheim.

Nach zweiundfünfzig Minuten kamen die drei Herren. »Wird aber auch Zeit!«, schimpfte Gerhard.

Sie setzten die drei in unterschiedliche Zimmer und ließen sie da erst mal ein wenig schmoren. Berthold gab natürlich zu, in illegale Holzgeschäfte verwickelt zu sein, weil er sich an der Börse verspekuliert hatte und sein Bruder von alldem nichts wusste. Weiler gelobte, seine Scheune bescheidener zu halten, und flehte um Vergebung. Gebetsmühlenartig wiederholte er, dass er keine Ahnung habe, was Jacky da im Wald gewollt hatte. Auch er behauptete mehrmals, dass die Jacky nicht ganz klar in der Birne gewesen sei. Er gab sogar zu, ihr ein bisschen nachgestiegen zu sein, aber sie hätte ihn nie erhört. Evis Attacke, dass solche Zurückweisungen gerne mal im Mord endeten, hatte er dann mit bemerkenswerter Selbsteinsicht gekontert. »Dann hätt ich halb Schönberg und halb Böbing ermordet.« Diese Aussage hatte Gerhard fast ein wenig für ihn eingenommen.

Die Frage, wo er denn in der Mordnacht gewesen sei, ließ ihn ungläubig aus der Wäsche schauen: »Was, Sie globa, i hätt des Weibets umbrocht?« Sein Alibi war makellos. Er war im Stall bei einer problematischen Kälbergeburt gewesen – zusammen mit seiner Mutter und dem Siggi Moder, einem Tierarzt aus Steingaden, der das später auch bestätigt und dem Weiler zwar eher den IQ einer Seegurke attestiert hatte, ihn aber für absolut harmlos und im Prinzip für sympathisch hielt.

Es erwies sich, dass der Weiler dann nach all diesen Anlaufschwierigkeiten wirklich kooperativ war, als Gerhard ihn bat, ihm doch alles zu berichten, was er über Jackys Leben wusste. Im Prinzip bestätigte er das, was sie bei den Zeugenbefragungen erfahren hatten, eins aber war interessant: Manfred Weiler wusste, dass Jacky immer mal wieder Zeit im Jagdhaus von Anton Erhard zugebracht hatte. Dass sie die Überbleibsel der rauschenden Jagdgesellschaften aufgeräumt hatte, auch mal Getränke ausgeschenkt und serviert. Er selbst war auch ab und zu zusammen mit Anton dort gewesen. Einen »Geldsack« hatte er den Pächter genannt, einen gewissen Ferdinand Friedl aus Miesbach. Und weil da in diesem Manfred Weiler wohl irgendwelche

Dämme gebrochen waren, hatte er unter Eid ausgesagt, dass der Miesbacher es mit den Abschussplänen nicht so genau nehme und er selbst mal dabei gewesen sei, als er mit seinen Kumpels eine Nachtjagd veranstaltet habe.

»Und Sie mittendrin, Weiler?«

»Na, i bi dann gfahra. Des isch a Sauerei. De Viecher sen ja de Auto gwohnt, den Krach kennens scho. Und do fahrt r mit seim Karra dohi und schießt dia Viecher a. Der hot a Gwehr mit am Nachtsichtgerät.«

»Und der Anton, dem war das egal? Ich meine, da fällt doch auch kein gutes Bild auf ihn. Das muss doch jemand mitgekriegt haben. Was ist zum Beispiel mit dem Nachbarrevier?«

Das waren eindeutig zu viele Fragen auf einmal für den guten Weiler gewesen. Das überforderte sein Hirnchen. Multitasking war nicht so sehr seine Domäne. Gerhard versuchte es nochmals.

»Der Anton, wie fand der das?«

»Scheiße.«

»Aha, aber das hat er dem Miesbacher nie gesagt?«

»Der Miaschbacher hot ihm versprocha, dass de Nachtjagd a omolige Sach gwesa isch. Der hot an Freind vo Südafrika doghabt. Des ham se bloß zur Gaudi gmacht.«

Schöne Unterhaltung, das war wirklich eine Welt, die Gerhard bisher gänzlich unbekannt gewesen war. Auch da hatte ihn Hajo eingeweiht und eingewiesen. Er hatte ihm Bilder aufgezwungen, die Gerhard eigentlich gar nicht hatte sehen wollen. Fotos von Gämsen mit zerschossenen Kiefern, die in ihrem Blut lagen. Hajo hatte ihm erklärt, dass es Jäger gebe, die den Tieren direkt auf den Kopf schössen.

»Kein Blattschuss, das Fleisch lässt sich dann besser verkaufen«, hatte Hajo berichtet. Von Männern war die Rede, die die Ricken einfach wegschössen, obwohl sie noch Kitze hatten. In diesem speziellen Fall hatten andere Jäger den Mann überführen können, denn das alles warf ein böses Licht auf die Jägerschaft. »Wir haben sowieso mit ziemlichen Vorurteilen zu kämpfen«, hatte Hajo gesagt und dass nicht alle Jäger solche »Saubeitl« seien. Aber wie überall auf der Welt seien es die Dramen, die schlechten Nachrichten, die Aufreger, die im Gedächtnis blieben, hatte Hajo gemeint.

Gerhard versuchte den Faden wiederzufinden. »Und sonst, bis auf diesen jagdlichen Ausrutscher, war der Anton zufrieden?«

»Mei, ma sagt, der Miaschbacher hot zviel gschossn.«

»Heißt es?«

»Ja, hoast's, aber i kos it gwies song.«

»Und im Nachbarrevier, da müssen die Umtriebe des Miesbachers doch aufgefallen sein, oder?«

»Mei.«

Mei, mei, mei – damit ließen sich offenbar ganze Lebenssituationen bewältigen, und Gerhard hatte keinerlei Zweifel, dass der Weiler da wirklich nicht mehr wusste. »Und sagen Sie, die Jacky war auch dabei?«

»Ja, bei dr Nachtjagd.«

»Ja und? Himmel, Weiler, machen Sie das Maul auf!«

»Ja, gflennt hots wegs de Viecher, de wos gschossn ham. Wies halt dogflackt sin. Abghaut isch se.«

»Abgehauen?«

»Ja, davogloffa halt. Dr Toni hots no gsucht.«

»Und?«

»Am nächsten Tag war se wieder in Schönberg.«

Am nächsten Tag war sie wieder in Schönberg ... Vom Hohen Trauchberg wahrscheinlich den ganzen Weg gelaufen. Verfolgt von den Bildern in ihrem Kopf. Gerhard spürte einen Kloß in seinem Hals. Er wollte sich gar nicht vorstellen, wie das alles auf Jacky gewirkt haben musste. Tote Tiere vor ihren Augen. Tiere, die keine Chance gehabt hatten, ihren Häschern zu entkommen. Tiere, getötet einzig zum Vergnügen eines Geschäftskumpans. Da mochte ihm Jo zwar vorgeworfen haben, Tiere sagten ihm nichts, aber hier ging es um mehr. Nicht um die Seelenprozesse neurotischer Haustierbesitzer, hier ging es darum, was Recht war und Gerechtigkeit. Mehr noch, was Moral war. Es ging um einen Wertekodex, einen Sinn dafür, dass alle Kreaturen ein Recht auf Leben hatten. Auf Würde. Wer Tiere quälte, war nicht weit davon weg, auch Kinder zu quälen. Wem solch ein Wertekodex fehlte, war ein Sadist. Gerhard hätte diesen Miesbacher bereits jetzt und aus der Ferne am liebsten erwürgt und wusste doch auch, dass er sich als Letzter solche Gefühle erlauben durfte. Weil sie sein Urteilsvermögen trübten. Er musste sich wappnen für den Tag, an dem er diesem Mann Aug in Aug gegenüberstehen würde.

»Kann es sein, dass er die Jacky nachher nochmals gesehen hat?«, fragte er nun weiter.

Weiler schaute ihn mit großen Augen an. Die Botschaft schien sich durch seine Hirnwindungen zu kämpfen. »Sie moana, der hot de Jacky weggroamt? Wenn der dem Mädla was do hot, dann dreh i m d Kraga um. So a herglaufene Geldsau. Die Jacky is ned ganz rundgloffa, aber es war scho oane von uns.«

Die Vernehmung von Anton Erhard hatte was von einer Unterhaltung mit einem Hackstock. Es bedurfte eines Künstlers, vielleicht eines Hypnotiseurs oder eines Zauberers, diesen seltsamen Menschenschlag zwischen Lech und Ammergebirge, zwischen Bajuwaren-Derbheit und Alemannen-Verdrucktheit zum Reden zu bringen. Schließlich gab er zu, ein bisschen was mit dem Holz zu türken – »ein bisschen« war angesichts der Dimensionen des Deals natürlich eine sehr starke Untertreibung. Bei der Frage, was Jacky denn von ihm gewollt hatte, hatte er auch nach Stunden immer wieder gesagt, sie habe ihn unter Druck gesetzt, dass sie bleiben wolle und dass er das seiner Schwester zu verklickern habe. Dass sie sonst der Polizei erzählen würde, was hier im Wald so vor sich gehe.

»Na prima, Herr Erhard, und da haben Sie das Mädchen umgebracht, damit es das Maul hält. Geben Sie das doch einfach zu, Sie ersparen uns allen viel Zeit.« Stur wie ein Ochse und wortkarg, wie er war, hatte er jede Attacke mit seinem »Schmarrn« beantwortet. Das konnte er allerdings in allen möglichen Tonlagen modulieren, und am Ende hatte er wie ein höchst unwirscher Grizzly geklungen, den jemand aus dem Winterschlaf aufgeschreckt hatte. Er sei im Bett gewesen, seine Zeugin sei seine Schwester. Diese Aussage hatten sie ja bereits einmal gehört.

Gerhard kam auch auf die Nachtjagd zu sprechen, und da zumindest war der brummige Anton nachgerade gesprächig.

»Dem hob ich gsagt, dass des ned goaht. Dann nimmt ma n halt de Jagd weg. I hob eam gsagt, dass i eam ozoag.« Wieso die Jacky da dabei gewesen war, das konnte Anton Erhard schlüssig erklären. Sie hätte ein paarmal in der

Hütte aufgeräumt, die Spuren der waidmännischen Gelage beseitigt und dafür vom Miesbacher auch stets ein fürstliches Geld bekommen. Und an jenem Abend wären eben so viele Gäste da gewesen, dass der Miesbacher eine Hilfe zum Servieren gebraucht hatte. Die arme Jacky hatte keine Ahnung gehabt, was ihr da drohte, und Gerhard war versucht, auch Erhard zu glauben, dass der davon keine Ahnung gehabt hatte. Was er wohl gewusst hatte, war, dass der schießwütige Miesbacher den Abschussplan mehr als eifrig erfüllt hatte. Er hatte zu viel geschossen, und von Hajo wusste er, dass dann Wild aus den Nachbarrevieren herüberwechselte.

»Und was haben die im Nachbarrevier dazu gesagt?«

»Deane war des ganz recht. Deane war des z astrengend, do so in de Berg zum Rumsteige.«

Diese Aussage kam Gerhard wegen seines Crashkurses im Waldwesen sehr logisch vor. Denn Hajo hatte ihm erklärt, dass es oft vorkam, dass bei zu hohem Abschuss das Wild herüberwechselte. Wenn im Nachbarrevier einer tätig war, der seine Abschusspläne eh nie erfüllt hätte, wenn das so ein Prestigejäger war, der sich eben eine Jagd gepachtet hatte, um zu protzen, dann war der wahrscheinlich froh. »Wirklich schießen wollen solche gar nicht«, hatte Hajo gelacht, »wir nennen die Auch-Jäger, denen geht's nur um die strahlende Größe vor ihren Freunden.« Und so war ja allen geholfen, wie im Falle des Miesbachers, dachte Gerhard.

»Und wie war das, als Jacky weggelaufen ist?«, fragte er weiter.

»Ja mei, gwoant hots, und i bi ihr nach.«

»Und?«

»I hob se nimma gfunda.«

»Und am nächsten Tag war sie wieder da?«

»Ja, se hot auf Middag kocht.«

»Ja und?«, fragte Gerhard.

»Was, und?«, brummte Erhard.

»Na, sie muss doch völlig verzweifelt gewesen sein und fertig nach diesem Gewaltmarsch.«

»Man hot ihr nix okennt.«

Gerhard war sprachlos. Für den Moment wich alle Energie aus seinem Körper. Als würde ihn eine fremde Macht anzapfen und ihm in Sekundenschnelle alle Kraft entziehen. Er hatte das Gefühl, als würde er gleichsam schrumpfen. Es gelang ihm irgendwie, wieder so viel Mumm zusammenzukratzen, dass er weiterfragen konnte: ob denn der Miesbacher etwas mit Jacky gehabt hätte. Diese Frage veranlasste Anton Erhard doch immerhin statt des »Schmarrn« zu einem »Des hät eam ned guat do«. Eine gewisse Solidarität mit Jacky war auch ihm wohl nicht abzusprechen.

»Mei, des war a Sau, aber er war spendabel«, sagte der Anton dann plötzlich ungefragt.

»Ja?« Gerhard spürte, dass da etwas in dem Erhard-Anton brodelte.

»Ja, er hot ihr exschtra de zwoahundert Euro für den Obnd brocht. A paar Tag später.«

»Wann?«

»Am Menda. Am Oamnd, mir ham scho Brotzeit gmacht. Mir ham der Jacky noch geschrien, dass se kimmt. Se war wahrscheints im Stall. Der Miaschbacher isch dann gfahra. I hob sein Karra no ghert. Wenn se im Karra mit dringhockt isch …«

»Erhard, ich hatte Sie schon mal nach einem Geländewagen gefragt. Himmel, warum haben Sie mir das damals nicht gesagt?«

»Ja, Sie ham gseht, dass de Jacky z Soia ausgstiega isch. Des hob i ned gseng. Also hob i dozu nix gseht.«

»Erhard! Das war der Abend, bevor sie ermordet wurde. Wieso haben Sie uns das nicht gesagt?«

»Sie ham des so ned gfrogt.«

Als Erhard draußen war und Gerhard einen Kollegen gebeten hatte, ihn ins Nebenzimmer zu begleiten, stand er auf, ging zum Fenster und sah hinaus. Es war, als würde er durch einen Schmierfilm blicken, er sah etwas und wusste doch nicht, was es war. Sein Gehirn versagte seinen Dienst; es weigerte sich, Informationen zu verarbeiten. Es war das erste Mal in seinem bisherigen Leben, dass er spürte, wie endlich alles war. Dass auch er nur begrenzte Reserven hatte. Noch nie hatte er das so deutlich empfunden. Sein Blick fiel auf den Kalender, das Jahr ging schon wieder zur Neige. In wenigen Tagen würde November sein, wo er doch noch die Löwenzahnwiesen vor Augen hatte. Kassandra und Jo vor ihrem neuen Heim inmitten von Löwenzahnwiesen. Kassandra, die Gute, die Beste von allen. Kassandra, die in Freiburg war. Die irgendwann wiederkommen würde, aber gleichzeitig wusste er, dass da eine Kluft entstanden war. Er wusste, dass er es versiebt hatte. Wieder einmal. Weil sein Job ihm wichtiger gewesen war und weil er es wieder einmal nicht geschafft hatte, sich von Jo zu lösen. Die sich immer in sein Leben gedrängt hatte mit all ihren anstrengenden Ideen, ihrer gnadenlosen Intoleranz, ihrem voranpreschenden Gerechtigkeitsfimmel, ihrer selbstzerstörerischen Tierliebe, ihren fatalen Selbstzweifeln und ihrer noch fataleren Selbstüberschätzung. Natürlich auch mit ihrer seltsamen Schönheit, die ihn immer dann am meisten ergriff, wenn sie schwach war, verwundet, müde. Immer dann, wenn sie als Frau sich sicher am liebsten verkrochen hätte vor der Welt – wegen der Augenringe, der tieferen Falten –, dann fand er sie schön, bedrückend schön.

Er rief sich zur Räson. Es war jetzt wirklich keine Zeit, über sein kaum vorhandenes Privatleben nachzusinnen. Er rief Hajo an und nannte den Namen des Miesbachers: Ferdinand Friedl. Hajo kannte den Mann.

»Oh, da gehst du auf glühenden Kohlen, da wetz schon mal die Messer. Friedl ist ein hochintelligenter Bursche, ein brillanter Geschäftsmann, aber er ist auch ein Bluthund.«

»Bluthund?«

»Ja, in der Jagd brechen bei ihm anscheinend die niedersten Instinkte durch. Er hat schon öfter wegen übler Jagdmethoden seine Jagdpacht verloren.«

»Üble Methoden?«

»Weißt du, der ist ein Trophäenjäger, einer, der Tiere als Ausbeutungsobjekt benutzt, nicht wie ein waidgerechter Heger, der in Tieren einen Partner sieht. Ein guter Freund von mir war mit ihm mal auf Jagd, und es gab einen echten Eklat. Er hat doch allen Ernstes beim Rotwild die Zukunftsböcke weggeschossen.«

»Wen weggeschossen?«

»Zukunftsböcke, das sind junge Böcke, die man einfach nicht abschießt. Ein Hirsch wird vierzehn bis zweiundzwanzig Jahre alt. Mit zwölf Jahren geht es okay, einen solchen Burschen abzuschießen, aber nicht in der Blüte mit drei, vier, fünf Jahren.«

»Hätte er sich irren können, ich meine, sieht man denn, wie alt so ein Bock ist?«, fragte Gerhard.

»Natürlich. Wenn mir ein fünfjähriger Zwölfender vor die Flinte läuft, weiß ich in etwa, wie alt der ist. Ein älteres Tier sieht auch älter aus: Die Kehle hängt durch, der Rücken hat sich gesenkt. Das ist Humbug, wenn einer erzählt, er hätte das nicht bemerkt. Der ist entweder sehbehindert oder ein Schwein.«

»Irrtum wirklich ausgeschlossen?«

»Bei deinem Freund Friedl sicher, der Mann hat Erfahrung. Aber das ist auch einer, der mal einen Deichselhirsch trifft, wenn der zu nahe an seinem Hochstand grast.«

»Und was ist das bitte wieder?«

»Ein Deichselhirsch ist ein Pferd«, sagte Hajo.

»Wie bitte, der schießt auf Pferde?« Gerhard konnte es nicht glauben.

»Nun, da gab es vor einigen Jahren den Fall, dass zwei Haflinger totgeschossen wurden, und just jener Friedl hat glaubhaft versichert, dass er in der Dämmerung die beiden für Wild gehalten habe. Die Tierschützer liefen damals Amok, aber dann ist der Besitzer der beiden Hafis eingeknickt. Wird schon ordentlich geschmiert worden sein.« Hajo machte eine Pause und fügte dann hinzu: »Pass bloß gut auf, der Mann ist ein Sieger, er will in allen Lebensbereichen gewinnen, und sein geschäftlicher Erfolg gibt ihm ja auch recht.«

Als sie schließlich alle drei Herren gehen ließen, weil sie nun mal nichts in der Hand hatten, fühlte er sich ausgelaugt wie selten zuvor. Er war richtig froh um Evis Zorn. Sie war so lebendig.

»Das ist doch der Wahnsinn! Die Schwester von Erhard gibt ihm ein Alibi für genau die Mordzeit! Warum? Merde! Scheiße! Shit! Warum?«, rief Evi.

»Weil es die Wahrheit ist? Evi, beruhige dich, solche Kraftausdrücke sind nicht dein Stil.«

Evi schrie regelrecht. »Vergiss den Stil! Toll, Weinzirl, toll! Es kotzt mich an! Dieser ganze Fall kotzt mich an! Diese Bauernschädel kotzen mich an!«

»Evi, mich kotzt das ebenso an wie dich. Aber wir können nichts machen. Momentan zumindest nicht. Finde ein Boot mit den Fingerabdrücken von Anton Erhard, finde Zeugen, die ihn in der Nacht gesehen haben. Dann sind wir wieder im Spiel. Und bis dahin fahren wir jetzt mal nach Miesbach zu diesem sauberen Herrn Ferdinand Friedl. Der interessiert mich weit mehr als der Erhard. Dieser Miesbacher, der in der Jagdszene überdies sehr in Verruf geraten ist, der war mit Jacky am Abend vor dem Mord zusammen, er wird derjenige gewesen sein mit dem Geländewagen. Die Zeugin hat also wirklich Jacky in Bad Bayersoien gesehen. Und das erfahren wir erst jetzt. Ich glaub es ja nicht.«

»Das heißt, es fehlt uns ein Zeitfenster von sieben Stunden. Jacky steigt um acht Uhr bei diesem Autohändler aus und ist um drei Uhr tot. Wo war sie dazwischen?«

»Vielleicht beim Fahrer des Geländewagens, der nun eine Marke hat: Landrover. Fahren wir nach Miesbach zu diesem Friedl.«

»Verachtung war auf seinen Lippen.
Man ahnte, dass dieser Mensch mit keiner unbedeutenden Absicht sich befasse.
Ein andrer mochte seine Ruhe mehr einer natürlichen Herzenshärte danken.«

HÖLDERLIN, HYPERION

6.

Nach Miesbach zu fahren war im Grunde ein Katzensprung und doch eine Geduldsprobe. Es begann schon mit vier Bulldogs zwischen Etting und Tauting, setzte sich fort mit unzähligen Lkws zwischen dem Kreisel bei Söchering und der Autobahnauffahrt der A99. Sie krochen durch Bad Heilbrunn, und Gerhard war schon versucht, sich bei der gleichnamigen Teefabrik eine beruhigende Mischung zusammenstellen zu lassen. Die Fahrt zog sich ja hin wie Kaugummi, und Himmel – war er lange nicht mehr hier gewesen! Immerhin gab das Café Nirwana noch und das Treibhaus, das er von früher kannte, von der Polizeischule, als er mal mit einer Clique aus Tölz rumgehangen war. Der Turm kam ihm ins Gedächtnis, das war doch eine Kneipe nach seinem Geschmack gewesen. Die Luft zum Schneiden, die Befüllung jenseits aller feuerpolizeilichen Richtlinien, die Musik rockig und die Leute nicht Schicki, was hier im Dunstkreis von München nicht selbstverständlich gewesen war, schon gar nicht zu einer Zeit, in der es Popper gegeben hatte und die Mädels mit den tief im Nacken festgezurrten Pferdeschwänzen und den Perlenketten. Motto: Opi war Jurist, Papi ist Patentanwalt, und ich bin blond, schön und doof – aber reich und studiere Jura. Der Repetitor und Papi werden's schon richten …

Das war nie seine Welt gewesen, und deshalb war dieser Turm stets Balsam für seine Anarchistenseele gewesen. Gerhard war völlig platt angesichts der gewaltigen Hacker-Arena und mehr noch angesichts dessen, was aus dem ehemaligen US-Army-Gelände geworden war. Die unendlichen Neubauten in Reichersbeuern gemahnten ihn daran, dass hier Pendler-München wirklich viel näher war als im äußersten Westen des Pfaffenwinkels. Jos dämliche Schallschutzwall-Geschichte fiel ihm ein.

Sie querten die Straße zum Tegernsee, passierten den Soldatenfriedhof, und rechts flogen Höfe vorbei. Große Höfe, extrem schmucke Höfe, Höfe, von denen Gerhard wusste, dass sie reichen Münchnern gehörten und die echten Landwirte im kleinen Nebengebäude lebten und das gesamte Anwesen pflegten. Einzig die Fabrikanlage im Mangfalltal sah genauso verhaut aus wie vor Jahren, und natürlich wurden sie von gelben und roten Kennzeichen auf der kurvenreichen Strecke aus dem Talgrund hinaus just ausgebremst. Jetzt im späten Herbst war das weniger tragisch. Später würde diese Meute dann winterreifenlos durch den Schnee schlittern und mit fünf Stundenkilometern durch den Winter kriechen.

Wann war er zuletzt in Miesbach gewesen?, fragte sich Gerhard, als sie abgebogen waren. War er überhaupt jemals in Miesbach gewesen? Doch, irgendwann mal am Amtsgericht, das ein früherer Kollege als »Miesgericht Amtsbach« betitelt hatte. Gerhard ließ Evi erst mal in der Nähe des Zentrums parken, er wollte sich und der Kollegin noch ein paar Minuten zum Durchatmen gönnen. Sie stellten das Auto gegenüber einer Buchhandlung ab. »Auf zwei Sachen im Leben kann man nicht verzichten: auf Katzen und Literatur«, stand da auf einem Poster, das einen literarischen Katzenkalender anpries. Himmel, ließen ihn diese Viecher denn nie los? Sein Blick schweifte über die Auslage. Von Stars der Regionalkrimi-Szene war da die Rede. Warum lasen Menschen freiwillig über Mord und Totschlag und auch noch ausgerechnet in der Gegend, in der sie wohnten? Warum delektierten sich die Bewohner des Südens der Republik, wo man bis heute ohne allzu viele Verbrechen lebte, ausgerechnet an Mordfällen? Wann hatte er eigentlich zuletzt ein Buch gelesen? Das BGB in der Ausbildung?

»Liest du eigentlich solche Krimis?«, fragte er unvermittelt Evi.

»Nö, ich lese nur Klassiker oder mal einen Schmachtfetzen. Liebe und so, und am Ende kriegt Aschenputtel den Gutsbesitzer. Wunderbar zur Entspannung.«

Sie gingen weiter. Das sei der »Untere Markt« im Gegensatz zum »Oberen Markt«, dem Stadtplatz, belehrte ihn Evi. Den Marktplatz hätten früher Bauernhäuser umstanden, erklärte sie zudem, Handwerkeranwesen der Schmiede, Huterer, Säckler, Schäffler und Wohnhäuser der Bergleute. Und das hier sei im Gegensatz zum städtisch geprägten Stadtplatz mit seinen mehrgeschossigen Anwesen eben höchst charmant und gebe dem Platz die Atmosphäre eines Wohnzimmers der Stadt.

Gerhard sah sich um. Ja, das war wirklich sehr anheimelnd hier; was ihm noch mehr gefiel, war die Metzgerei. »Sekunde«, sagte er zu Evi, und als er wieder rauskam, hatte er eine Bratensemmel zwischen den Kiemen. Evi drückte er eine Butterbrezn in die Hand. »So, und woher weißt du das alles, was du mir da gerade erklärt hast?«

»Aus dem Internet natürlich. Schluck erst mal runter, Weinzirl, bevor du redest.«

»Ja, Frau Knigge!« Wahrscheinlich sollte er einen Benimmkurs und doch mal einen Ich-bin-drin-Kurs machen, dachte Gerhard und fügte hinzu: »Brav, Evilein, und hast du sonst noch andere Erkenntnisse aus diesem dämlichen ›www‹ bezogen?«

»Hmm, ich hab mal die Homepage von unserem Herrn Friedl angesehen. Er feiert sich selbst in einer Art und Weise, die mich neugierig macht. Er hat sogar einen Marketingchef und Pressesprecher, ziemlich ungewöhnlich für ein mittelständisches Bauunternehmen. Außerdem ist seine Selbstbeweihräucherung beachtlich und sehr geschickt gemacht. Die Tatsache, dass er in Holzkirchen am Bau einer Art Seniorenstadt – nicht einfach nur Seniorenresidenz – beteiligt ist, klingt auf der Homepage so, als hätte er die Idee und das Kapital eingebracht. Dabei stammt das Geld von einem Multimillionär aus Holzkirchen und der Grund von der Gemeinde.«

»Und das steht alles auf der Heimseite?«, fragte Gerhard grinsend.

»Nein, aber ich hab ein bisschen gegoogelt.«

»Aha, schön. Sonst noch etwas, was ich wissen sollte?«

»Ach ja, ich hab den Kollegen in Miesbach informiert, dass wir da sein werden und mal kurz bei ihm vorbeikommen. Der Typ war richtig aufgeräumt und hat wohl ein ziemliches Sendungsbewusstsein.«

Na, das war doch mal was: ein Verdächtiger, der sich

selbst beweihräucherte, und ein gesprächiger Kollege. Das war doch viel besser als der verstockte Pfaffenwinkel mit seinen holzköpfigen Bauernschädeln. Sie fuhren durch die Allee und parkten vor dem Gebäude im Gewerbegebiet Nord, auf dem in blutroten Lettern »Friedl Bau« stand. Bei Friedl Bau wurde auch am Samstag gearbeitet, hatten sie erfahren. Der Empfang war nicht besetzt, also gingen sie eine pompöse Treppe hinauf. Gerade als sie das Zimmer des Chefs ausfindig machen wollten, öffnete sich eine Tür. Eine junge Frau stürzte heulend heraus, gefolgt von einem kleinen dunkelhaarigen Mann, dessen Gesicht jung wirkte und gar nicht männlich kantig. Er hatte was von einem Putto, aber als er loslegte, war alles Engelsgleiche vergessen. »Dann gehen Sie zur Post, da geht's griabig zu. Oder Hartz IV. Hier brauche ich Leute, die mitdenken und auch achtzig Stunden die Woche arbeiten, wenn ich das befehle.« In den umliegenden gläsernen Großraumbüros war Totenstille, alle starrten in Richtung Gang, bis der Giftzwerg zum finalen Schlag ansetzte. »Und tun Sie endlich mal was gegen Ihre Pickel. In Ihrem Alter hat man keine Pickel mehr. Fressen Sie weniger Schokolade, das würde auch Ihren Arsch verkleinern.«

Die Frau stürzte schluchzend davon, die Köpfe in den Büros senkten sich sofort wieder. Irgendwo hörte man plötzlich eine Computertastatur tackern. Der Blick des Wüterichs fiel auf Gerhard und Evi.

»Was wollen Sie? Lassen Sie sich einen Termin geben.«

Gerhard machte einen Schritt nach vorne, schnippte seine Polizeimarke heraus, und dann blieb er breitbeinig im Gang stehen. Mit zusammengekniffenen Augen fixierte er den Mann. Es war wie eine Szene aus »Zwölf Uhr mittags«, es war nur die Frage, welcher der Desperados als Erster ziehen würde. In der knappen Minute, in denen sich ihre Blicke trafen, fiel die Entscheidung. Es war ein Patt. Gerhard wusste, dass sein Gegenüber ein Raubtier war, das Blut riechen konnte. Das den Angstschweiß riechen würde. Aber er, Gerhard Weinzirl, hatte keine Angst, nicht vor so einem Feudalherrn. Er hatte Verachtung für ihn, und er war auf der Hut. Sein Gegenüber schien zu spüren, dass ihm hier einer auf Augenhöhe begegnete und keinen Millimeter weichen würde. Schließlich sagte er betont höflich: »Herr Weinzirl, was kann ich für Sie tun?«

»Ich hätte da einige Fragen in einer Mordsache.« Gerhards Stimme war sehr laut, und in den Büros ruckten die Köpfe.

»Machen Sie Ihre Arbeit, und halten Sie nicht Maulaffen feil!«, brüllte Ferdinand Friedl, und seine Mitarbeiter senkten die Köpfe, als wären sie Schulkinder, die Angst vor dem Rohrstock hatten.

Gerhard wandte sich an Evi. »Meine Liebe, du befragst doch schon mal den Kollegen, bis ich dazustoße.« Gerhard hoffte inständig, dass von Evi nun keine frauenemanzipatorische Auflehnung kommen würde, er war froh, dass nicht Jo seine Mitarbeiterin war. Evi begriff, senkte züchtig den Kopf, grüßte freundlich und ging, ohne sich nochmals umzusehen.

Von Friedl kam ein Grinsen. »Mitarbeiter!«, sagte er nur.

Gerhard wahrte die Beherrschung. »Nun, ich hätte einige Fragen zu Jacky Paulig.«

»Nie gehört.«

Eine Sekretärin war hereingehuscht und setzte Kaffee und einen sündhaft teuren Malt vor den beiden ab. Friedl nahm einen kräftigen Schluck, Gerhard auch.

»Jacqueline Paulig«, wiederholte Gerhard.

»Kenn ich nicht.«

»Doch, Sie kennen das Mädchen. Sie hat bei Anton Erhard ausgeholfen, dessen Jagd Sie gepachtet haben.«

»Ach, die kleine Magd vom Albrecht!« Friedl verzog das Gesicht zu einem unangenehmen Grinsen.

Ja, das war der Herrenmensch, der Großkolonialist, in dessen Weltbild noch Mägde und Knechte vorkamen, einzig, um ihm zu dienen. Gerhard war angewidert.

»Wie weit gingen ihre Dienste denn so? War in der Jagdpacht auch ein Ius primae Noctis drin?« In Gerhard brodelte es, glühende Lava stieg in seinem Inneren auf. Und doch klang seine Stimme völlig neutral.

Sein Gegenüber sah ihn mit zusammengekniffenen Augen an. Dann spielte ein Lächeln um seine Schweinsäugelein. »Herr Weinzirl, ich provoziere gerne einmal. Aber im Ernst: Sie war nicht meine Klasse, die Kleine. Gar keine Klasse. Wissen Sie, es gibt unter den Menschen wenig Hochwild und unendlich viel Niederwild. Mit Niederwild habe ich mich noch nie begnügt. Sie werden das verstehen, Sie werden sich doch auch nicht damit abgeben. Wo bleibt da der Rausch?«

Wollte er ihm nun schmeicheln oder ihn wieder provozieren? War der Mann so selbstgefällig, dass er annahm, Gerhard wäre einer der Seinen? Oder war das einfach nur ein Test? Gerhard nahm einen Schluck vom Malt und schwieg. Sein Blick suchte die Schweinsäugelein. Er hasste diesen Mann. Fast erschrocken nahm er wahr, dass er diesen Menschen dort wirklich hasste. Ihn schon gehasst hatte, als sich ihre Blicke erstmals gekreuzt hatten. Selten hatte ein Mensch – und er hatte viele unmenschliche, unselige, herzlose, grausame Kreaturen in seiner Laufbahn erlebt – solch starke Emotionen in ihm ausgelöst. Es war ein Hass, der ihn mitzureißen drohte. Aber genau das wäre sein Verhängnis. Er musste kühl bleiben – nein, eiskalt. Er rief sich Hajos Worte in Erinnerung: Der Mann ist ein Sieger.

»Die kleine Jacqueline, ja, die habe ich gekannt«, sagte Friedl schließlich und entzündete eine Havanna. »Nehmen Sie auch eine?«

Gerhard schüttelte den Kopf.

»Ja, die Jacqueline, sehen Sie, ich fühlte mich da ein bisschen verantwortlich. Ich wollte dem Mädchen ein bisschen Geld zukommen lassen, damit sie sich mal was Hübsches kaufen kann. Sie versauerte da ja beim Erhard.« Er lächelte, und in dem Moment wusste Gerhard, dass dieser Mann das wirklich glaubte. Dass er sich für von Gott gesandt hielt, für den großen Gönner, der sich seine eigene Realität zurechtgezimmert hatte und der im strahlend erhellten Mittelpunkt eines Universums thronte, das er sich selbst erschaffen hatte.

»Sie sind ein Gönner.« Gerhard sagte das weder besonders laut und vehement noch mit ironischem Unterton. Er sagte es nur und spürte, dass Friedl ein wenig irritiert war über einen Mann, den er nicht in den Griff bekam. Es war wie ein Pokerspiel mit höchstem Einsatz. Es war wie ein Grand-Slam-Turnier, und Gerhard merkte, dass der Vorteil momentan beim Aufschläger, bei ihm, lag.

Tatsächlich hob Friedl nun an, ihm zu erläutern, dass er hart, aber gerecht sei und sehr wohl für soziale Projekte etwas übrig habe. Die Seniorenstadt in Holzkirchen zum Beispiel. Wie er es darstellte, war das nur durch sein Wirken möglich geworden. Und als er über ein Oberland-Center am Bahnhof sprach, das er bauen wolle, klang es so, als hätte er den kontaminierten Boden umsonst und mit bloßen Händen saniert. Um Miesbach endlich ein städtisches Einkaufscenter zu ermöglichen, für die Heimat, für die Bürger. Das klang wie eine Wahlrede.

»Und um auf Jacqueline zurückzukommen?«, meinte Gerhard beiläufig, weltmännisch in den tiefen Lederfauteuil gefläzt.

»Ja, ich habe ihr Arbeit gegeben und sie sehr gut bezahlt. Ich gebe kein Geld für Nichtstuer und Hartz-IV-Schmarotzer aus, aber ich entlohne Arbeit und Einsatz stets mit Freude.« Friedl klang heroisch.

»Und an jenem Abend in der Jagdhütte, da war Jacky auch da. Ich meine den Abend, an dem Sie illegal mit Nachtsichtgeräten gejagt haben und …«

»Wer sagt das?« Friedl unterbrach ihn rüde, seine Puttohaut rötete sich.

»Nun, wir haben Zeugenaussagen, die das bestätigen.«

»Der Erhard beißt die Hand, die ihn füttert. Niederwild, ich sage es, kleines, dreckiges Niederwild, das sich nur duckt.« Friedls Äuglein flackerten.

»Von Herrn Erhard war nicht die Rede. Es sind keine Namen gefallen, es werden keine Namen fallen. Was mich interessiert, Herr Friedl: Sie haben der Jacqueline den Lohn extra hinterhergefahren.« Gerhard sah ihn unverwandt an und hatte seine lümmelnde Sitzposition verlassen. Er signalisierte, dass er auf dem Sprung war.

»Ich stehe zu meinen Worten«, sagte Friedl in einem Tonfall, der einem Hollywood-Breitwandschinken zur Ehre gereicht hätte. Das war pures Pathos, das war großes Kino hier.

»Und das war am Montag?«

»Ja, ich habe Erhard aufgesucht, der mir sagen konnte, dass das Mädchen soeben vom Essen aufgestanden sei. Ich habe Jacky dann draußen im Stall vorgefunden. Ich habe sie auf ein Eis eingeladen, aber das hat sie abgelehnt. Sie wollte aber gerne nach Bad Bayersoien, und da habe ich ihr angeboten, sie mitzunehmen.«

»Und dann?«, fragte Gerhard.

»Wir sind nach Bad Bayersoien gefahren, ich habe sie bei Auto Henritzi aussteigen lassen, weil sie das so wollte.« Friedl klang nun eher gelangweilt, gelangweilt von einer Unterhaltung, die ihm die Zeit stahl.

»Sie hatten einen Hund dabei, den Sie zurück ins Auto geprügelt haben sollen«, warf Gerhard einfach so hin.

»Geprügelt! Ach was! Der Hund ist in Ausbildung. Ein Jagdhund ist kein Schoßhündchen. Ein Jagdhund arbeitet und duldet.«

»Was für einen Wagen fahren Sie?«

»Einen Landrover, einen Porsche, und dann habe ich noch eine Corvette.«

»Und an dem Tag?«, fragte Gerhard.

»Den Landrover. Ich nehme stets den Landrover, wenn ich gegen Westen unterwegs bin. Das ist eine unzivilisierte Wildnis da oben bei Anton Erhard.«

Ja, er warf solche Sätze einfach hin. Er durfte verletzend sein, solange ihn keiner beleidigte. Und er sagte das in einem klaren Hochdeutsch, das aber eine süddeutsch gefärbte Sprachmelodie hatte und in das er ganz selten bayerische Einsprengsel mischte. Wie ein Politiker, der signalisierte: Seht her, ich hab's drauf, euch in der Welt der Großen zu vertreten, aber ich bin doch einer von euch.

»Und das war alles? Sie saßen schweigend im Auto bis Bad Bayersoien, Herr Friedl?« Gerhard klang immer noch überlegen und frostig, obgleich er spürte, dass ihn das hier ungeheure Kraft kostete. Sein Blick schweifte durch den Raum. An allen vier Wänden hingen Fotografien in schweren Goldrahmen, die Friedl neben erlegten Tieren zeigten: mal mit einem Elch, mal neben einer ganzen Armada von Springböcken, mal mit einem Nashorn. Sein Blick war jedes Mal derselbe: Es war der Blick eines Mannes, der jetzt zufrieden war. Zufrieden immer dann, wenn er sein Wild erlegt hatte.

Friedl war Gerhards Blick gefolgt. »Ich habe natürlich Kommunikation gemacht. Aber das Mädchen hat mich beschimpft, dass ich ein Mörder sei, ein Tiermörder. Sie war ganz entzückend in ihrer Wut. Sie hat mir gedroht, dass sie mich anzeigen würde. Diese Kleine mich anzeigen!«

In Friedls Stimme hatte sich ein Unterton gemischt. Ein Unterton, der von Ärger zeugte, und er wirkte ein wenig beleidigt. Das überraschte Gerhard nicht, denn eigentlich passte das ins Bild. Der Herrenmensch war gleichzeitig eine Mimose, wenn es ums Einstecken ging. Er war empfindlich, und was hatte eine Magd ihn, den großen Gönner, zu bedrohen? Nicht dass ihm das Angst gemacht hätte, aber solch ein Mädchen hatte doch gefälligst dankbar zu sein.

»Und um ihr den Mund zu stopfen, haben Sie Jacky Paulig umgebracht. Sie haben das Niederwild eliminiert, weil auch ein Großwildjäger sich einmal in die Niederungen verirrt. Dorthin, wo sie kauern. Weil es sein musste.« Gerhard schenkte ihm ein Lächeln.

»Niemals!«, Friedl stand auf. »Ich denke, unser Gespräch ist beendet.« Er war neben Gerhards Stuhl getreten und sah auf ihn herunter. Gerhard erhob sich, nun war er viel größer als der Putto. Sie standen auf Armeslänge voneinander entfernt. Gerhard konnte das teure Parfüm riechen, das sich mit dem Rauch der Havanna und dem Kaffeedampf vermischte – es war der Geruch eines Siegers.

»Unser Gespräch ist beendet, wenn ich meine Fragen gestellt habe, Herr Friedl! Wo waren Sie denn, nachdem Sie Jacky abgesetzt hatten?«

»Ich bin nach Hause gefahren.«

»Auf direktem Wege?«

»Sicher.«

»Und wer kann das bestätigen?«

»Meine Haushälterin und ihr Mann. Er fährt meinen Wagen in die Garage, und sie stellt mir stets um elf Tee und Kuba-Rum hin. Danach gehe ich zu Bett. Erfolg hat nur der, dessen Leben klare Strukturen hat, nicht wahr, Herr Weinzirl?«

»Und wo finde ich Ihr trautes Heim?« Nun wurde Gerhard doch ironisch, obwohl er das hatte vermeiden wollen. Ironie war unsouverän, und sein Gegenüber spürte so etwas.

»Meine Sekretärin gibt Ihnen die Adresse.« Friedl trat einen Schritt zurück, und noch einmal war es, als müsste einer der beiden nun den Colt ziehen. Aber da war keine stechende Sonne im Wüstensand, da rollte kein Dornbusch durch eine Geisterstadt, da war nur Eiseskälte. Friedl drehte sich plötzlich um und verschwand durch die Wand. Oder besser: Es war, als würde er durch die Wand gehen. Urplötzlich war ein Regal zur Seite geglitten und auch wieder retour. Gerhard starrte auf die Stelle und atmete tief durch. War das noch Einstand? Eher nicht, jetzt war Vorteil Rück, und Gerhard war dennoch wild entschlossen, das Spiel und den Satz zu gewinnen.

Die verhuschte graue Maus, die den Kaffee gebracht hatte, betrat den Raum und drückte ihm einen Zettel mit Adresse und Telefonnummern in die Hand. »Herr Friedl hat mich gebeten, Ihnen das zu geben.«

Gebeten war wohl das falsche Wort, dachte Gerhard. »Wo ist Ihr Chef jetzt?«

»Er hat das Haus verlassen und ist bis auf Weiteres nicht erreichbar.« Sie sagte das und zog fast den Kopf ein. Sie duckte sich, als ob Gerhard sie schlagen wolle.

»Danke«, sagte der nur.

Als er draußen stand im warmen Sonnenlicht, war ihm, als wäre er soeben aus einem verwirrenden Traum aufgewacht. Er hatte Mühe, sich zurechtzufinden. Er hatte keinerlei Zeitgefühl. Als er auf sein Handy sah, merkte er, dass gerade mal zwanzig Minuten vergangen waren. Es hätten Stunden sein können, so erschöpft fühlte er sich. Er wählte Evis Nummer, die ihm berichtete, dass sie mit dem Kollegen

Reitmair im Waitzinger Bräu am Stadtplatz säße. Das klang gut, und als er ankam, war Evi erst mal nicht zu entdecken. Sehen und gesehen werden in Miesbach, eine bunte Schar von Gästen hielt die Nase in die Herbstsonne. Evi entdeckte er dann schließlich im Biergarten auf der hinteren Seite des Hauses, wo es schattig war und kühl. Der Kollege Reitmair erklärte, dass die meisten lieber vorne säßen zwecks des Schaulaufens. Gerhard orderte ein Hopf-Weißbier. Er trank es im ersten Schluck fast halb leer, das Leben hatte ihn wieder. Guter Stoff, keine Frage.

»Harter Brocken, der Friedl«, meinte der Kollege.

»Herr Reitmair, das ja, allerdings«, sagte Gerhard, nahm noch einen tiefen Schluck und befand, dass dieses Hopf wirklich süffig war. Sehr ordentlich, was für ihn als passionierten Dachs-Trinker ein Kompliment war. Der Kollege war so einer Marke Sonnyboy, was Evi zu gefallen schien. Er war aber auch ein sehr engagierter Kollege – gewiss mit Sendungsbewusstsein, aber das auf eine nette Art. Über Friedl erfuhren sie, dass sich dieser sozusagen auf einem Treck nach Westen befand. Er hatte schon mehrere Jagden gepachtet gehabt, eine bei Hausham, dann hinter Bad Wiessee, später eine westlich von Arzbach und dann die am Walchensee. Überall hatte es massiven Ärger gegeben wegen seiner Methoden. Reitmair spekulierte sogar, dass es Ferdinand Friedl gewesen sei, der Bär Bruno erschossen hatte. Sicher wusste er das aber nicht.

»Wissen Sie, was den Friedl betrifft, ist Miesbach eine gespaltene Stadt. Es gibt viele, denen sein Großkolonialistengehabe aufstößt, und wer mehr Einblick hat, weiß auch, dass er eine ungute Art hat, seine Mitarbeiter zu behandeln. Andererseits wird ja keiner gezwungen, bei Friedl zu arbeiten. Und ich muss schon sagen, dass er viel für Miesbach und die Region getan hat. Er sitzt im Stadtrat, und im Gegensatz zu vielen, die nur reden, handelt er auch. Ich bin da selbst ambivalent.«

»Aber wie war das mit seinen Jagdmethoden?«, fragte Evi.

Reitmair schenkte ihr ein Lächeln. »Liebe Kollegin, letztlich sind seine Jagdverfehlungen wohl immer irgendwie innerhalb der Szene abgehandelt worden. Zwar hatten ihn Tierschützer mal wegen Kopfschüssen und Nachtjagden am Wickel gehabt, ihm aber am Ende nichts beweisen können. Und dann hatte er auch noch mit einer großzügigen Spende das Tierheim und den Bau eines neuen Katzenhauses unterstützt. Er macht immer gute Werbung für sich.«

»Ja, ich habe einige Zeitungsausschnitte im Zusammenhang mit seinem Schaffen für die Seniorenstadt gelesen, und das waren pure Lobeshymnen. Wenn ›Anzeige‹ drüberstehen würde, wüsste man wenigstens, dass es sich um PR handelt«, sagte Evi.

Der Kollege lachte. »Er wird in letzter Zeit wie der Messias dargestellt. Ich hab da was läuten hören, dass er wohl mal an höchster Stelle beim Merkur in München interveniert hat. Seither lesen wir nur noch Gutes, und zudem kommuniziert er auch nur über seinen Pressesprecher. Er hasst die Presse noch mehr als uns Polizisten.« Der Kollege zuckte mit den Schultern und prostete Evi und Gerhard zu. Er fuhr fort: »Wie gesagt. Die einen macht diese Gönnerattitüde ganz krank. Die glauben nicht an seinen Sinn für Senioren und seine Vision für eine bessere Welt. Senioren sind einfach prima Mieter: Die zahlen pünktlich und machen nix kaputt.«

»Glauben Sie das auch?«, fragte Gerhard.

»Ich bin mir nicht sicher. Ich glaube, er will wirklich was Gutes tun. Dass er dabei selbstherrlich auftritt, mein Gott. Wir sind in Bayern, im Land der selbst ernannten Könige und Prinzregenten. Der Zweck heiligt doch die Mittel. Friedl tut wenigstens was.«

Reitmair prostete den Kollegen zu und versicherte ihnen, dass sie sich jeder Hilfe aus Miesbach sicher sein konnten, und er beschrieb ihnen noch den Weg zur Villa von Friedl. »Eine Monstrosität und das im Außenbereich, keine Ahnung, welchen Landrat er da geschmiert hat.« Mit einem »Schaugts jederzeit wieder rein« verabschiedete er sich, weil er zu irgendeinem Verkehrserziehungsprojekt mit Grundschülern musste. So wie er Evi anstrahlte, galt das »Jederzeit« wohl eher ihr als ihm, registrierte Gerhard amüsiert.

»Netter Hund«, sagte Gerhard und zwinkerte Evi zu. Die streckte ihm nur die Zunge raus.

Ihr Weg zur Villa führte sie nach Kleinpienzenau: eine Kirche, eine Wirtschaft, Bauernhöfe – so wie sich das gehört für einen oberbayerischen Ort. Und Evi hatte mal wieder Gelegenheit, ihr Webwissen auszupacken, indem sie ihm erklärte, dass nämlich längst nicht bloß der legendäre Schmied von Kochel eine wichtige Figur in der Sendlinger Mordweihnacht gewesen war. Auch die Pfarrei Neukirchen hatte 1705 sechsundfünfzig Angehörige verloren, unter ihnen war auch der legendäre Balthasar Riesenberger gewesen, einer der Anführer des legendären Bauernaufstandes.

Gerhard grinste. »Danke, Evi-Herz, ich wusste, dass Reisen bildet.«

Sie passierten das Dorfbad Pienzenau, das »nur für Gemeindebürger« vorgesehen war, wie das Schild besagte. Gerhard fragte sich, wer das auch entdecken sollte außer einem Gemeindebürger. Angesichts der Temperaturen des ausgehenden Oktobers hätte man hier sicher noch baden können, allein: Man war im Dienst. Sie kamen aus einem Waldstück heraus, und da ruhten Einzelhöfe zwischen Wiesen und Waldstücken, weit weg am Horizont standen die Berge mit ihren ersten Schneekappen. Einer der Höfe war umgebaut worden. Monstrosität war ein guter Ausdruck, denn das ursprünglich mal behäbige Bauernanwesen war in einem Gelborange gestrichen worden und umgeben mit schmiedeeisernen Zaunanlagen, die dem Ganzen etwas Schlossparkartiges geben sollten. Das riesige Tor wurde flankiert von überdimensionalen Löwen, die Einfahrt war gekiest und führte auf einen Springbrunnen hin.

Man hörte Hunde bellen, das Bellen kam aus einem Zwinger, der etwas abseits des Hauses auf der Westseite unter Bäumen lag. Vier Jagdhunde hatten ihre Pfoten gegen das Gitter gestellt und bellten herzzerreißend. Diese Kameraden waren sicher keine, die ins Haus oder sich vor dem Kamin fläzen durften. Sie waren Arbeitstiere, und Streicheleinheiten fielen sicher keine ab. Dulden mussten sie, das hatte Friedl gesagt. Eigentlich waren Hunde bedauernswerte Kreaturen, überlegte Gerhard. Sie unterjochten sich auch einem Menschen, der sie mies behandelte. Eine Katze würde das nie zulassen, nie ihre Würde aufgeben. Er war wirklich infiziert von seinen Pippi-Langstrumpf-Weibern. Jetzt philosophierte er schon über das Wesen des Hundes.

Energisch drückte er die Glocke an der schweren Eingangstür. Von drinnen war ein martialisch lauter Gong zu hören. Augenblicklich öffnete sich die Tür, eine etwa fünfzigjährige Frau öffnete ihnen. Gerhard und Evi hatten ihre Polizeimarken gezückt. »Dürfen wir kurz reinkommen?«

Sie nickte und ging voran. Sie stiegen vier Stufen hinauf, und was sich ihnen dann bot, war wirklich ungewöhnlich. Friedl schien zwar die Außenhülle des alten Anwesens erhalten zu haben, aber innen war es komplett entkernt. Er musste das ehemalige Wohngebäude und die Tenne gleichermaßen genutzt haben, denn anders wäre eine solche Größe nie zustande gekommen. Sie standen in einer riesigen Eingangshalle, deren Boden mit Marmormosaiken gestaltet war. An den Wänden hing eine Armada an Geweihen, vor allem zwei gigantische Elchgeweihe fesselten Gerhards Blick. Dazwischen gab es monumentale Gemälde in schweren Goldrahmen sowie Gobelins, die Jagdszenen darstellten. Alles auf blutrot getünchten Wänden. Nach oben war die Halle offen. In schwindelnder Höhe, etwa auf dem Niveau des zweiten Stocks, hing ein Kronleuchter, dessen Spannweite sicher vier Meter betrug. Im ersten und zweiten Stock gab es umlaufende Galerien, von denen Zimmer weggingen. Das Ganze wäre für ein historisches Schlosshotel schon protzig, aber für ein Privathaus, in dem nur ein Mann mit seinem Hausmeister-Ehepaar lebte? Das Wort Domestiken kam Gerhard in den Sinn. Er wandte sich an die Frau: »Frau …?«

»Hörmooser, Hörmooser, Sieglinde.«

»Frau Hörmooser, gibt es hier einen Raum, in dem wir uns unterhalten können? Einen, der nicht so, so ... also nicht ganz so ungemütlich ist?«

Sie schenkte Gerhard ein leises Lächeln. »Küche?«

»Herrlich!«, sagte Gerhard, und sie folgten der Dame durch einen Gobelin auf der rechten Seite der Halle. Friedl schien ein Faible für solche Effekte zu haben, denn wie im Büro wich auch dieser wie durch Zauberhände zur Seite. Sie kamen in einen Gang mit Holzbohlen, gingen durch eine ganz gewöhnliche Holztür und landeten in einer Küche. Perfekt ausgestattet, picobello sauber, im Landhausstil gehalten und urgemütlich. Gerhard hatte das Gefühl, dass es hier zehn Grad wärmer wäre als in der marmornen Halle. Es gab gelb geblümte Vorhänge und gelb karierte Kissen auf der Eckbank.

»Hübsch!«, sagte Evi. »Ihr Reich?«

»Ja, ich konnte die Küche so auswählen und gestalten, wie ich wollte.«

»Und im Gegensatz zu Ihrem Chef haben Sie auch Geschmack, Frau Hörmooser«, meinte Evi.

Ihr Lächeln schwand augenblicklich. »Das zu beurteilen steht mir nicht zu.«

Gerhard sandte Evi einen warnenden Blick. Das hier würde ein Eiertanz werden. Diese Frau hatte solche Angst vor ihrem Chef, dass sie verdammt vorsichtig sein mussten. Gerhard gab sich locker. »Ja, Geschmäcker und Ohrfeigen sind bekanntlich verschieden. Wir sind auch gar nicht hier, um Stilfragen zu diskutieren, Frau Hörmooser. Sagen Sie, ist Ihr Mann auch da?«

Sie nickte.

»Könnten Sie ihn wohl mal rufen?«

Sie nickte erneut und drückte einen Knopf neben der Anrichte. Augenblicklich ging ein ohrenbetäubendes Klingeln los. Gerhard sah sie fragend an.

»Herr Friedl hat in jedem Zimmer eine Rufanlage installiert, damit er uns sofort erreichen kann. Der Gong ist für meinen Mann, dieses Geräusch für mich.« Sie drückte einen anderen Knopf, und die Posaunen von Jericho waren wahrscheinlich nichts dagegen. Ja, so rief man seine Domestiken! Unmittelbar nachdem der Lärm abgeflaut war, kam Herr Hörmooser herein. Im Gegensatz zu seiner rundlichen Frau, die etwa eins siebzig groß sein durfte, war er schmal, drahtig und eher kleiner als sie. Das Paar musste nicht nur ständig kurz vor dem Hörsturz stehen, es musste auch schneller als der Schall sein, dachte Gerhard. Der Mann gab Gerhard und Evi die Hand und nannte seinen Namen: Pius Hörmooser.

Gerhard und Evi stellten sich ebenfalls vor und baten die beiden, sich Montagabend und -nacht ins Gedächtnis zu rufen. Pius bestätigte, dass der Chef gegen Dreiviertel elf gekommen sei und er, Pius, den Landrover aus der Einfahrt weggefahren habe. Sieglinde gab an, ihm den Tee mit dem Rum gebracht zu haben. Wie jeden Tag, an dem Friedl zu Hause nächtigte. Während Evi mit Sieglinde in der Küche einen Tee trank, bat Gerhard darum, mal einen kleinen Rundgang durch das Haus machen zu dürfen. Friedls Schlafzimmer, ein Ankleidezimmer und ein Bad lagen nebeneinander auf der Ostseite des Hauses im ersten Stock. Ein Büro erstreckte sich als Eckzimmer ost- und südwärts, eine Glastür führte auf einen Südbalkon, von dem aus eine aufwendig geschnitzte Holzwendeltreppe in den südseitigen Garten führte, der aussah wie der barocke Mitteltrakt im Nymphenburger Schlosspark. Die Garage erreichte man durch ein Tor. Sie lag ostseitig außerhalb des hohen Zaunes in einer Art Wirtschaftsgebäude, in dem neben dem Landrover und einer Corvette noch ein nagelneuer Fendt-Bulldog, diverse Anhänger und Gartengeräte standen.

»Er ist mit dem Porsche unterwegs?«, fragte Gerhard.

Pius Hörmooser nickte. »Den nimmt er meistens für kleinere Fahrten.«

Langsam schlenderten sie wieder zur gekiesten Auffahrt und zur nordseitigen Frontseite des Hauses. Gerhard ließ den Blick nochmals über das Anwesen schweifen. Pius Hörmooser folgte seinem Blick, und um seine wachen Augen spielte ein Lächeln.

»Sie wissen, was ich gerade überlege?«, fragte Gerhard.

»Ich nehme es an, aber ich kann Ihnen darauf keine Antwort geben. Weder in die eine noch in die andere Richtung.«

»Wobei mich die eine weit mehr interessiert und es mich sogar etwas wundert, dass Sie die andere nicht sofort kategorisch ausschließen.«

Pius lächelte wieder sein feines Lächeln. »Ich habe keine Angst vor Ferdl, im Gegensatz zu meiner Frau, die sich in seiner Gegenwart immer sehr unwohl fühlt. Dabei müsste sie das gar nicht, uns kann er nichts anhaben. Und im Prinzip haben wir einen prima Job hier. Wir leben in einer paradiesischen Umgebung, er ist so selten zu Hause, und wir verdienen überdurchschnittliches Geld.«

Er nannte Ferdinand Friedl beim Vornamen, nannte ihn sogar Ferdl, das war interessant. »Sie sagen, er kann Ihnen nichts anhaben? Er könnte Ihnen kündigen, Sie rauswerfen, er scheint nicht gerade zimperlich zu sein mit Angestellten. Das zumindest durfte ich heute in Miesbach erleben.« Gerhard sah Pius Hörmooser fragend an.

»Er wird uns nie kündigen, es sei denn, wir kündigen«, sagte Pius völlig emotionslos.

»Aha?«

»Herr Weinzirl, Sie stehen hier vor meinem Elternhaus, das heute Ferdl bewohnt. Es wurden vor Jahren gewisse Abmachungen getroffen, gewisse Verträge unterzeichnet. Was und wie, das wollen Sie bestimmt gar nicht wissen.« Um Pius' Mundwinkel zuckte es ein wenig.

»Nein, wozu auch«, sagte Gerhard und wusste in dem Moment, dass Ferdl Friedl in Pius Hörmooser wohl seinen Meister gefunden hatte. Dass dieser bemerkenswerte Pius dem großen Bauzampano auf Augenhöhe begegnete.

»Ferdl wirkt auf die meisten sehr einschüchternd, ich kenne ihn auch anders. Wir sind zusammen aufgewachsen. Sein Weg ist nicht meiner, aber im Prinzip amüsiert mich das ganze Aufheben, das um Ferdinand Friedl gemacht wird.« Pius Hörmooser hatte immer noch dieses Lächeln um die Mundwinkel.

Sie waren weitergegangen bis zum Hundezwinger, wo die vier Tiere wie wild zu wedeln begonnen hatten. Pius Hörmooser öffnete den Zwinger, und die Hunde schossen heraus, umkreisten die Männer und sprangen an ihnen hoch.

»Ich lass sie immer raus, lass sie Hund sein, wenn Ferdl nicht da ist. An einem Menschen hochzuspringen, das ist für einen Jagdhund natürlich eine Todsünde. Aber die Jungs hier sind schlau. Wenn Ferdl da ist, kuschen sie. Kennen Sie das meistverwendete Wort eines Jägers für seinen Hund?«

»Nein.«

»Es lautet: »Dulde!«. Und ein Jäger hebt einen Hund auch nie so auf, wie Sie das täten, indem Sie ihn unterm Bauch fassen. Ein Jäger packt ihn am Nacken und Rückenfell.«

Gerhard tätschelte einen der Hunde. Ja, das hatte er schon gehört. Er fühlte Erleichterung darüber, dass die vier ein besseres Leben führten, als es auf den ersten Blick ausgesehen hatte. Plötzlich fiel ihm etwas ein. »Pius, sagen Sie, hatte Herr Friedl am Montag einen Hund dabei?«

»Ja, Wotan, das ist der da.« Er zeigte auf einen der vier Hunde, die für Gerhard alle ziemlich gleich aussahen.

»War der Hund irgendwie komisch?«, fragte Gerhard weiter.

»Komisch? Die Hunde sind immer erschöpft, wenn sie mit Ferdl unterwegs waren. Die Jagd und der Gehorsam, die ständige Konzentration sind sehr anstrengend für die Tiere. Der hier ist noch jung, er muss noch lernen zu unterscheiden. Kuschen bei Ferdl, Spaß haben bei mir.«

»Danke für Ihre Zeit«, sagte Gerhard, und langsam gingen sie, von den Hunden umtanzt, Richtung Eingang. Evi kam gerade heraus. Auf den Stufen lag ein riesiger roter Kater, der sich nun betont gelangweilt erhob und aufsetzte. Die Hunde wurden langsamer, und einer nach dem anderen gaben sie dem Kater einen Nasenstüber. Es war, als hielte der Rote Hof.

»Ferdl hasst Katzen. Der hier ist King Kong. Er hasst Ferdl und provoziert ihn, wo er kann. Läuft auf dem Balkon vor seinem Büro herum und, was schlimmer ist: Ferdls blutrünstige Hunde verneigen sich in Ehrfurcht vor einem Kater.« Pius lachte nun lauthals und bückte sich, um den Kater zu kraulen.

»Haben Sie keine Angst, dass King Kong mal was zustoßen könnte? Hier gibt es ja viele Waffen«, meinte Gerhard.

»Nein, das wird so wenig eintreten wie der Umstand, dass wir unseren Job verlieren, gell, Weibi?« Er zwinkerte seiner Frau zu, die neben Evi stand.

»Ach du, du Kasperlkopf! Du und deine Reden.« Sie schüttelte den Kopf, warf Evi und Gerhard ein »Pfüa Gott« zu und sagte, dass sie sich um ihren Kuchen kümmern müsse.

Pius Hörmooser gab den Kommissaren die Hand und verabschiedete sich ebenfalls. Er pfiff den Hunden, und wie er da so über den Vorplatz schritt, war es, als wäre er der Gutsherr. Der Kater ebenfalls ging gemessenen Schrittes hinterher. Gerhard sah der Gruppe mit einem Lächeln nach. »Faszinierend und völlig anders als erwartet. Und, Evilein, hast du von Sieglinde noch was erfahren?«

»Nein, ich habe sie natürlich gefragt, ob Friedl nach dem Tee noch hätte unbemerkt wegfahren können.«

»Und?«

»Na ja, sie sagte, dass sie auch gleich ins Bett sei und nichts mehr gehört habe. So wirklich ausschließen, dass er nochmals weggefahren ist, kann man also nicht. Aber auch nicht beweisen. Hast du Pius Hörmooser denn auch gefragt?«

»Nein.«

»Nein? Also Weinzirl, du bist doch raus, um dir die Lage der Zimmer anzusehen, oder? Also du …«

»Stopp, meine Liebe. Ich musste nicht fragen. Er hat mir die Nicht-Frage auch so beantwortet. Er kann nicht bestätigen, dass Friedl weggefahren ist, er kann es aber auch nicht ausschließen. Hörmoosers schlafen westseitig, unser reizender Baulöwe im Osten, und er kann über die Balkontreppe runtergegangen sein, unbemerkt durch das Tor zur Garage und weggefahren sein. Kann!«

»Toll, wieder keine Beweise«, schimpfte Evi.

»Nein, aber auch kein Alibi! So, und jetzt pack mers.«

Sie fuhren durch einen Ort namens Reichersdorf, wo Gerhard kurzzeitig die Hoffnung hegte, etwas zu essen zu bekommen. Es gab eine Wirtschaft in einem wunderschönen alten Bauernhaus. Leider hatte die bloß sonntags offen und da auch nur für Brotzeiten und bitte nicht zwischen siebzehn Uhr und neunzehn Uhr dreißig, weil da Stallzeit war. Heute war leider kein Sonntag. Ja, auch so eine Glück-auf-Wirtschaft wie in Schönberg, dachte Gerhard enttäuscht. Evi ersparte ihm weitere Belehrungen zur spätgotischen Kirche – Gerhard nahm mal an, dass es sich um Spätgotik handelte. Nahrung gab es dann schließlich beim Wiesweber am Stallauer Weiher, eine Rettung in Form eines Schweinsbratens, der später nicht hätte kommen dürfen. Gerhard war massiv im Unterzucker und im Unterweißbier. Gut, sie hatten weniger erreicht als erhofft, aber doch einiges erfahren. Friedl war der Letzte gewesen, der Jacky lebend gesehen hatte. Und er hatte kein Alibi. Das war doch schon mal was.

Als er schließlich in seiner Wohnung war, wurde es gerade dunkel. Wenig später begann es von ferne zu grummeln, ein Grummeln, das sich steigerte und zu schweren Böllerschüssen wurde. »Der Himmelpapa kegelt«, hatte seine Mutter ihn als kleinen Jungen stets getröstet, wenn er Angst vor Gewittern gehabt hatte. Peinlich genug, aber ihm war wirklich bange gewesen. Er trat unter das Vordach heraus und betrachtete fasziniert das Zucken der Blitze. Schlagartig kam Wind auf, ein kleiner Sturm, der ihm die Tür aus der Hand riss und eine Plane in die Luft wirbelte. Dann peitschte der Regen heran, binnen Sekunden, so als hätte der kegelnde Himmelpapa eine Dusche voll aufgedreht. Blitz und Donner waren fast zeitgleich, es tat einen gewaltigen Schlag, es musste also irgendwo ganz in der Nähe eingeschlagen haben. Bald darauf ging eine Sirene, Gerhard lauschte und hörte doch nur das Prasseln des Regens. Sarahs schwarzer Kater kam von irgendwoher angeschossen, klatschnass und sichtlich beleidigt, dass ihm der Fehler unterlaufen war, nicht rechtzeitig nach Haus gekommen zu sein. Gerhard öffnete ihm die Tür – wohl wissend, dass das klatschnasse Vieh nun in sein Bett springen würde. Ihn fröstelte auf einmal, mit dem Regen war die Temperatur um bestimmt fünfzehn Grad gesunken. Das Grummeln schwoll langsam wieder ab. Die Blitze hatten sich in die Berge zurückgezogen, in jene alpine Hexenküche, aus der die Gewitter auch kamen: urplötzlich und unberechenbar. Als Gerhard zu Bett ging, lag da der Kater und hatte bereits einige Grashalme und drei kleine Schnecken aus seinem Pelz gepopelt und diesen ganzen Unrat säuberlich neben das Kopfkissen gelegt. Gerhard versuchte erst gar nicht, den schwarzen Teufel zu vertreiben, und unter dem monotonen Geräusch der sich putzenden Katze schlief er ein.

Als er erwachte, war der Kater weg, sein Bettüberzug sah aus, als hätte er damit den Boden geputzt. Gerhard seufzte und sah hinaus. Es regnete noch immer, der Wind pfiff böig ums Haus. Er zog sich an und fuhr nach Peißenberg, er hätte das gestern einfach kategorisch ablehnen sollen. Aber er fuhr doch.

»Wie überall, so waren auch hier die Männer besonders verwahrlost und verwest.«

HÖLDERLIN, HYPERION

7.

Das fehlte wirklich noch: sich einen windigen, regnerischen und kalten Herbsttag lang die Füße in den Bauch zu stehen, einzig, um Pferde und Kutschen anzuschauen. Dicke Pferde, die für ihn alle gleich aussahen. Und noch schlimmer: Menschen, die auch alle gleich aussahen: rotwangige Bauernschädel, eingefleischte Trachtler, die sich »Lustiges Alpenrösl« oder »Trachtenerhaltungsverein d Wuiderer« nennen. Kerndlgfuaderte Madeln mit viel Holz vor der Hüttn und einem Fuchsschwanz um die Schultern. Pferde wie Menschen waren Bauerntrampel. Definitiv: Gerhard hasste so was, aber Kassandra und Evi hatten drauf bestanden, hinzugehen, weil Jo doch mit von der Partie war. Kassandra war klammheimlich wieder aufgetaucht aus Freiburg. Er hatte erst durch Evi erfahren, dass sie wieder da war. Dass dieser blödsinnige Ausflug geplant war. Die Damen hatten das beschlossen. Die Begrüßung an diesem windigen Morgen war kurz ausgefallen. Er wollte Kassandra umarmen, und sie hatte ihn auf beide Wangen geküsst und eine Armlänge auf Abstand gehalten. Er hätte sie gerne gefragt, wie es bei ihrer Schwester gewesen war, er hätte sie gerne vieles gefragt, aber Kassandra war in ein Gespräch mit Evi vertieft, und sie schilderte gerade, wie toll das doch heute Morgen gewesen sei, die Pferde zu putzen und herzurichten für ihren großen Auftritt. Verdammt, was hatte Kassandra damit zu tun? Jo, okay, Jo und ihre Horde kleiner Mädels, die ihre Töchter hätten sein können, die alle schon seit Tagen im Leonhardirausch waren. Aber Kassandra hatte mit Pferden eigentlich nichts am Hut.

Leonhardi, was für ein Blödsinn, und dann war dieser heilige Leonhard auch noch irrtümlich aufs Pferd gekommen. Er war eigentlich ein Gefangenenschutzpatron. Versehentlich wurden die Ketten zu seinen Füßen für Viehketten gehalten, eigentlich waren es Ketten armer Gefangener gewesen. Aber der gute Leonhard ließ sich auch für die Rösser einnehmen, und so verbrachte das halbe Oberland Wochen vor den Umritten damit, Girlanden aus Weißtanne zu binden, Gestecke zu zaubern und Geschirre und Sättel zu polieren. Jo hatte ihre Pferde gestern alle extra noch gewaschen, hatte Kassandra berichtet, und wenn er noch einmal was vom Schwoafflechten und von Mähnengummis hörte, würde er sich an einem solchen Gummi erhängen. Jawohl!

Eigentlich hätte Jo ja mit den Einzelreitern irgendwo ganz am Ende des Zuges reiten müssen, aber sie hatte einen Kutscher bezirzt, dass ihre Gruppe mittendrin war. Eine große Ehre, denn ihre Norweger und Isländer galten bei den Hardcore-Trachtlern als »Flugameisen«, und Rassen, die keine Süddeutschen Kaltblüter waren, durften eigentlich maximal hinten beim »Gschwerl« mitreiten. Und selbst die Haflinger veranlassten die wirklich eingeschworene Kaltblutgemeinde auch nur zu einem abgedroschenen Standardwitz: »Frage: Was sind zwei Haflinger im Pferdehänger? Antwort: Essen auf Rädern.« Für Gerhard waren das alles Bücher mit sieben Siegeln. Pferd war Pferd. Pferde waren große Tiere ohne Bremse, deren Lenkung äußerst schwierig war, die wie plüschige Rasenmäher unentwegt vorne was reinstopften, was hinten dann wieder stinkend und mistig rauskam. Pferdefrauen waren eine weltweite Seuche, und Jo war unrettbar verseucht.

Und nun stand er also da in Höhe des neuen Kreisels in Peißenberg und starrte auf die Wagen. Fünfundfünfzig sollten es sein, rund zweihundertfünfzig Pferde, und an schönen Sonntagen kamen bis zu zehntausend Zuschauer. Heute war es vielleicht die Hälfte, und für Gerhards Empfinden waren das immer noch rund fünftausend Menschen zu viel an so einem Tag. Als gar nicht beruhigend empfand er, dass die Pferde meist umsichtiger und intelligenter als die Kutscher wirkten – und die Tiere wohl auch weit weniger Alkohol im Blut hatten als der Lenker da oben. Was, wenn so ein Gespann außer Kontrolle geriet? Er hatte mal gehört, dass echtes passioniertes Fahren eine Kunst war und eben nicht darin bestand, dass man Pferde vor eine Kutsche spannte und weiter oben und ganz schön viel weiter hinten einer an den Seilen hing. Das Pferd denkt, der Alkohol lenkt, nein – es hätte wirklich bessere Alternativen für einen Sonntagvormittag gegeben.

Der Regen wurde vom Wind waagrecht gepeitscht, und Kollegin Evi, die in pinkfarbenen Gummistiefeln höchst albern in die Pfützen hopste, hätte er am liebsten erwürgt. Plötzlich hüpfte sie noch mehr, und Kassandra begann wie wild zu winken: Jo kam ins Bild, und Gerhard musste zugeben, dass ihre Norweger mit dem Irokesenschnitt zumindest witzig aussahen. Er musste grinsen, angesichts

Falcos Bemühungen, die Dekoration des Wagens vor ihm zu fressen. Die Kutsche hinter Jo schien Probleme zu haben, der Abstand war relativ groß, der Kutscher hatte sich weit zur Seite hinausgelehnt, augenscheinlich, um irgendwas zu überprüfen.

In dem Moment bäumte sich in seinem Viererzug ein Pferd auf, ein zweiter dieser rabenschwarzen Kolosse tat es ihm gleich, die Kutsche machte einen gewaltigen Ruckler, der Kutscher flog, und die Pferde schossen nach vorne. Geballte Kraft, knapp vier Tonnen Pferd in Bewegung, Menschen kreischten, Gerhard war sekundenlang wie paralysiert, dann riss er Kassandra zur Seite, Evi rettete sich mit einem Sprung. Die Kutsche donnerte vorbei, eine Posaune schlug neben ihm ein, gefolgt von einer Tuba. Die Erde bebte, er konnte die angstgeweiteten Augen der Musiker auf dem Wagen sehen. Die schweren Rösser waren alles andere als langsam und schossen auf den Kreisel zu. Sie flogen nur so über den Asphalt, Funken sprühten unter den Hufeisen und den Rädern, und es schien, als wollten sie den alten Grubenhunt hoch oben auf dem Kreisel einfach niederrennen. In letzter Sekunde drehten sie ab, aber die Kutsche geriet in Schräglage, die beiden linken Speichenräder schossen wie Katapulte in die Luft, und dann stürzte der ganze Wagen zur Seite. Die völlig panischen Pferde rannten weiter, die Deichsel brach, die beiden Frontpferde buckelten in die nächste Wiese, die beiden hinteren standen nach ein paar Metern mit bebenden Flanken. Eines stürzte zur Seite.

Es war ein Schlachtfeld: überall Musikinstrumente, Holzteile und überall Menschen, die noch am Boden lagen oder humpelnd hochkamen, die Schnittwunden im Gesicht hatten. Gerhard und Evi reagierten unmittelbar: Sie rannten zu denen, die am schwersten verletzt zu sein schienen. Gerhard redete beruhigend auf eine Frau ein, die unter der Kutsche eingeklemmt war, als von irgendwoher Jo und der Kutscher gerannt kamen. Jo gab die Anweisungen, klar, kühl, wie die Pferde auszuspannen seien. Der Kutscher schien unter Schock zu stehen. Gerhard hörte Jo in ihr Handy schreien, sie alarmierte ihren Tierarzt, und ihr »Beweg deinen Arsch hierher« war inmitten all dieses Chaos wie eine Heilung. Der Sanka war eingetroffen, ein Notarztteam und einige hilfreiche Hände hoben die Kutsche behutsam an, die dann in ihre normale Position donnerte. Nicht ganz normal, denn sie hatte links keine Räder mehr. Das Bein der Frau sah übel aus, der Hubschrauber war gelandet, der Pilot fluchte, und Gerhard war sich bewusst, dass dieser Flug bei dem Wetter sicher extrem gefährlich gewesen war. Der Regen hatte zwar aufgehört, aber der Wind blies unvermindert weiter. Die Wiese war inzwischen ein einziges Morastloch.

Viel später, wie es Gerhard schien, sehr viel später, als alle Verletzten versorgt waren, sah er sich nach Jo um. Sie hockte auf den Knien mitten in der Wiese, ein Mann hatte sich zu ihr herabgebeugt: Andy, der nette Pferdetierarzt, den Gerhard auch kannte. Langsam ging er zu den beiden hinüber. »Servus«, sagte er zu Andy und »Scheiße«, als er das Pferd dort am Boden sah.

»Ich musste es an Ort und Stelle einschläfern«, sagte Andy in einem Ton, der Gerhard verriet, dass auch der Job des netten Veterinärs einer war, der einen immer wieder beutelte und in Grenzbereiche des Erträglichen trieb. So abgeklärt konnte man gar nicht sein. Der nicht und er selbst auch nicht. Jo hatte sich aufgerichtet, sie hatte Tränen in den Augen und war klatschnass. Ihre viel zu große Herren-Lederhose hing wie ein Fensterleder an ihren Beinen.

»Es tut mir leid, Jo, sehr leid.«

Jo nickte.

»Wo sind denn eigentlich deine Pferde?«

»Die Mädels haben sie zu Ralf gebracht. Sein Vermieter hat einen Offenstall gleich bei der Post, wir haben die Pferde da zwischengelagert. Ich hol sie später mit dem Hänger.«

»Gut«, sagte Gerhard, kam sich dumm vor und verspürte plötzlich ein merkwürdiges Gefühl. Wer war eigentlich Ralf? Jo hatte immer und überall sofort Freunde und alle Situationen im Griff. Er schluckte eine Bemerkung hinunter und sagte stattdessen: »Jo, du bist patschnass, du musst dich unbedingt aufwärmen.«

»Schau dich mal an, wia a badte Maus.«

Evi war dazugekommen, schenkte dem ebenso hübschen wie netten Tierarzt einen koketten Blick und sagte dann: »Zum Thema Aufwärmen hätte ich einen Vorschlag. Toni hat mitgekriegt, dass es einen Unfall gegeben hat, er hat angeboten, dass wir bei ihm eine Art Basislager aufschlagen. Unsere Kollegen sind schon da. Wir sind nämlich ab sofort im Dienst.«

»Im Dienst?«

»Der Wagen wurde sabotiert. Die Räder wären auch ohne den Ausritt über den Kreisel gebrochen. Die Aufhängung war manipuliert, die Bremse auch. Der Kutscher hatte das gerade bemerkt, weil der Wagen unrund lief, sich hinuntergebeugt, das haben wir ja auch gesehen. Und den Rest kennst du.«

»Versuchter Totschlag?«

»Das darf der Staatsanwalt entscheiden. Wir haben eine Schwerverletzte, etwa zehn Leichtverletzte und ein totes Pferd.«

»Was ist eigentlich mit den anderen Pferden?«, fragte Gerhard.

»Die sind sicher schon wohlbehalten in Schönberg angelangt, ein paar Nachbarn vom Weiler haben sie heimgebracht. Eines hatte noch eine üble Fleischwunde, aber die konnte ich nähen. Das heilt alles wieder«, sagte Andy.

»Weiler?«

»Ja, der Kutscher ist unser Freund Weiler, es waren seine Rappen«, fiel Evi ein, immer noch den Blick auf den Tierarzt geheftet.

»Und genau dem versagen die Bremsen? Was für ein Zufall!«, rief Gerhard.

»Tja, Chef, und dieser Weiler sitzt mit zwei unserer Kollegen bei Toni, und wenn du noch was aus ihm rauskriegen willst, dann spute dich. Ich glaube nämlich, dass er nicht mehr so viele Ouzos durchsteht.«

»Na dann auf, Jo, du kommst mit, du brauchst einen Dreifachen. Andy?«

»Danke, ich würde gerne, aber ich muss noch zu 'ner Geburt. Machts es gut mitanand«, lächelte er und stiefelte davon.

Evi seufzte, worauf Jo unter Schniefen lachen musste. »Evi, ausgerechnet ein Tierarzt. Der verbringt die Nächte in Pferdeboxen und nicht auf Vernissagen, geschweige denn in deinem Lotterbettchen.«

»Ja, und sicher ist er verheiratet, auch noch glücklich, seine Frau ist hübsch, und zu allem Überfluss hat er noch jede Menge putziger Kinderlein, oder?«

»Fast. Seine Frau ist hübsch, aber er hat nur eine Tochter.«

»Danke, Jo, du verstehst es, mich aufzubauen.« Evi grinste. »Wo ist eigentlich Kassandra?«, fragte sie plötzlich und sah in Gerhards Richtung.

Ja, genau. Wo war Kassandra? Die Frage hätte eigentlich von ihm kommen müssen.

»Sie ist mit ins Krankenhaus gefahren. Der eine Notarzt wollte ihr, glaub ich, gleich 'nen Job anbieten, so begeistert war er von Kassandras fachmännischer Hilfe. Ich soll euch grüßen«, sagte Jo.

Wieder so ein Stich, Jo wurde informiert. Nicht er.

Schweigend stapften sie an der Post vorbei, die Ebertstraße entlang. Das Gehen war heilsam, es beruhigte. Die Sonne kam zögerlich hinter ein paar Wolken hervor. Felix und Melanie saßen mit Manfred Weiler an einem der hinteren Tische. Die Kollegen vor Schwarztee, der Weiler vor einer Batterie von Ouzo. Von der sonstigen dummdreisten Arroganz des jungen Bauern war nichts mehr übrig.

»Des war mei beschte Stuat. Die Fini. Mei, die guate Fini. Lauter Stutfulla hot se. Und allweil Rappn. De bringa a Haufn Geld.«

»Weiler, tut mir leid mit dem Pferd«, sagte Gerhard. »Wer hat da an Ihrer Kutsche rumgespielt?«

Der Weiler starrte nur apathisch vor sich hin. Gerhard winkte Toni zu. »Mach uns noch 'ne Runde.«

Sogar Evi kippte ein Stamperl von Tonis Allheilmedizin, wenn auch mit angewidertem Gesichtsausdruck. Jo war in die Küche gegangen, die vier Polizisten schwiegen mit Weiler um die Wette. Gerhard hatte Melanies Notizen überflogen, Notizen in einer dermaßen akkuraten Handschrift, dass sie damit wohl jeden Schönschreibwettbewerb gewinnen würde. Die Sache war so weit klar: Die Bremse war manipuliert worden, und als Manfred Weiler ihr Versagen erstmals bemerkt hatte, war es ihm gelungen, den Wagen noch über das Auflaufenlassen an einer höheren Bordsteinkante abzubremsen. Dann hörte er das Knirschen der Räder. Das war der Moment gewesen, wo er sich zur Seite gebeugt hatte, wo er eigentlich hatte anhalten wollen, als das Drama seinen Lauf nahm. Die Kutsche hatte die Nacht über schon in Peißenberg gestanden, er hatte in der Frühe die Pferde mit dem Hänger gebracht und angespannt. Melanie hatte ihn auch gefragt, ob ihm beim Anspannen nichts aufgefallen sei. Was er verneint hatte, die Fußbremse habe funktioniert, und wer bitte schön überprüft seine Räder? »Schaugsch du allweil noch, ob bei deim Auto d Roafa locker send?«, hatte er Melanie gefragt.

»Weiler, wer könnte das gewesen sein?«, fragte Gerhard.

»Koaner.«

»Kommen Sie, der Heilige Geist war es nicht!«

»Meine Spezln macha so was ned.«

»Dann war es eben kein Spezl. Mit wem haben Sie momentan Ärger?« Gerhard beugte sich zu ihm hinüber. »Mit wem?«

»Mit koam.«

»Weiler, da wurden Menschen teils schwer verletzt, ein

Pferd ist tot. Da werden womöglich Forderungen auf Sie zukommen. Schmerzensgeld, Prozesse, wenn Sie nicht beweisen können, dass Sie an dem Unfall keine Schuld tragen, isch mehr hie wia a Gaul!« In Schönberg verstand man Allgäuerisch, und der Manfred sah auf. Na also, Gerhard legte Dramatik in seine Stimme. »Das hier ist ernst, sauernst. Mit wem hatten Sie Zoff?«

»Ja, mitm Toni.«

»Welchem Toni?«, fragte Gerhard.

»Dem Erhard-Anton.«

»Ihrem besten Spezl?«

»Ja, weil der moant, dass i schuld bi, dass Se und Ihr Kollegin uns im Wald bsucht ham.« Weiler klang weinerlich.

»Wieso Sie?«

»Weil der Toni moant, i wär um de Jacky rumgschwanzlt und dass des mit dem Holz nia rauskemma wär, wenn i ned so an großn Stadl baut hät. Des ganze Dorf frogt se, wo des Holz her isch.«

Das war eine lange Rede für Weiler gewesen, der Ouzo schien ihn zu beflügeln. Anton Erhards Argumentation leuchtete Gerhard auch durchaus ein, aber das war doch noch kein Grund, eine Kutsche so gefährlich zu manipulieren. Was er Manfred Weiler auch wissen ließ.

»Ja, guat, do war no was anders.«

»So, und was? Weiler, wir haben nicht die ganze Nacht Zeit.«

»Do war geschtern die SMS.«

»Welche SMS?« Meine Seele, das zog sich! Gerhard gab sich Mühe, ruhig zu bleiben.

»Do war gstanda, dass i mi ned mit oam olega soll.«

»Wo ist das Handy?« Evi war aufgesprungen. Weiler fingerte es aus der Jacke. Evi riss es ihm förmlich aus der Hand. Die SMS war noch da mit dem korrekten Wortlaut: »Leg dich nicht mit mir an, du Wicht.« Keine Nummer, die Kennung war wohl unterdrückt worden.

»Mist!«, rief Evi.

»Vom wem kann das kommen?«, fragte Gerhard.

»Mei.«

»Was, mei?«

»Vom Toni, aber i ho gmoant, dass er koa Mail schreiba ko.« Weiler schaute kuhäugig in die Runde, als wüsste diese, ob der gute Anton Erhard SMS-fähig war.

»Das war eine Warnung, eine Vorankündigung. Warum haben Sie nicht reagiert?«, rief Evi. »Dann hätte es einige Verletzte weniger gegeben.«

»So was denkt doch koaner«, sagte der Weiler und blickte hilfesuchend zu Gerhard hinüber.

Im Prinzip hatte Manfred Weiler recht. Wegen der SMS wäre keiner auf die Idee gekommen, dass jemand so ein gefährliches Manöver an seinem Wagen treiben würde. »Es geht immer wieder um den Anton. Warum?«, fragte Gerhard und nickte Weiler aufmunternd zu.

»Er hat oft a Pech mit dr Säg«, murmelte der Weiler schließlich.

Gerhard war allerdings völlig unklar, was die Erhardschen Sägwerksprobleme damit zu tun haben sollten. Tonis nächste Runde hatte Weilers Alkoholpegel wohl wieder auf Normalnull gebracht, und Gerhard wollte das kurze Zeitfenster nutzen, in dem der Alkohol die Zunge lockerte, bevor Melancholie, dann Aggression und schließlich kurzer todesähnlicher Alkoholschlaf folgen würden.

»Pech?«, fragte er also.

»Ja, er hot viel Eisa im Holz ghabt.«

»Bitte?«

»In fünf Stämm warn Nägel.«

»Nägel?«

»Ja mei, Herr Kommissar, dem hams wahrscheins efter Nägel ins Holz neighaut, und des siagt ma ned. Und dann fahrsch durchs Gatter, und dann isch d' Schneid beim Deifel.«

»Das ist ja Sabotage der übelsten Art!«

»Freilich!«

»Und wem sollte das schaden? Dem Erhard oder dem Sägwerk?«

»Scho dem Toni. Der muass deam Säger de Blattl wieder zahla. Wenn dr Toni efter mit seim Holz kimmt, dann schneid mas eam nimma. Und der Toni hot den Ärger im Zillertal.«

»Entschuldigung, aber wieso Zillertal?«

»Er verkofft sei Holz o nach Tirol. Es fahra ja viel Nusser mit ihre Holzzüg umanand. Bei uns ham vui kloane Säger zugmacht, und die Tiroler ham de groaße Sägwerk. Bei dene geht was weiter!«

»Und der Anton Erhard hat dahin geliefert?«

»Ja.«

»Und?«

»Vernagelt warn de Stämm.«

»Und wieder waren die Sägblätter hinüber?« Allmählich kam etwas Klarheit in die Sache. Gerhard gab sich Mühe, dem guten Weiler die Botschaften aus der Nase zu ziehen.

»Na.«

»Nein?«

»Na, de großa Säger ham Metalldetektoren, de schießn de Stämm oafach naus. De rufn o und song, dass dein Scheißdreck wieder holla konscht. Des kimmt deier. Oder du lasch se flacka, und dann hosch halt nix davo.«

»Und wer macht so was?«

»Oaner, der de ned mog!«

»Und der Anton dachte, Sie wären es gewesen?« Gerhard runzelte die Stirn. Das ergab doch alles keinen Sinn.

»Ja, der Depp, der.«

»Und wieso dachte er das? Ich dachte, Sie wären die besten Kumpels.«

»Sind mir a. Aber do gibt's no a alte Gschicht.«

»Alte Geschicht?«

»Ja, wegen dem Ross.«

»Geht's ein bisschen genauer?«

»Ja mei, der Toni hot ma zwoa Ross zum Stroafn gliehn, und dann hat oane d Haarwindn kriagt.«

»Was?«

»Kreuzverschlag«, kam es von Jo, die schon seit geraumer Zeit an einer Säule lehnte. »Haarwinden heißt das hier. Kreuzverschlag ist eine Folge akuter Übersäuerung, eben eine Folge massiver Überlastung, sekundär ist die Niere betroffen, und es kann zum Nierenversagen kommen. Kreuzverschlag ist extrem gefährlich.«

»Ja genau«, Weiler sah Jo fast dankbar an.

»Ja, und weiter?«, fragte Gerhard.

»Ja, dann ham mir des Ross zur Ader glassn und isch aber trotzdem verreckt«, sagte Weiler.

Gerhard wollte jetzt wirklich keine Fachdiskussion über Pferdekrankheiten anfangen, zumal ihm Zur-Ader-Lassen nun doch sehr mittelalterlich-martialisch vorkam. Er sah Weiler scharf an: »Und Ihr Freund Erhard hatte den Eindruck, dass Sie das Pferd überlastet hatten?«

»Ja, aber des isch ned wohr gwen, des warn ja kloane Stämm. Des war …«

»Ja, ja, alles klar, aber der Anton war sauer.«

»Ja, aber i war ned schuld, und i hob ihm zwoa Stutn deckt, ohne dass i a Deckgeld verlangt hob.«

Es war einfach uferlos. Wenn er weiter nachfragen würde, dann kämen wahrscheinlich noch mehr Geschichten guter Nachbarschaft zutage. Gerhard hatte schon heute früh geahnt, dass dieser Tag nichts Gutes bringen würde. Er hatte recht behalten. Er wandte sich wieder an den Weiler und versuchte sich mal an einer Art Zusammenfassung. »Manfred, der Anton Erhard glaubt, Sie hätten seine Stämme vernagelt. Sie glauben, er hätte Ihren Wagen manipuliert. Tolle Kumpels, wirklich! Zeugt von tiefer Freundschaft und Vertrauen.«

Ironie war nun kein Stilmittel, das Manfred Weiler in seinem Zustand verstanden hätte. Auch keins, das er mit weniger Alkohol hätte einordnen können. »Mir bledeln halt mol, alles des isch ned so wild.«

»Feine Scherze. Waren Sie es denn?«

»Na, natürlich ned! Und dr Toni werd des bei meim Waga o it gewest sei. Mir ham des unter Freind gklärt mit de Ross.«

Au weh, zwick, dachte Gerhard. Manfred Weiler hatte eine interessante Ansicht von Ehre, und zudem war sich

Gerhard sicher, dass der gute Manfred nun gleich in die Phase der alkoholseligen Melancholie fallen und jeden lieben würde. Es blieb wenig Zeit. Er ließ also einen Versuchsballon steigen. »Lassen wir mal die alten Zeiten und die Rösser. Der Anton war ganz aktuell sauer wegen dem Miesbacher, oder? Er war nicht so begeistert, dass Sie den Miesbacher verpfiffen haben?«

»Woher wissens des?«

»Weil ich wahnsinnig schlau bin. Er hatte Angst, dass der die Pacht aufgibt. Der Anton hätte einen neuen Pächter suchen müssen, der alte war zwar ein Krimineller, aber doch ein Pächter, der extrem großzügig war, oder?«

»Ja, scho.«

»Er hat mehr Pacht bezahlt als üblich?«

»Ja, scho, zwanzg Euro für 'n Hektar.«

»Und der eine oder andere Braten fiel da auch ab, oder?«

»Ja, scho, den ham viel gnomma«, ereiferte sich der Weiler. »Viel, de Flößerstub, glob i, o.«

Wer wann wo das illegal geschossene Wildbret in seine Kühltruhen verbracht hatte, war Gerhard eigentlich egal, er wollte gar nicht weiter in den Strudel eintauchen, der ihn mitriss in die speziellen Tiefen des Landlebens. Er wollte wissen, wer Jacky ermordet hatte. Und er hätte den Miesbacher zu gerne verhaftet. Vielleicht konnte er ihm die Manipulation am Wagen nachweisen, denn er war sich ziemlich sicher, dass er etwas damit zu tun hatte. Das waren einfach zu viele Zufälle.

»Und, Weiler, ist Ihnen vielleicht mal in den Sinn gekommen, der Miesbacher könnte Ihren Wagen manipuliert haben? Aus Rache?«

»Aber so oaner macht se d' Händ it voll Dreck«, formulierte Manfred Weiler mit bemerkenswerter Menschenkenntnis.

»Nein, aber er könnte jemanden angestiftet haben. Vielleicht doch den Anton?«

»I woaß ned.«

»Also, Weiler, nochmals von vorn. Nehmen wir mal an, er hat jemanden bezahlt, damit er den Wagen manipuliert, wer hätte das sein können?«, fragte Gerhard.

»Jeder, der woaß, wo mei Waga gstandn isch.«

»Und wer war das?«

»Ja mei, i, der Toni und dr Knoll, wo dr Waga gstande isch. Dann no de ganz Schöberger Musi und a paar Weiber, die den Waga gschmückt hamm.«

Gerhard verzog unmerklich das Gesicht. Also letztlich alle, und wenn es nur um den gefallenen Wagen gegangen wäre, hätte er sich diese Befragung geschenkt. Aber er wollte und musste einen Zusammenhang mit Jackys Tod herstellen. Er machte sich eine Notiz. Dann mussten Melanie und Felix eben alle Musiker und Trachtler im weiten Erdenrund so lange nerven, bis sie den hatten, der bestochen worden war. Während der Weiler noch einen Ouzo kippte, zog er im Stillen für sich ein Resümee. Anton Erhard hatte einen Feind gehabt, der ihm die Bäume vernagelt hatte. Wenn Erhard überzeugt gewesen war, dass es sein Spezl Weiler getan hatte, und er zudem Weiler die Schuld gab, dass der Holzdeal aufgeflogen war, dann hätte er nun einen guten Grund gehabt, den Wagen zu manipulieren. Aber irgendwas sagte Gerhard, dass Erhard es nicht gewesen war. Also waren das zwei Paar Stiefel: Der Baumschreck hatte nichts mit dem Kutschenumkipper zu tun. Plötzlich schoss ihm ein Gedanke durch den Kopf: Was, wenn Jacky …?

»Kam denn wirklich nie raus, wer es war? Ich meine, das mit den Bäumen?«, fragte er.

»Na.«

»Könnte es Jacky gewesen sein?«

»A Mädla, nia!«

»Na ja, auch Frauen können einen Hammer bedienen.«

»Scho, aber Stahlnägel hot it jeder. De braucht ma it so oft.«

Gerhard machte sich wieder eine Notiz. Und als er aufsah, war der Weiler auf den Tisch gesunken. Er schlief, der Bursche schlief einfach! Gerhard bat Toni, den Mann später heimzufahren, briefte seine Truppe, dass sie einen oder eine zu finden hätten, der oder die vom Miesbacher angestiftet worden war. Eine kleine Meuterei von Felix Steigenberger, »Was der Scheiß denn solle«, bügelte er äußerst unwirsch gleich mal mit Androhung einer Dienstbeschwerde nieder. Evi sagte nichts, bis die Kollegen sich getrollt hatten.

»Schlechte Laune?«

»Nein, schlechte Antworten.«

»Gerhard, du glaubst also fest dran, dass der Miesbacher Jacky ermordet hat?«, fragte Evi.

»Ja, und das muss ich ihm nur noch beweisen.«

»Und du glaubst auch, dass er jemanden angestiftet hat, den Wagen zu manipulieren?« Evi sah ihn zweifelnd an.

»Evi, glaubst du das etwa nicht?«

»Ja und nein. Ja, weil es mir logisch erscheint. Nein, weil es ja auch jemand ganz anderer sein könnte. Das ist ja ein derartiges Kuddelmuddel. Hier hat doch jeder Dreck am Stecken. Jeder hat Zoff mit jedem. Jede Familie hat irgendeinen Streit mit den lieben Nachbarn. Der Grund dafür liegt im Dunkel der Geschichte, irgendein Urahn kurz nach der Pest war der Urheber. Heute kennt keiner mehr den Grund. Würden die nur einmal nachdenken, was ihnen aber wohl nicht so sehr liegt, dann würden sie mal nach dem ›Warum‹ fragen. Wer weiß, um was es hier sonst noch geht.« Evi wirkte wirklich fertig. Das war nicht ihre Welt.

»Keine rätselhaften Dritten, Evi, bitte! Ich möchte vielmehr, dass wir Jackys Bild herumzeigen an just jenen Orten, an denen es Stahlnägel gibt. Kircher in Weilheim und so weiter.«

Evi starrte ihn an. »Du denkst, Jacky haut Nägel in Bäume?«

»Ja, denk ich.«

»Warum das denn?«

»Weiß ich noch nicht, aber sie war doch laufend im Wald unterwegs. Und gerade die Frauen in meiner Umgebung lehren mich doch ständig, dass Frauen sich vom Hasi zur Amazone emanzipiert haben. Warum also keine Nägel?«

»Aber so seh ich Jacky nicht! Nägel in Bäume. Das sind doch keine kleinen Streiche. Da gibt's keine Schmerzgrenze mehr. Keine Moral. Nichts mehr, was Recht und Unrecht voneinander trennt. So was hätte Jacky nicht getan.«

»Da bin ich mir nicht so sicher. Ihr wurde nie etwas anderes vorgelebt. Beziehungen, die auf Verzweiflung beruhen, Aggression und Alkohol. Sie hatte keine guten Vorbilder, um sich ein Wertesystem aufzubauen. Sie war verzweifelt, und da greift man auch zu seltsamen Methoden. Und auch wenn du mich jetzt gleich wieder der Unsensibilität bezichtigen wirst, Jacky hatte sicher schlechtere Startchancen als andere, aber ein wenig lag es wohl auch an ihr. Ich kenne Menschen mit viel tragischerer Geschichte, und die haben es auch gepackt. Vielleicht hatten die bessere Gene, was weiß denn ich. Ich will nur vermeiden, dass wir das arme Opfer glorifizieren. Ansonsten gebe ich dir recht. So was hat es früher nicht gegeben. Streiche, einen derblecken, gut – aber das ist Zerstörung, das ist kriminell und gefährlich.«

»Drum war es Jacky auch nicht. Das glaub ich einfach nicht. Warum auch?« Evi war nicht zu überzeugen.

»Das, meine Liebe, ist die Frage. Weil sie Erhard erpressen wollte.«

»Um Geld?«

»Nein, um Zuneigung, um ein Bleiberecht, irgend so was! So, meine Beste, und jetzt kein Wort mehr. Mir reicht es jetzt. Ich setz dich zu Hause ab, ja?«

»Ja, okay«, Evi stockte kurz. »Du solltest Kassandra anrufen.«

»Ja, mach ich später.«

»Nein, jetzt.«

Gerhard zückte sein Handy, und Kassandra ging tatsächlich ran. Seine Frage, wie es ihr gehe, beantwortete sie mit »Gut«, seine Frage, ob er sie irgendwo abholen solle, mit »Nein«. Er hörte Kneipengeräusche im Hintergrund und erfuhr, dass Kassandra einer Einladung des Notarztes gefolgt war. »Na dann viel Spaß« waren seine letzten Worte, und Evi schenkte ihm einen vorsichtigen Seitenblick.

»Was ist los?«

»Sie amüsiert sich prächtig, und dir wünsch ich jetzt auch einen schönen Abend!«

»Jetzt red schon!«

»Nein, das Thema Kassandra geht dich einen feuchten Kehricht an. Aus, Ende, Ruhe.« Gerhard parkte vor Evis Haus und sagte nochmals: »Schönen Abend!«

»Hmm, danke.«

Irgendwas in diesem »Hmm« veranlasste Gerhard aufzusehen. Evis Gesicht zu studieren. Sie sah aus wie immer, blendend eben, aber dennoch sah sich Gerhard genötigt nachzufragen.

»Du klingst ein bisschen komisch. Was ist los? Wirst du krank?« Blöde Frage, Evi wurde nie krank, Evi hatte in all den Jahren, in denen sie zusammenarbeiteten, nie gefehlt.

»Weinzirl, falls du das kürzlich in deinem Fortbildungsseminar zum Thema Mitarbeiterführung gelernt hast, danke der Nachfrage. Und wenn das ein Friedensangebot sein soll, von mir aus. Du weißt selbst am besten, wann du hochfahrend und unerträglich bist. Du musst dich weiß Gott jetzt nicht empathisch zeigen.«

»Straßgütl«, er verwendete bewusst ihren Nachnamen, »ich bin nie empathisch. Was ist das überhaupt? Beleidigen lass ich mich nicht!« Er grinste, und irgendwie hatte er damit das Eis zum Schmelzen gebracht.

»Weißt du, das mit dem schönen Abend ist so 'ne Sache. Manchmal denk ich mir, dass eine schöne Wohnung mit 'nem großen Balkon einfach zu wenig ist für einen schönen Abend.«

»Was fehlt? Der Traumprinz, der den großen Balkon mit seiner Anwesenheit bereichert?«

»Ach, Weinzirl, ihr Männer! Warum glaubt ihr, dass Defizite immer was mit Männern oder fehlenden Männern zu tun haben müssen?«

»Immerhin hast du nun zugegeben, Defizite zu haben. Welche, wenn es sich nicht um einen waschbrettbäuchigen hochintellektuellen Makrobioten oder Veganer handelt?«

Normalerweise hätte Evi nun eine flammende Rede auf die Berechtigung ihrer gesunden Ernährung angestimmt und über den tieferen Sinn des Joggens und Nordic Walkings. Aber auch sie war wohl wirklich angeschlagen. Und müde.

»Es ist, es ist eben, eben alles. Also nicht, dass es mir schlecht ginge …«

»Aha, du als Verfechterin der klaren Satzkonstruktionen. Geht es etwas genauer?«

»Die Zeit galoppiert dahin, es gibt keine Höhen, keine Tiefen.«

»Biologische Uhr?«, provozierte Gerhard.

»Idiot! Es geht nicht um Männer, Familie, Kinderwunsch. Ich hasse Kinder, das solltest du wissen. Mein Leben ist einfach so gleichförmig, ein langsamer Fluss, der dahindümpelt ohne Stromschnellen.«

»›Das Leben ist ein langer, ruhiger Fluss‹? Ist es das? Hast du den Film gesehen? Du solltest eben Klebstoff schnüffeln.« Gerhard war sich nicht sicher, ob Evi diesen Insider-Joke verstanden hatte, für Kultfilme der Achtziger war sie eigentlich zu jung. Aber gleichzeitig wusste er, dass gerade Evi ein wandelndes Kultur- und Filmlexikon war.

»Da hat dich ’ne Frau reingeschleift, gib es zu! Du und Filme außerhalb von Bond und Herrn Van Damme. Aber die Richtung ist gar nicht schlecht.«

»Richtung Klebstoffschnüffeln?«

»Ja, Filme, Theater, Kultur. Es ist eben Weilheim – es ist eben nur Weilheim.«

Gerhard runzelte die Stirn. »Du willst sagen, du fühlst dich kulturell nicht ausgelastet?« Dabei hatte Evi ein Theaterabo und rannte wahrlich in jede Ausstellung, zu jeder Lesung, wenn es ihre Dienstzeiten irgendwie möglich machten.

»Das verstehst du nicht. Aber ich würde so gerne in einer Großstadt leben. Wo nicht die immer gleichen bemühten Theaterer agieren, wo sich nicht alles nur um den immer gleichen Regisseur dreht und die immer gleiche Musikgruppe. Wo Fotokunst eben ein wenig mehr ist als die Bäume von Weilheim, wo Kultur außerhalb von Raiffeisenbanken und Sparkassen-Foyers vorkommt. Wo es Underground-Bühnen gibt und Konzertsäle, in denen vorher vor allem keine Rindviecher durchgezogen sind. Stell dir vor, wie es wäre, in München zu leben mit all dem Angebot!«

Und im Gegensatz zu vielen seiner alten Kumpels, die eben genau im gelobten München lebten und vor lauter Arbeit abends auch nur noch zum ewig gleichen Stadtviertel-Italiener um die Ecke gingen und an denen all die hehre Kultur angesichts ihres Schlafbedarfs einfach unbemerkt vorbeiging, im Gegensatz zu diesen würde Evi das Angebot wahrscheinlich wirklich nutzen. »München kannst du dir mit deinem Gehalt eh nicht leisten. So 'ne schicke Wohnung wie in Weilheim ist da nicht drin. Dann endest du in einem dieser gesichtslosen Vororte, bei denen es total egal ist, ob sie Olching, Germering oder sonst wie heißen.

Schotterebenen-Einförmigkeit. Fahr halt von Weilheim nach München, da soll es einen Zug geben.«

Evi seufzte. »Was du nicht sagst! Aber das ist nicht das Gleiche, nicht so, als wenn du abends mit dem Rad ins Theater fährst.«

»Super, im kleinen Schwarzen und in den Stöckeln!«

»Weinzirl, es gibt auch Hollandräder, mit denen geht so was. Nicht jede Frau muss ein Siebenundzwanzig-Gänge-Mountainbike mit Stange fahren. Wie deine Allwetter-Jo!«

»Das ist nicht meine Jo. War sie nie. Wird sie nie sein!«

»Ja, schon recht, Weinzirl, du alter Büffel. Und wie auch immer, in München würde ich aufblühen.«

»Aber Evi-Herz, wenn du noch mehr aufblühst, du, das blühende Leben, das wäre kaum mehr auszuhalten.«

»Ja, danke, veräppeln kann ich mich selber.«

»War ernst gemeint, meine Schöne. Aber mir ist es auch ernst, dass dieses ganze Stadtleben total überbewertet wird. Und du mit deinen Arbeitszeiten: Streich Kultur, setze dafür Mord und Totschlag. Und noch schlimmer: Am Wochenende fährst du dann inmitten von einer Million anderer Individualisten ins Würmtal, ins Isartal, an den Starnberger See. Staust dich in Autokarawanen oder quetschst dich in überfüllte Züge und S-Bahnen, wo dein Nachbar nach Knoblauch stinkt oder schweißelt.«

»Ich würde in der Stadt bleiben. Was soll ich auf dem Land?«

Stimmt, was sollte sie da? Joggen konnte sie auch an der Isar oder im Englischen Garten, und wahrscheinlich hatte sie da dann auch gleich noch eine Schar laufschuhbewehrter Bewunderer an den Hacken, dachte Gerhard. Er seufzte: »Glaub's einfach. Städte sind ungesund. Die Luft, die du atmest, riecht nach Abgasen, nach Pommesbuden, nach Kebab und nach der Hundescheiße, in die viele vor dir getreten sind. Außerdem kann man nicht mal zügig geradeaus gehen. Du musst dauernd an den Ampeln anhalten. Du musst dauernd den Kopf in den Nacken legen, um die Häuser zu sehen. Du gehst im Schatten zwischen hohen Gebäuden. Das gibt Genickstarre.«

Evi musste nun doch lachen. »Na, das ist ein Argument. Genickstarre! So, und ich geh jetzt ins Bett. Bis morgen.«

»Schlaf gut, ach und, Straßgütl …«

»Ja, Weinzirl?«

»Ich fände es grauenhaft, wenn du nach München gingst. Ich brauch dich hier. Als Kollegin, äh, und als Freundin.«

»Danke, gut Nacht.«

Gerhard fuhr langsam heim, Gedankenfetzen huschten durch seinen Kopf. Nichts, was ganze klare Sätze ergeben hätte. Er parkte im Hof, er hätte gerne noch mit Hajo einen Schlummertrunk genommen. Der schien aber weggefahren zu sein. Also ging er zu Bett und siehe: Eine seiner Begabungen trat auf einmal wieder zutage. Früher hatte er immer binnen Sekunden überall einschlafen können, und er hatte auch nie schlecht geträumt. Und nach der schlaflosen Phase in Jos und Kassandras Haus klappte das auf einmal wieder: Kopf aufs Kissen – und weg!

»Wir irrten oft.
Wir wagten lieber, als wir uns besannen.
Wir spielten mit dem Schicksal,
und es tat mit uns ein Gleiches.«

HÖLDERLIN, HYPERION

8.

Er erwachte an diesem Montag schon um sechs. Wahrscheinlich mochte Petrus Leonhardifahrten auch nicht, denn heute war das Wetter wieder wunderschön. Gerhard ging joggen und stand um acht Uhr bei Kircher im Trifthof. Er hatte ein Bild von Jacky dabei. Die eilig herbeigerufenen Mitarbeiter beugten sich über das Bild, bis einer sagte: »Ja, die war hier. So oft kommen bei uns keine hübschen Frauen vorbei, das hier ist ja eher ein Männerparadies.«

»Und was hat sie gekauft?«, fragte Gerhard.

»Stahlnägel, ich hab sie noch gefragt, wozu sie die braucht.«

»Und?«

»Sie hat gesagt, die müsse sie für jemanden besorgen. Na ja, schade, dacht ich, die hat 'nen Freund.« Der Mann lachte.

Gerhard bedankte sich und fuhr pfeifend ins Büro. Er fand es verlassen vor. Ihm wurde berichtet, dass die Kollegen Kien- und Steigenberger unterwegs seien, seine Aufträge auszuführen. Er trank seinen Kaffee, begann Papierkram zu erledigen und war überrascht, dass es bereits halb elf war, als Evi auftauchte.

»Wunderschönen guten Morgen. Auch schon da? Ich möchte dir denselben nicht verderben, aber Jacky hat Stahlnägel gekauft.« Gerhard war richtig aufgeräumt.

Evi sah ihn böse an. »Ich hatte zu tun. Aber bitte, berichte du zuerst. Was war mit Kircher?«

»Ja, sorry, die beim Kircher haben Jacky erkannt.«

»Okay, also nimmst du an, Jacky hätte Erhard erpresst, und bei all dem Schaden – auch wirtschaftlich –, den sie angerichtet hat, da hätte Erhard wirklich Grund gehabt, sie zu beseitigen, oder? Das meinst du doch?«

»Ja, und drum müssen wir ihn auch unbedingt nochmals besuchen, diesen elenden verstockten Schönberger«, sagte Gerhard.

»Und was wird aus dem Miesbacher, aus Freund Friedl? Ist der raus?«, fragte Evi.

»Keiner ist raus, der Miesbacher ist ein Granatenarschloch, das ich nur allzu gerne verhaften würde. Warum, glaubst du, hetz ich die Kollegen auch los? Ich brauch einen Grund, an ihn ranzukommen. Aber der Friedl hat kein Motiv. Ich meine, selbst wenn Jacky auch ihn erpresst hat mit seinen üblen Jagdmethoden, der war eine Nummer zu groß für sie. Der hätte sich von einem kleinen Mädchen doch nie erpressen lassen.«

»Es sei denn, Jacky wusste noch was ganz anderes«, spekulierte Evi.

Der Einzige, der wirklich was ganz anderes über den sauberen Friedl zu wissen schien, das war Pius Hörmooser, dachte Gerhard. Der Mann hatte ihm gefallen. Aber Evi hatte natürlich recht. Es konnte noch eine Geschichte hinter der Geschichte geben. »Wir behalten beide im Auge, aber für den Moment hat Erhard wirklich das bessere Motiv, die besseren Gründe. Also kimm!«

»Himmel, jetzt sagst du schon ›kimm‹. Die Oberbayern

unterwandern deine Sprache«, lachte Evi und fuhr fort: »Aber bevor i kimm, kann ich dir noch was erzählen.«

»Ja?«

»Dieser Käser, du erinnerst dich, ist tatsächlich in Niederbayern sesshaft geworden. Er renoviert da einen alten Hof, und das scheint eine Jahrhundertaufgabe zu sein.« Evi schüttelte sich regelrecht. »Brr, weißt du, wie kalt es da wird mit diesem böhmischen Wind, dagegen ist es auf dieser Käsealm wahrscheinlich gemütlich warm. Jedenfalls hat er so viel zu tun, zumal ihm die Banken im Nacken sitzen, dass er nicht in der alten Heimat war. Aber …«

»Aber?«

»Seine Frau, die war mehrmals bei ihrer Tante in Rottenbuch, und was glaubst du?« Evi schaute ihn triumphierend an.

»Ja, was soll ich denn glauben?«

»Sie war an dem Tag vor der Mordnacht auch da und ist erst am Nachmittag drauf wieder abgereist.«

»Und woher weißt du das alles?«

»Von der Tante, deswegen bin ich auch erst jetzt ins Büro gefahren.«

»Oh, okay, und hat des Käsers Gattin ein Alibi?«

»Nein, die Tante nimmt starke Schlafmittel, sie haben um neun zusammen gefrühstückt. Dazwischen kann sonst was passiert sein«, meinte Evi.

Gerhard dachte nach. »Aber wie wahrscheinlich ist es, dass eine Frau sich so viel später an der Rivalin rächen will und die gleich ermordet? Ihr Mann ist in Niederbayern und damit aus Jackys Umkreis verschwunden.«

»Wenn sie klug ist und perfide, hat sie genau das einkalkuliert. Dass dann der Verdacht auf jemand andern fällt.«

Gerhard verzog unwillig das Gesicht. Frauen konnten so sein, Frauen dachten so. Leider. »Aber dann müsste sie gewusst haben, dass ihr Mann eine Affäre hatte, oder?«

»Wusste sie, auch wenn das ja gar keine Affäre war. Nur so ein Rumgeflirte.«

»Ach?«

»Ich habe Julia Dürr angerufen. Sie hat mir bestätigt, dass die Käsers-Gattin das wusste. In folgenden wohlformulierten Worten: ›Ja, Scheiße, voll krass, die alte Schlampe ist mal in den Laden reingerauscht wie 'ne Irre und hat Jacky angebrüllt, sie soll ihre Pratzn vom Reinhard weglassen. Weil sie's sonst büßt. Volle Lotte ausgetickt ist die.‹«

»Also eine Drohung?«

»So was Ähnliches.«

»Okay, wir bleiben auch da dran, aber für den Moment interessiert mich Erhard.«

Wie fast jeden Tag gab es in Peißenberg eine neue verwegene Umleitung wegen des Baus der Umgehung. Die Logistik des Straßenbaus war etwas, was Gerhard faszinierte. Es schien, als herrsche pures Chaos, und am Ende war da ein neuer Straßenverlauf, und nach einigen Tagen konnte man sich gar nicht vorstellen, dass es je anders gewesen war. Vielleicht hätte er so was studieren sollen, dachte Gerhard, als er den Böbinger Berg hinaufkurvte.

Anton Erhard fanden sie schließlich auf einer abgelegenen Wiese, wo er Zäune abbaute. Er lud Draht und Elektrobänder auf einen kleinen Holzanhänger, der an einem alten Kramer-Bulldog befestigt war.

»Sechziger Erstzulassung?«, fragte Gerhard.

»Oanasechzg Baujahr«, sagte Erhard.

»Dacht ich mir«, meinte Gerhard und schaute auf die Zaunmaterialien. »Und im Frühjahr duasch nui hage?«, fragte er dann. Sowohl Evi als auch Erhard sahen ihn an, als gehöre er in eine Anstalt. Gerhard beeilte sich zu sagen, dass man im Oberallgäu zum Zäunemachen »Haga« sagt und dass bereits im Ostallgäu der Ausdruck nicht mehr bekannt sei.

»So«, sagte Erhard immerhin, und Evi schickte ein »Ach was« hinterher. Gerhard hatte Erhard eigentlich nur ablenken wollen, denn wie eine Gewehrsalve feuerte er jetzt Sätze: »Erhard, die Jacky hat Ihre Bäume vernagelt. Sie wussten das. Seit wann eigentlich? Und weil das Mädchen Ihnen stets gedroht hat, wurde Ihnen das zu bunt, und Sie haben sie ermordet.«

Erhard legte bedächtig ein paar Werkzeuge auf seinen Wagen und sah in Richtung Berge.

»Ich kann Sie sofort verhaften!«, brüllte Gerhard.

Da hob Erhard an zu erzählen – oder besser: Er mühte sich, Worte herauszupressen. Bei ihm wirkte Reden so, als koste ihn das jedes Mal titanische Anstrengungen. Schließlich gab er zu, dass Jacky ihn über einen längeren Zeitraum bedrängt hatte, dass sie bleiben wolle und dass er schon sehen würde, was er davon habe, wenn er sie rausschmeißt. Er hatte das nie so recht ernst genommen, auch nicht ihre Drohungen, seine Holzgeschäfte ans Licht zu bringen. Irgendwann hatte das begonnen mit dem Vernageln. Er hatte andere »Spezln« im Hinterkopf, denen er das zugetraut hätte, nicht aber Jacky. Aber dann hatte er sie mal im Wald erwischt, wie sie seine Bäume malträtiert hatte. Sie hatte ihm unter Tränen gestanden, dass sie das alles doch nur täte, um dableiben zu können. Er war verständlicherweise ziemlich sauer gewesen, und sein erster Impuls war es, ihr die Koffer vor die Tür zu stellen. Das hatte dann seine Schwester verhindert. Auch an jenem Tag im Wald, an dem Berthold und der Weiler da gewesen waren, war es wieder drum gegangen, dass sie bleiben wolle. Sie hatte sich erneut entschuldigt und gebettelt. Er hatte ihr aber gesagt, das ginge einfach nicht. Dass sie zu solchen Methoden gegriffen hatte, das tat Erhard damit ab, dass sie bekanntlich nicht ganz rundlief. Außerdem gab er zu bedenken, dass Jacky doch eh niemand geglaubt hätte und dass sie nie zur Polizei oder zum Bürgermeister gegangen wäre. »Am Ossi, der wo nachtwandelt, dem globt doch koaner«, hatte er gesagt, und wahrscheinlich hatte Erhard mit dieser Einschätzung recht. Warum er sich nicht durchgesetzt hatte gegen die Schwester, hatte Gerhard wissen wollen. Denn Bäume vernageln war ja schon starker Tobak und alles andere als ein Kavaliersdelikt. Erhard erklärte, dass seine Wut langsam verraucht sei und sie ihm leidgetan habe. Und dann hatte jeder ja mal einen schlechten Tag. In der Umgebung hatten ganz andere mal einen schlechten Tag. Ein paar kleine Beispiele hatte er angefügt, angefangen von Brennholzdiebstählen bis hin zu Typen, die in ihrer Stammwirtschaft, der Flößerstube, Wein aus dem Keller gestohlen hatten und Bierfässer und das auch noch ganz dreist geleugnet hatten. Und so weiter und so fort, eine ganze Litanei. Die waren eben stier gewesen, aber mit denen säße man ja auch noch am Stammtisch.

Erhards Vorstellung und Definition von Kavaliersdelikten fand Gerhard wahrhaft abenteuerlich, aber er war fast versucht, Erhard zu glauben. Wahrscheinlich war das hier so, unter dem Deckel der bäuerlichen Tradition und des kernigen Brauchtums brodelte eine gewaltige Mischung an dreister Kleinkriminalität. So betrachtet war Jacky doch in bester Gesellschaft. Schließlich traten Gerhard und Evi den Rückzug an, und Evis frustriertem Resümee konnte und wollte Gerhard nichts hinzufügen.

»Der Sumpf, in den wir hier hineingeraten sind, der ist zäher als jede dickbreiige Pampe in den Bayersoiener Kurhotels.«

Als sie wieder im Büro waren, fanden sie dort Melanie in wahrer Aufregung. Sie hatte einen gefunden, der den Wagen manipuliert hatte. Wie sie den aufgetan hatte, war ebenfalls eine aparte Geschichte. Sie hatte einigen jungen Frauen von der Schönberger Musik schwer zugesetzt – vor allem mit dem Argument, dass da ein Irrer das Leben aller aufs Spiel gesetzt hatte –, und eine Frau war ja wirklich schwer verletzt worden. Irgendwie hatte Melanie an Mitgefühl, Gottesfurcht oder sonst was appelliert – mit wenig Erfolg. Letztlich waren es die niederen Instinkte, die Melanie ans Ziel geführt hatten. Eines der Mädchen hatte sich nämlich als ziemlich dünnhäutig erwiesen. Ihr Freund hatte am Samstag vor der Leonhardifahrt wegen einer »Schlampe, die wo aus Peiting is«, mit ihr Schluss gemacht. Und weil sie es dem Typen heimzahlen wollte, verriet sie

Melanie, dass der Martl, was ihr Ex war, am Samstagabend einen Anruf bekommen hatte und dann sofort losgefahren sei. Sie hatte natürlich gedacht, es ginge um die Peitinger Schlampe, und hatte ihn verfolgt. Er fuhr aber erst mal in die falsche Richtung, nämlich nach Böbing, weiter in die Schöffau und in Uffing dann zum Alpenblick. Der hatte ein Date im Biergarten – zumindest hatte das Mädchen ein solches angenommen –, und sie war stocksauer, denn laut Melanies Protokoll war ihr Ex »knickrig«, und »mit mir ist er da nie gewest«. Doch das Date entpuppte sich als ein Treffen mit einem Unbekannten, der ihm Geldscheine in die Hand gezählt hätte. Und weil die junge Dame trotz ihres reduzierten Sprachschatzes und obwohl sie auf Kriegsfuß mit der deutschen Grammatik stand, sonst wohl gar nicht so dämlich war, hatte sie gefolgert, dass der Martl wohl an dem Wagen rumgeschraubt hatte. Er war praktischerweise Landmaschinenmechaniker. Zudem war er, als sich der Unfall ereignet hatte, einer der wenigen gewesen, denen nichts passiert war. Er war nämlich raketengleich abgesprungen. »Dass der so was seine Freind antut«, das waren die letzten Worte des Mädchens gewesen. Den Geldboten hatte sie als sehr groß, sehr schlank, brünett und Mitte dreißig beschrieben. »Mit einer schwarzen Brille, wie sie der Opa hat.« Und das kluge Mädchen hatte ein Bild mit ihrem Handy gemacht. Das war zwar ziemlich unscharf, und der Brünette war etwas verdeckt, aber das Bild war dennoch zu gebrauchen.

Sie beugten sich über das Bild: Definitiv nicht Ferdinand Friedl, dachte Gerhard mit Bedauern und stimmte erst mal in Evis Lobeshymne für Melanie ein. Als Nächstes schickte er eine Streife zu diesem Martl, die ihn als ganz persönlichen und kostenlosen Taxiservice herbringen sollte. Des Weiteren war es natürlich interessant, wer denn nun der Brünette gewesen war.

»Ich hab da eine Idee«, meinte Evi und setzte sich vor den PC. Nach einiger Zeit kam ein »Cool« von Melanie. Gerhard schaute den beiden über die Schultern. Er verrenkte sich ein wenig, und siehe: Da war die Homepage von Friedl Bau. Die Seite war betitelt mit »Das Team«, und untereinander waren nette Kopfbildchen platziert, die die wichtigen Menschen bei Friedl Bau zeigten: die Sekretärin, die Gerhard schon kennengelernt hatte, einen Bauleiter, einen Architekten und so fort – und einen Pressesprecher. Sein längliches Gesicht war mager, und er trug eine extrem stylische Brille in Schwarz, die der Opa der Informantin sicher nicht besaß. Die des Pressesprechers war wahrscheinlich von Dolce & Gabbana oder einem anderen Stylisten, sie war von jenen Designern, die aus ehemaligen schweren Kassengestellen nun Kult zu machen verstanden. Das war der Mann, eindeutig. Hier nun gestochen scharf und mit einem Lächeln, anders als auf dem Handy, wo er etwas verschwommen dahergekommen war.

»Tja, der Junge ist wohl mehr als ein Pressesprecher«, grinste Gerhard. »Druck das mal aus.«

Melanie war hinausgegangen und kam wenig später mit der Info wieder, dass Martin Neuner nun da sei.

Martin Neuner war stämmig, wahrscheinlich keine dreißig, doch er wirkte älter.

»Was soll der Scheiß do? I muss in d' Stall!« Er starrte Gerhard böse an.

»Scheiß, Neuner? Scheiß, sagen Sie?« Gerhard hieb mit der Faust auf den Tisch, dass der Mann erschrocken zusammenzuckte. »Sie werden bald in gar keinen Stall mehr gehen, Sie werden vielleicht auf Tütenkleben umschulen müssen!« Gerhard packte Neuner an der Schulter, riss ihn herum, zeigte auf ein Flipchart: »Das ist der Scheiß, den Sie angerichtet haben.« Neuner starrte regungslos auf die Bilder des Unfalls in Peißenberg. »Und der Typ, den Sie oben rechts sehen, das ist der, der Ihnen Geld übergeben hat, damit Sie den Wagen vom Weiler manipulieren.«

»Schmarrn, i war selber aufm Waga.«

»Ja, und Sie sind rechtzeitig abgesprungen!«, brüllte Gerhard.

»So a Krampf!«

»Neuner, ich habe eine Zeugin, die Sie gesehen hat bei der Geldübergabe. Es gibt dieses Foto von Ihnen beiden nun mal. Dem Herrn sei Dank für das Fotohandy. Neuner, machen Sie das Maul auf!«

»I kenn den ned.«

»Aha, haben Sie schon mal über einen Besuch beim Optiker nachgedacht? Sind Sie blind oder was? Sie wurden fotografiert. Ist das jetzt in Ihrem Hasenhirnchen angekommen?« Gerhard hatte sich über den Tisch gebeugt und kam Neuner ganz nahe.

»Wer, wer hot mi gseng?« Neuner fuchtelte in der Luft umher.

»Ach, das tut eigentlich nichts zur Sache, aber ich zeig Ihnen gerne noch mal das Bild.« Gerhard riss es vom Flipchart und warf es vor Neuner auf den Tisch. »Noch Fragen? Mehrere Verletzte, ein totes Pferd, der Sachschaden – Neuner, Sie werden Ihres Lebens sowieso nicht mehr froh, aber wollen Sie auch noch den Kopf für einen anderen hinhalten? Das war doch nicht Ihre Idee, oder?«

»Na.«

»Na? Und weiter!«, schrie Gerhard.

Nun, weiter war die Geschichte, wie sie zu erwarten gewesen war. Am Samstag hatte ein Unbekannter bei Neuner angerufen und ihm satte fünfhundert Euro angeboten, wenn er Manfred Weiler einen kleinen Streich spielen würde. Neuner hatte erst gezögert, der andere hatte noch mal hundert draufgelegt. Das war leicht verdientes Geld, und hinzu kam, dass Neuner den Weiler auf den Tod nicht ausstehen konnte. Der Grund lag in einer »alten Gschicht« verborgen, wo es mal wieder um Rösser und Pachtböden ging. Neuner hatte also zugesagt, sich mit dem Unbekannten in Uffing auf dem Parkplatz des Alpenblicks zu treffen. Der hatte ihm das Geld übergeben und nur gesagt, dass der Weiler ein Arschloch sei, der einem Freund von ihm auf die Füße getreten sei. Bei »Arschloch« konnte Neuner nur zustimmen. Nun hätte Neuner ja das Geld einfach nehmen können und den Wagen Wagen sein lassen, aber der andere hatte ihm gedroht. Damit, dass sonst Neuner der Nächste auf der Liste des Todes wäre. Neuner, Schönberger Musikant und Landmaschinenmechaniker, hatte ein bisschen an den Bremsen rumgefummelt und an den Rädern. Es sollte ja nur ein kleiner Denkzettel werden. Da er selbst auf dem Wagen gesessen hatte und eine Reihe von Spezln und Mädchen, denen er nichts Böses wollte, hatte er den Wagen so präpariert, dass die Bremse nicht funktionieren sollte und die Räder ein wenig unrund liefen. Leider war der ganze

Wagen ziemlich marode, und er hatte nicht einkalkuliert, dass alle Aufhängungen brechen und die Räder sich einfach verabschieden würden. Er identifizierte den Herrn Pressesprecher namens Thomas Gretschmann sofort. Auf die Frage, wie die denn auf ihn gekommen waren, darauf hatte er keine Antwort – auf Gerhards flammende Abschiedsrede über Sachbeschädigung und schwere Körperverletzung auch nicht. Mit gesenktem Kopf war er gegangen.

Damit konnten sich jetzt die Kollegen befassen, Gerhard und Evi hatten einen Mord aufzuklären, und nun kam doch Bewegung in die Sache. Evi hatte Reitmair schon angerufen und um Unterstützung gebeten. Na, dann würden sie mal wieder nach Miesbach fahren, und weil Gerhard das Gezuckel nun wirklich satthatte, setzte er Blaulicht ein. Das tat er selten, aber es bescherte ihm herrlich freie Straßen.

Als sie wieder im Foyer der Friedl Bau standen, war der Kollege Reitmair schon da. Noch braungebrannter schien er, und seine Begrüßung für Evi fiel ebenfalls noch begeisterter aus. Der große allmächtige Chef war auf einer Dienstreise in der Schweiz, das hatten sie bereits am Empfang erfahren, er würde aber demnächst zurück sein. Der Empfang war besetzt von jener jungen Frau, die Friedl beim letzten Besuch so böse unter der Gürtellinie abgekanzelt hatte.

Der Herr Pressesprecher war am Telefon, als sie eintraten. Die Brille war wirklich affig, fand Gerhard, mehr noch der abgespreizte kleine Finger. Er telefonierte anscheinend gerade mit einer Zeitung. Friedl Bau war mal wieder irgendwo großzügig als Sponsor aufgetreten, und in wohlformulierten Worten säuselte die magere Brillenschlange nun ins Telefon. So wie er das Engagement seines Chefs beschrieb, war der einfach engelsgleich und beseelt vom Auftrag, Gutes zu tun. Als der Mann aufgelegt hatte, raunzte er unfreundlich: »Hören Sie immer den Gesprächen anderer Leute zu?«

»Gegenfrage: Bestechen Sie immer dumme Bauernschädel, damit Kutschen kippen und Menschen schwer verletzt werden?« Gerhard knallte ihm das Bild von der Geldübergabe auf den Tisch. »Wagen Sie es bloß nicht, mir irgendeine dämliche Geschichte aufzutischen!«

Der Pressesprecher tat etwas, womit er sich in seinem Job eigentlich disqualifizierte: Er schwieg.

Gerhard drehte das Bild ein wenig. »Damit Sie es besser bewundern können. Sehen Sie hin! Es ist zwar keine Meisterleistung der Fotokunst, aber es zeigt eindeutig Sie und einen Schönberger Burschen namens Martin Neuner. Der hat von Ihnen sechshundert Euro erhalten, weil er die Kutsche eines gewissen Manfred Weiler sabotieren sollte. Eine kleine Drohung haben Sie ihm auch noch mit auf den Weg gegeben. Wir hätten da also den Tatbestand der Bestechung und Anstiftung zu schwerer Körperverletzung.«

»Moment!«, kam es vom Pressesprecher.

»Sieh an, sieh an, da ist ja doch noch Leben in dem Mann. Es hat ihm doch nicht die Sprache verschlagen. Also?« Gerhard sah ihn scharf an.

Gretschmann schien nun wohl beschlossen zu haben, die Flucht nach vorne anzutreten. »Es war nie die Rede davon, dass Menschen verletzt werden sollen. Der Bursche sollte dem Herrn Weiler nur einen kleinen Wake-up-Call zukommen lassen.«

»Ein Wake-up-Call, das ist ja niedlich! Und es war nicht die Rede davon, dass Menschen verletzt werden sollen. Na, das ist doch fein.«

»Ich leugne ja gar nicht, dass ich diesem Neuner das Geld übergeben habe, aber Herr Weiler sollte wirklich nur einen kleinen Denkzettel bekommen.« Gretschmann wurde zunehmend unsicherer.

»Ach so, jetzt ist es ein Denkzettel. Und Sie wollen mir jetzt sicher erklären, weswegen Sie mit Herrn Manfred Weiler im Clinch liegen, oder?«, rief Gerhard.

»Nein, das will ich nicht.«

»Ach, und Sie glauben, das genügt mir? Soll ich es Ihnen sagen?« Gerhard wartete einen Moment. »Gut, dann sage ich es Ihnen, mein Bester: Das hat Ihnen Ihr Chef aufgetragen, weil der Manfred Weiler ihn bei uns verpfiffen hat. Weil er uns von der reizenden Nachtjagd gesungen hat. Ihr Chef, der Widerspruch und Widerstand niemals, nirgendwo und von keinem duldet, der hat sich zu diesem kleinen Wake-up-Call entschlossen.«

»Unsinn, das war meine Idee. Ich habe meine Gründe«, sagte der Pressesprecher und wischte sich mit einem Seidentuch Schweiß von der Stirn.

Gerhard ging langsam um den Tisch herum und beugte sich zu dem Mann hinunter. »Ihre Idee, soso. Ach ja, noch was: Haben Sie auch die SMS geschrieben?«

Nun war Gretschmann aus dem Konzept geraten. »Welche SMS?«

»Na, die Droh-SMS an Manfred Weiler.«

»Äh, ja. Ja, ja – die auch. Das war mir entfallen.«

Gerhard war sich hundert-, nein tausendprozentig sicher,

dass die SMS von Friedl stammte. Gretschmann hatte keine Ahnung davon gehabt. Der lief gerade ins offene Messer, und das hatte Friedl wahrscheinlich so gewollt. »Dann ist Ihnen wohl auch entfallen, dass Sie Jacky Paulig ermordet haben?«

Der Pressesprecher schrak auf. »Was, Mord?«

»Mein Bester, da Sie ja wohl gerne den Kopf für Ihren Chef hinhalten, dann tun Sie das doch sicher nicht nur bei kleinen fiesen Bestechungen. Dann nehmen Sie doch auch gerne und bereitwillig die Schuld bei Mord auf sich, oder?«, fragte Gerhard süffisant.

»Also Moment mal, das können Sie mir aber nicht anhängen. Wer ist denn Jacky Paulig? Überhaupt, ich will einen Anwalt!« Auf Gretschmanns Stirn stand der Schweiß.

»Ja, den werden Sie auch brauchen.« Gerhard wusste, dass das, was er jetzt tat, nicht nett war, aber der Zweck heiligte die Mittel. »Einen neuen Job werden Sie wohl auch brauchen, Ihr Chef mag kein schwaches Niederwild. Das haben Sie sicher schon öfter von ihm gehört. Ach, und hat Ihnen schon mal jemand gesagt, dass Ihnen diese Brille zu Ihrer mageren Visage gar nicht steht?«

Evi war nahe dran, ihn zurechtzuweisen, das spürte er. Reitmair war eher amüsiert. Aber der Schachzug hatte funktioniert, Thomas Gretschmann fiel in sich zusammen. Auch er zog gleichsam den Kopf ein, wie es alle Mitarbeiter der Friedl Bau taten. Er war diese ständigen Angriffe offenbar gewohnt, er war zermürbt. Gerhard hatte das ausgenutzt. Und dann begann Gretschmann zu singen: vom Chef, der berichtet hatte, er müsse einen gewissen Weiler ein wenig zurechtweisen. Er erzählte vom Auftrag, Neuner zu schmieren. Er stammelte und flehte, er war den Tränen nahe, als er immer wieder versicherte, mit Jacky Paulig nichts zu tun gehabt zu haben, sie gar nicht zu kennen. Er war noch nie auf einer der Jagden gewesen, die Jagd war allein dem Chef und dessen illustren Gästen vorbehalten, und zu diesem Kreis zählten Mitarbeiter wahrlich nicht. Wieso ausgerechnet Neuner aus der Schar der Schönberger ausgewählt worden war, dafür hatte der Pressesprecher keine Erklärung. Er war aber zunehmend nervöser geworden, je öfter der Name Weiler fiel, je öfter er ihn aussprechen musste. Mehr hatte er nicht zu sagen. Evi hatte die bescheidene Frage gestellt, warum er einen solchen Auftrag nicht abgelehnt hatte, weil das ja wohl kaum zum Aufgabengebiet eines Pressesprechers gehörte und zudem kriminell war. Sein »Meinem Chef widerspricht man nicht« hallte in ihren Ohren noch nach, als er abgeführt wurde. Sie überließen den Mann Reitmairs Kollegen und setzten sich ins Konferenzzimmer, der Chef des Hauses wurde nämlich jede Minute zurückerwartet.

Die Sekretärin hatte Kaffee und Tee gebracht, und Evi warf etwas Kandiszucker in ihren ostfriesischen Frühstückstee. »Das ist alles so bizarr. Aber was ich am wenigsten verstehe, Friedl muss doch damit rechnen, dass das rauskommt, oder?«

»Ja und nein«, sagte Gerhard. »Nein, wenn sich kein so schwerer Unfall ereignet hätte und Weiler wirklich nur ein wenig erschrocken wäre. Ich gehe mal davon aus, Friedl hätte irgendwann mal angerufen oder ihn sonst wie kontaktiert und durchblicken lassen, dass er das gewesen sei mit dem Wagen. Um seine Macht zu demonstrieren, auch um

Weiler klarzumachen, dass ein weiterer Lapsus ihn in eine schlimmere Lage bringen würde. Das war sein Plan A, der Alphaplan eines Alphatierchens. Er hat aber sicher einen Plan B einkalkuliert, wenn der Fall so liegt wie momentan. Er hat noch was in petto, da bin ich sicher.«

»Aber warum tut er so was? Der Mann muss doch Wichtigeres zu tun haben?«

»Diese Frage stelle ich mir auch schon die ganze Zeit. Aber so wie ich ihn in unserem Gespräch erlebt habe, glaubt Ferdinand Friedl wirklich daran, dass er ein großer Wohltäter ist. Und wenn das jemand nicht begreift und nicht wirklich dankbar ist, dann scheint ihm jedes Mittel recht. Dann ist er quasi auf der Jagd. Und ein bisschen scheint er da seine Intelligenz auszublenden.«

»Ja, aber das ist doch unglaublich riskant«, meinte Evi.

»Ja, Evi, du mit der reinen Seele. Genau deshalb macht er so was.«

»Bitte? Was soll das heißen?«

»Ich glaube, auch das gehört bei ihm mit zur Jagd. Er ist nicht nur Jäger, er ist auch ein Spieler, er sucht das Risiko. Ja, er zockt, er zockt auch um Existenzen und um Menschenleben.«

»Bedeuten sie ihm nichts?«, fragte Evi.

»O doch, ich glaube sogar, dass er Freunde hat, sogar echte, er verträgt es nur nicht, wenn man sich seinem Gönnertum als unwürdig erweist. Er ist so was von ehrpieselig, dass ich fast davon ausgehe, dass er etwas übertüncht mit dieser Härte.« Gerhard blickte auf die Bilder an den Wänden. Auch hier nichts als Jagdmotive.

»Ja, das stimmt wohl. Ich hab mal was läuten hören, dass

er der uneheliche Bub einer Magd ist und Pius Hörmooser der Sohn eines sehr begüterten Mannes. Was da draußen eigentlich gelaufen ist, weiß keiner. Die Väter sind tot, die Söhne schweigen«, sagte Reitmair. »Eins ist unbestritten: Friedl teilt gerne aus, steckt aber ungern ein. Er ist eine Diva und eine Mimose.«

»Ja, er hält sich für unbesiegbar, und das Fatale ist, dass ihn wohl bisher keiner auf ganzer Linie besiegt hat. Sein Glorienschein wird heller und heller«, erwiderte Gerhard.

»Das ist gefährlich«, warf Evi ein, »so was macht auch unvorsichtig.«

Als Friedl nach fünfzehn Minuten eintraf, hatte er bereits einen Anwalt im Schlepptau. Die Sekretärin hatte ihn wohl informiert. Ferdinand Friedl begrüßte Gerhard überaus freundlich. Für Evi gab es ein »Gnädige Frau«, für Reitmair ein »Gut, dass Sie hier in Miesbach für Law and Order sorgen«. Die Kommissare konfrontierten ihn mit den Aussagen von Neuner und dem Pressesprecher. Friedl hörte zu, dann lehnte er sich im Stuhl zurück. Er wandte sich an seinen Anwalt.

»Lois, ich weiß, dass ich dazu gar nichts sagen muss, aber ich möchte doch gerne ein Statement abgeben. Wo der Herr Weinzirl und die Frau Straßgütl schon zum zweiten Mal den weiten Weg hierher gefunden haben.«

»Danke, sehr rücksichtsvoll«, sagte Evi, die augenscheinlich sehr angespannt war und beim Pokern sicher keine guten Karten gehabt hätte.

Friedl schenkte ihr einen Blick, der ungefähr besagte: Mädchen, Sie sind hübsch, wieso suchen Sie sich nicht 'nen

Mann, wählen eine hübsche Küche aus, und in der bleiben Sie dann auch. Sein Blick war spöttisch und stechend. Evi musste wegsehen.

Der Anwalt, der in einen Trachtenanzug gewandet war, verzog ebenfalls süffisant das Gesicht und sagte: »Wenn du meinst, Ferdl.«

»Das bestürzt mich jetzt sehr. Ich hatte meinen Pressesprecher gebeten, Herrn Neuner fünfhundert Euro für die Schönberger Musikanten zu geben, als zusätzliche Anerkennung, weil sie kürzlich mal bei einem privaten Anlass für mich gespielt haben.« Friedls Schweinsäuglein funkelten.

Das war ja ein starkes Stück. Gerhard hatte das Gefühl, er würde keine Luft bekommen. »Ach, und das ist Ihnen just am Samstag eingefallen. Und da haben Sie Ihren Mitarbeiter sofort als Geldboten losgeschickt.«

»Ja, Sie, Herr Weinzirl, waren es doch, der mich auf das traurige Schicksal der kleinen Paulig aufmerksam gemacht hat, und da wurde ich dessen gewahr, wie kurz das Leben oft sein kann. Und da dachte ich an meine Schönberger. Und weil mich Geschäftstermine fesseln und ich erst wieder in zwei Wochen im Pfaffenwinkel weilen werde, dacht ich: Besser gleich heute, die Leutchen haben's ja alle auch nicht so dicke.« Er blickte in die Runde, als warte er auf Beifall.

Seine Schönberger und die Leutchen – der Herr Graf geruhten wieder zu parlieren. Die Geschichte war wirklich zu ungeheuerlich, aber Gerhard bewahrte die Fassung. »Sie wollen also sagen, Ihr Pressesprecher hat eigenmächtig gehandelt?«

»Ja, bedauerlicherweise ist das wohl so.«

»Aber was könnte ihn denn bitte veranlasst haben, den Wagen des Herrn Weiler manipulieren zu lassen?«, fragte Gerhard. Er ahnte nichts Gutes.

»Ja, da kann ich nur spekulieren.« Nun hatte Friedl wieder diesen »Zwölf Uhr mittags«-Blick aufgesetzt. Es war eine Fehde zwischen ihm und Gerhard. Die anderen im Raum waren nicht mehr existent. »Sie sind schlecht vorbereitet, Herr Weinzirl, mein Pressesprecher, der Herr Gretschmann, stammt ursprünglich aus Böbing. Vielleicht haben sie das ›Isch‹ in seiner Aussprache gehört. Das verwenden Sie ja auch gerne, nicht wahr, Herr Weinzirl? Das ist das Alemannische da drüben im Lechrain und im Allgäu, das kann keiner leugnen. Das beginnt schon in Böbing. Mein Pressesprecher ist ein entfernter Cousin von Manfred Weiler. Welche innerfamiliären Zwistigkeiten da zugrunde liegen, darüber vermag ich nichts zu sagen. Aber ich bedauere es zutiefst, dass mein Geld so missbraucht worden ist.«

Gerhard hatte sich ebenfalls zurückgelehnt. Diese Geschichte war hanebüchen. Da hatte Friedl seinen Mitarbeiter also zu einer kriminellen Tat genötigt und ihn auch noch auf die alte Heimat gehetzt. Er hatte den Mann zweifach in Gewissennöte gebracht. Das war so was von perfide! Friedl hatte sicher etwas über Gretschmann in der Hand, er hatte wahrscheinlich gegen alle etwas in der Hand. Er besaß sicher Dossiers über jeden und konnte an den Strippen ziehen, wie er nur wollte. Gerhard fragte sich, warum die Leute bei so einer Firma nicht sofort wieder kündigten. Aber Friedl zahlte gut, und in den Zeiten von akutem Jobmangel ließ der Einzelne wohl viel an Erniedrigung zu.

Friedl war eine Sau, aber brillant in seinen Schachzügen. Gerhard klatschte in die Hände. »Eine perfekte Vorstellung, wirklich großartig. Aber nun steht Aussage gegen Aussage, Herr Friedl!«

Der Anwalt mischte sich ein und verwies darauf, dass sein Mandant nichts mehr zu sagen habe. Er fügte noch hinzu, dass sie beide natürlich bereit seien, dem Recht Genüge zu tun. Friedl hatte sich erhoben. Er sagte, dass er sich auf den Prozess, sollte es zu einem solchen kommen, wirklich freuen würde. Sein Blick streifte Gerhard. Der hatte den Satz diesmal verloren, aber er hatte immer noch das Spiel im Auge. Gerhard wusste, dass es für eine Verhaftung nicht ausreichte, kein Staatsanwalt würde einen Haftbefehl unterzeichnen, und Gefahr war auch keine im Verzug. Diese Angelegenheit würde den zähen Weg nehmen: Anzeige, Gegenanzeige, wahrscheinlich ein Prozess, dessen Ausgang sehr ungewiss war.

Die beiden Herren waren hinausgerauscht, die drei Polizisten gingen langsam hinterher. Gerhard bat Reitmair, das arme Bauernopfer Gretschmann unbedingt darauf hinzuweisen, dass er einen sehr guten Anwalt benötigen würde. Einen verdammt guten!

»Ich glaub, ich brauch 'nen Schnaps.« Evi war wie paralysiert.

Evi und ein Schnaps, das hieß was. Reitmair jedenfalls nahm den Wunsch wörtlich und schlug vor, ins Weißbräustüberl am Marktplatz zu gehen. Da war es rauchig und eng, Evi trank wirklich einen Obstler, Gerhard blieb beim Hopf.

»Damit wird der Friedl doch wohl nicht durchkommen!«

Das war fast ein Verzweiflungsschrei, den Evi auf einmal ausstieß.

Reitmair zuckte die Schultern und sagte dann: »Ferdinand Friedl wird den Gretschmann schon irgendwie schmieren, dass der die Schuld auf sich nimmt. Darauf würde ich fast wetten.«

»Ich auch«, sagte Gerhard düster.

Friedl war nicht beizukommen. Weder bei der Kutschensauerei noch beim Mord an Jacky. Und das wog weit schwerer. Hatte nicht der Weiler mal gesagt, der »Miaschbacher« würde sich nie selbst die Finger schmutzig machen? Nein, dazu hatte er Watschenmandl wie den Gretschmann. Was, wenn auch jemand anderer den Mord verübt hatte? Aber wer? Sieben Stunden lang war Jacky einfach wie vom Erdboden verschwunden gewesen. Es war so was von frustrierend, und das Schlimmste war, dass Friedl einen diebischen Spaß an seinen perfiden Spielchen hatte.

Sie fuhren zurück nach Weilheim, diesmal ohne Blaulicht. Evi fuhr nicht schnell, einige Autos überholten sie, ein blauer Bus blieb hinter ihnen. Wahrscheinlich wieder so ein Touri, dachte Gerhard, für den achtzig Stundenkilometer schon fast Schallgeschwindigkeit waren. Evi setzte ihn zu Hause ab, und nachdem er geduscht hatte und sich trotz des Kalt-Warm-Wechsels so gar keine Energie und kein Mumm in seinen Knochen einstellen wollten, ging er zum Kühlschrank. Das Dachs war auch aus! Warum er wieder losfuhr, konnte er gar nicht so genau sagen, es war ein rastloses motorisiertes Umhertigern. Er fuhr die übliche gesperrte Abkürzung durch den Hahnenbühl, aber die schien ja jeder zu benutzen, es kamen ihm vier Autos entgegen, ein blaues Auto fuhr hinter ihm. Gerhard überlegte in Peißenberg kurz, ob er bei Toni einkehren sollte, aber irgendetwas trieb ihn den Böbinger Berg hinauf. In der Ortsmitte hatte er plötzlich eine Idee. Er rief in der Pippi-Langstrumpf-WG an und fragte, ob er aus der Post eine Pizza mitbringen solle. Klar, er war die ganze Zeit auf dem Weg nach Echelsbach gewesen, zu Kassandra oder Jo – oder beiden. Sein Vorschlag wurde akzeptiert. Kalt war es auf einmal geworden, man konnte den Atem sehen, und die Luft roch nach Schnee, der Winter war nun endgültig auf dem Sprung. Er betrat die warme Gaststube, und während er auf eine Vegetaria, eine Quattro Formaggi und eine Capricciosa wartete, trank er ein leichtes Weißbier. Zwei Typen kamen herein, die sich an den Nebentisch setzten und schweigend Cola tranken, sie sahen aus wie zwei südosteuropäische Lkw-Fahrer, die noch einen weiten Weg vor sich hatten. Gerhards Pizzen kamen, er zahlte und überlegte noch kurz, ob er über Schönberg oder Rottenbuch fahren sollte.

Es wurde Schönberg, einfach wegen der Aussicht, obgleich es dämmerte. Er war gerade in Höhe des aussichtsreichen Parkplatzes, als ein blauer Bus ihn halsbrecherisch überholte.

»Ja, so ein Depp«, fluchte Gerhard, weil er stark bremsen musste. Er schickte ein »Scheiße« hinterher, weil die Pizzen in den Fußraum abgestürzt waren. Eine Sekunde lang war Gerhards Blick zur Seite gerichtet. Als er wieder zur Straße sah, hatte sich der Bus quer gestellt. Gerhard trat in die Eisen. Zum Fluchen kam er nicht mehr, weil ein maskierter

Mann seine Tür aufriss und ihm eine Knarre unter die Nase hielt. Von der Beifahrerseite her kam ein weiterer, der ihm etwas auf die Nase presste. Die Pizza musste komplett im Eimer sein, dachte Gerhard noch. Ihm wurde plötzlich sehr warm, so als wäre sein Blut heiße Lava, die durch seine Adern floss. Dann verließ ihn das Bewusstsein.

»Ich habe den Schmerz ertragen gelernt, aber für solch ein Scheiden hab ich keine Kraft in mir.«

HÖLDERLIN, HYPERION

9.

Als er wieder zu sich kam, war es finster. Gerhard fühlte sich benommen. Irgendwie juckte es in der Nase. Er wollte sich kratzen, aber er konnte seinen Arm nicht bewegen. Er probierte den anderen. Fehlanzeige. Auch seine Füße waren starr. Gerhard wusste, wie es sich anfühlte, wenn man gefesselt war. Man konnte irgendetwas zumindest um Zentimeter bewegen. Er hingegen war wie gelähmt. Da war nicht mal ein Millimeter Bewegungsspielraum.

Panik durchflutete ihn. Er rief sich zur Ruhe. Dann versuchte er den Kopf zu bewegen, das ging. Er presste sein Kinn nach unten und spürte das Raue seines Pullovers. Er atmete tief aus und ein und merkte, dass sich sein Brustkorb hob und senkte. Und er realisierte, dass er ab der Taille gar nichts mehr spürte. Der Nebel wich, er konnte nun auch Konturen erkennen. Balken ragten wie Skelette in einen Himmel, der schwach erleuchtet war durch einen fahlen Mond. Er erkannte einen Betonmischer, andere Baugerätschaften: Da lehnte eine Leiter, da war ein Rüttelbrett, dort lag ein Presslufthammer. Und dann sah er an sich herunter. Er hockte in einem Bottich, und er war wie einzementiert. Sie hatten ihn ab der Taille in etwas eingegossen, und das war fest wie Stein.

Er schrie, ein Urschrei, und dann kam die Angst. Echte

Angst, nackte Angst, eine, die er so noch nie empfunden hatte. Er war durchaus schon öfter in Gefahr geraten, aber das waren stümperhafte Attacken gewesen, dumme Versuche, ihn von einer Ermittlung abzuhalten. Selbst als er einmal in einer brennenden Almhütte eingeschlossen gewesen war, hatte er keine Sekunde an seiner Rettung gezweifelt. Da war ein Urvertrauen gewesen, eine Sicherheit, die er aus sich selbst gezogen hatte. Echte, elementare Angst hatte er bis zum heutigen Tage nicht gekannt.

Nun war sie da. Ein großes schwarzes Ungetüm, das ihn erdrückte. Wie diese Substanz um ihn herum, die wahrscheinlich nach und nach weiterbinden und ihn immer stärker einschnüren würde. Er würde sterben. Elend verrecken. Er hatte mal gehört, dass Beton das Blut nach oben presste, dass es gar nicht nötig war, einen Menschen bis zum Hals einzubetonieren, um ihn zu töten. Er glaubte sich zu erinnern, dass der Druck die Lunge zerstörte. Es reichte vollauf, wenn nur die Beine im Beton steckten. Diese Methode war nur ungleich grausamer. Sie dauerte länger. War das Beton, in dem er steckte? Hätten Sie ihn doch besser gleich ganz einbetoniert.

Er schrie: »Hilfe! Hallo! Ist da jemand!«, das ganze Repertoire der Verzweiflung brüllte er hinaus. Gerhard horchte in die Dunkelheit, nichts. Es war so still, so totenstill. Und es war kalt, eisig war es. Er begann wieder zu schreien, was seine Lungen nun mit einem Hustenanfall quittierten. War es schon so weit? Ging es schon los, das lange Sterben? Gerhard versuchte ruhig zu atmen. Er zählte auf zehn, atmete wieder tief und gleichmäßig. Keine Panik, keine Panik, flüsterte er sich ein. Er musste nachdenken. Denken bewahrte davor, verrückt zu werden. Wie spät konnte es nun sein? Vielleicht eins. Wo war er hier gefangen? Der Stille nach zu urteilen sicher in keiner urbanen Gegend. Auch in keinem Dorf, denn irgendein Geräusch gab es immer. Das Klirren von Kuhketten, Katzengeschrei, ein spätes Auto …

Und wie er sich nochmals umsah, war es plötzlich da – das Erkennen. Das war die Maschinenhalle von Manfred Weiler. Weiler! Hatte er ihm so zugesetzt, dass der ihn nun in Beton gießen wollte? Nein und nochmals nein, das war dem Weiler nun wirklich nicht zuzutrauen. Aber warum dann dieser Ort? Da steckte doch eine Botschaft dahinter. Und auf einmal fügte sich eins zum anderen. Der blaue Bus, der ihnen von Miesbach gefolgt war, war derselbe wie der im Hahnenbühl und der, der ihn ausgebremst hatte. Die beiden Männer in der Post! Das alles nahm seinen Ausgang in Miesbach. Friedl, Ferdinand Friedl, der Mann, der nicht verlieren konnte, der musste das angezettelt haben, um zwei Fliegen mit einer Klappe zu schlagen: den Kommissar, der es gewagt hatte, sich ihm entgegenzustemmen, aus dem Weg räumen und den Verdacht auf Weiler lenken, um jenen erneut die lange Hand seiner Macht spüren zu lassen. Die beiden Männer, das waren seine Schergen gewesen. Die Post, die Pizza – Jo und Kassandra mussten ihn vermissen. Sie würden ihn suchen. Würden sie? Doch, denn er war vielleicht manchmal ein unsensibler Grantler, aber er war nicht unzuverlässig. Die beiden würden in der Pizzeria anrufen, erfahren, dass er da gewesen war, und sie würden ihn suchen. Aber wo? Hier? Wohl kaum!

Die beiden Männer mit den Skimützen hatten sein Auto sicher irgendwo entsorgt. Niemand würde ihn finden –

oder doch, der Weiler. Der würde doch sicher morgen in seine Halle kommen. Oder nicht? Und was, wenn er dann längst schon tot war? Eine neue Welle der Panik rollte heran, er konnte einfach nichts dagegen tun. Noch einmal brüllte er wie ein wildes Tier, das gefangen war. Das nichts konnte außer brüllen, anschreien gegen diese unverständliche Macht, die ihm das einzige Gut genommen hatte, das es besaß: die Freiheit.

Er war wohl irgendwie weggenickt, nun schien es ihm, als würde es dämmern, irgendwo begann ein Vogel zaghaft zu singen. Das war wie ein Trost, ein Totenständchen. Gerhard war so müde, das Atmen fiel ihm schwer, er war wirklich sehr müde, und einen Gedanken konnte er noch denken, bevor er erneut das Bewusstsein verlor: Schade um die Pizza, vielleicht hätte der Abend mit den beiden Mädels ja die seltsame Stimmung, die über ihrer aller Beziehung lag, vertreiben können. Mit Kassandra hätte er reden wollen, die es immer gut meinte, mit ihm, mit der Welt, die mit der bemerkenswerten Gabe gesegnet war, auch dem Sturz in eine Odelgrube noch etwas Positives abzugewinnen. Eigentlich war das doch sein Part, er war Mister Blue Eye, Mister Strubbelhaar, Mister Optimist. Hatten ihm seine Freundinnen – Jo inklusive und vor allem – nicht immer vorgehalten, er sei eine Opportunisten-Sau? Der Vorwurf hatte gelautet: Er würde seine Freundschaften nicht pflegen. Er würde überall auf der Welt zurechtkommen und sofort neue Freunde finden. Er würde die alten verleugnen und verraten! Er sei zu echter, tiefer und tiefsinniger Freundschaft nicht in der Lage. Seinen Optimismus, seine Das-Leben-ist-hart-genug-trinken-wir-ein-Bier-Mentalität hatten sie ihm vorgeworfen. Und nun war Kassandra genauso, so als würde er in den Spiegel sehen! Mit welch bemerkenswerter Geschwindigkeit hatte sie den Stammtisch der Flößerstube erobert. Mit welch bemerkenswerter Nonchalance konterte sie dumme Sprüche, bremste brummige alte Bauernschädel und vorlaute Jungspunde aus. Und flirtete mit Jungs, die ja fast ihre Söhne hätten sein können. Na ja, nicht ganz, aber Kassandra war wie er, und vielleicht störte ihn genau das. Er erinnerte sich daran, wie sie ihren Begriff von Luxus definiert hatte: dort zu leben, wo es keine Autobahnkreuze gibt. Dort, wo man zu Fuß zur Arbeit gehen konnte und keine zwei Stunden täglich auf der Straße lässt. Dort, wo man die Sterne besser sieht, weil keine mannigfachen menschlichen Lichtquellen den Himmel verpesten. Dort, wo es keinen Nebel gibt und Smog auch nicht. Dort, wo man Platz hat, zweihundert Quadratmeter statt Citywohnklo. Dort, wo der nächste Nachbar so weit weg ist, dass man sein Grillfleisch weder sehen noch riechen muss. Dort, wo Gärten wild wuchern dürfen, wo Apfelbäume uralt sind und knorrig und der Hochstamm einer Traditionssorte, kein aufgepfropfter Stiel. Dort, wo Vögel noch aus Wasserpfützen trinken können und drin baden, weil die Straße unasphaltiert ist und Pfützen stehen bleiben. Dort, wo man sein Haus nicht zusperren muss und sein Auto auch nicht. Wo Katzen irgendwo graben dürfen, um ihr Geschäft zu verrichten, und kein panischer Nachbar Angst um sein Blumenbeet hat. Dort, wo man die Luft schmecken und riechen kann. Dort, wo man von der Haustür wegspazieren kann, ohne erst mal ein Auto bemühen zu müssen. Dort, wo einen nach ein paar Metern weite Wiesen begrüßen, dunkle Wälder umfangen.

Wo Flüsse noch mäandrieren und Schluchten gefräst haben – alles ohne Korrektur von Menschenhand. Dort, wo man zu jeder Tageszeit auf einer anderen Seite des Hauses Sonne hat. Dort, wo Pferde grasen und Kühe wiederkäuen, weil das so unendlich beruhigt. Wenn man dort wohnen darf und sich bei der Arbeit auch noch die Zeit selbst einteilen kann, dann ist man ein Luxusgeschöpf, hatte Kassandra gesagt. Vieles davon deckte sich mit seinem Begriff von Luxus, er war eigentlich froh, dass Kassandra in ihrem und Jos Haus angekommen zu sein schien. Er hätte Kassandra das sagen wollen, dass er sich mit ihr freute. Noch so viel hätte er ihr sagen wollen – Jo auch. Quattro Formaggi, das war doch Jos Lieblingspizza, klar, als Allgäuerin. Dachte man an Käse, wo doch angeblich die Engel zu singen beginnen und das eigene Leben an einem vorbeizieht? Selbst im Tode war er ein banaler Charakter, er dachte an Pizza. Seltsamerweise beruhigte ihn das.

Von irgendwoher kamen Geräusche. Er hörte Stimmen, Hundebellen, dann sah er die Lampen. Eigentlich nahm er die ganze Hektik um ihn herum gar nicht mehr richtig wahr. Später hörte er seine eigene Geschichte so, als läse er staunend ein Buch. Ein Werk, das ihm sicher übertrieben vorgekommen wäre, wäre er nicht ... ja, wäre er nicht der Mann in Gips gewesen. Wahrscheinlich hatte er diese Seiten im Buch seines Lebens nun schon zehnmal aufgeblättert und konnte das alles immer noch nicht so recht begreifen. Kassandra und Jo hatten sich tatsächlich Sorgen gemacht und mit Evi Kontakt aufgenommen. Die hatte auch keine Idee gehabt, aber vorgeschlagen, mal nachzusehen, ob er in der Flößerstube gestrandet war. Dort hatten sie den Grübchen-Landwirt getroffen, der zu berichten wusste, dass Gerhards Bus am Parkplatz stand. Jo und Kassandra waren hingefahren, da war kein Bus gewesen. Weil aber der Grübchen-Landwirt noch in der Phase Spezi gewesen war und noch weit weg von Phase Bier oder gar Enzian, waren sie versucht, ihm zu glauben. Es musste etwas passiert sein.

Davon war auch Evi überzeugt, und ein Suchtrupp wurde angefordert; einer mit Flächenhunden, die diesen Job seit Jahren machten. Evi hatte inzwischen mehrfach zugegeben, dass sie eigentlich nur versucht hatte, ihre Panik niederzukämpfen. Denn in ihrer Laufbahn hatten die Hunde noch nie jemanden gefunden – Kinder, alte Leute, Verwirrte oder Suizidgefährdete. Aber zumindest wusste man dann, dass jemand in einem bestimmten Bereich *definitiv nicht* war. Als sie ausgeschwärmt waren, zeigte die Uhr fünf Uhr morgens. Kurz darauf kam über die Notrufzentrale ein anonymer Anruf rein. »Wenn Sie Ihren Kommissar suchen, würde ich das in Schönberg auf bekanntem Terrain tun.« Es war ein unglaublicher Tumult losgebrochen: Autos, Suchtrupps, Hunde, halb Schönberg war auf den Füßen gewesen. Die Suche hatte bei Erhard begonnen und war dann bei Weiler fortgesetzt worden. Um genau sechs Uhr fünfundvierzig wurde Gerhard gefunden. Um sieben Uhr fünfzehn grob befreit, um sieben Uhr zwanzig im Hubschrauber ins UKM in Murnau gebracht. Ohne das Geschick eines Weiler, der es perfekt verstanden hatte, mit dem Hammer umzugehen, hätte das alles womöglich viel länger gedauert. Es war Gips gewesen, in den man ihn gegossen hatte. Der Bottich hatte sich als eine alte Moorwanne entpuppt, ein hölzernes

Relikt der Badekuren lange vor den Zeiten moderner Kurhäuser. Für Gerhard war diese Wanne ein Glücksfall, denn man konnte sie relativ leicht auseinanderbrechen.

Gerhards Gesundheitszustand war einen Tag lang sehr kritisch gewesen, weil er massiv unterkühlt war und zudem etwas Neues über seinen alternden Körper erfahren hatte. Er litt unter einer Allergie gegen Bindemittel, bei Maurern nannte man so etwas »Maurerkrätze«, die allerdings meist in Zusammenhang mit Beton auftrat. Er war am ganzen Körper mit Pusteln übersät gewesen, und zudem hatte er nun eine Ahnung davon, wie Frauen bei der Enthaarung litten. Taillenabwärts war er nun glatt wie Beckham. Zumindest nahm er an, dass sich der rasierte. Überall.

Gerhard war wirklich richtig froh, im Krankenhaus gleich am zweiten Tag neben Evi auch Baier zu sehen, denn der würde ihn nicht wie mit Glacéhandschuhen anfassen, ihn nicht ansehen wie einen Außerirdischen. Den Mann, der doch kein Brückenpfeiler geworden war! Baier hatte sich zu ihm hinuntergebeugt und etwas getan, das für den alten Haudegen früher undenkbar gewesen wäre: Er umarmte Gerhard und hieb ihm auf den Rücken.

»Weinzirl, oide Haut, Sie machen ja wieder Sachen. Wenn Sie so weitermachen, geht das schnell mit der Pension. Mir wär's lieber, Sie würden sich da noch gedulden.« Evi küsste er die Hand. »Sie werden immer schöner, meine Liebe.«

Baier musste Kreide gefressen haben, eine Gehirnwäsche oder Schlimmeres hinter sich haben. War das der alte Grantler?

Mit seinem untrüglichen Gespür und seiner Gabe, Gedanken zu lesen, meinte Baier: »Weinzirl, ich bin völlig normal. Hatte echt Bedenken, mir würde langweilig. Ich würde verblöden. Aber mir ging es nie so gut wie jetzt. War gerade zwei Monate mit meiner Frau auf Kuba, habe eine Dozentenstelle an der Polizeihochschule. Und Sie werden es nicht glauben: Meine Frau hat ihren ganzen Eso-Freunden und ihren Persönlichkeitsbildnern entsagt, und das glauben Sie jetzt nicht.« Er machte eine Pause. »Nix für ungut, Frau Straßgütl, aber meine Frau isst neuerdings Steaks und Putenspieße vom Grill. Zwar bloß von Bioland-Höfen, aber das ist ja recht so.«

Frau Baier, immer zwischen Eso und Öko, immer zwischen Veganern und Buddhisten, umweht von Gebetsfahnen. Das war ein kleines Wunder. Und ein Lichtblick: Die Ehe der Baiers hatte wahrlich am seidenen Faden gehangen, und nun hatten sie sich doch wiedergefunden. Gerhard war fast so was wie gerührt, wahrscheinlich lag das an seiner etwas labilen Konstitution, so oft verbrachte man die eiskalte Nacht ja nicht im Gipsbett.

»Ich dachte erst, er wollte Weiler einen Mord an mir anhängen«, erklärte Gerhard Baier und erläuterte auch, wen er mit »er« meinte.

Baier runzelte nur die Stirn, auch als Evi erzählte, dass sie noch nie solches Unbehagen verspürt hätte wie in jenen Momenten, als sie neben Friedl gesessen hatte. Sie fasste für Baier die ganze Geschichte zusammen, berichtete auch von Gretschmann und wie Friedl den ins Messer hatte laufen lassen.

»Er ist ein gnadenloser Jäger, ja, das stimmt. Aber er wollte mich gar nicht umbringen, nicht erlegen. Er wollte mich quälen.« Gerhard sagte das mit leiser Verwunderung in der Stimme. Nein, das hatten die Attentäter wohl wirklich nicht gewollt, das war nicht ihr Auftrag gewesen. Sonst wäre auch kaum der Anruf eingegangen, und zudem hätten die dann nicht Gips gewählt. Sie hätten Beton nehmen können, der natürlich viel schwerer war, oder Magerbeton, der in fünf Stunden ausgehärtet wäre. Nein, sie hatten sozusagen die Bastlerversion Gips gewählt. Das alles hatte Evi recherchiert, das lag klar auf der Hand.

»Diese Inszenierung war wieder nur großes Kino. Anders als bei seinem bedauernswerten Watschenmandl Gretschmann hat er sich bei mir wenigstens in Unkosten gestürzt und Auftragskiller angeheuert.«

Baier stimmte ihm da durchaus zu. »Wir leben in einer Welt, wo Sie über Internet Mörder buchen können. Recht günstig sogar. Zehntausend Euro, um ein Leben auszulöschen. Keine Werte, keine Moral, keine Instanz mehr, die zur Menschlichkeit aufruft. Tote Herzen. Herzen, die sich müde gerungen haben. Keine Zukunft. Menschen, die aus einem Schattenreich kommen und dorthin zurückhuschen. Wie Schemen. Solche Auftragskiller finden wir nicht. Wir können keine Zusammenhänge herstellen zwischen Auftraggeber und Ausführendem. Es ist die Anonymität, an der wir scheitern. So ungern ich das sage: Beweisen werden Sie das nie, Weinzirl.«

Gerhard sah Baier überrascht an. Er hatte immer gewusst, wie klug dieser Mann war, wie rein seine Seele unter der rauen Schale. Heute aber war er stolz, den Mann zum Freund zu haben. Das war ein Trost, eine neue Sonne, denn Gerhard wusste, dass Baier recht hatte. Friedl war nicht beizukommen. Nicht diesmal. Nicht dafür. Leider, verdammt noch mal: Baier hatte recht.

Als er sich etwas erholt hatte, wälzte sich ein Strom von Besuchern herein. Jo, Kassandra, Felix, Melanie, Gerhards Eltern – und das war sozusagen nur die geschlossene Gesellschaft, denn es gaben sich hier auch noch viele andere die Klinke in die Hand: Hajo, Sarah, Toni, Dionysos' Stammgäste – das Blumenmeer hätte einer mittelgroßen Gärtnerei zur Ehre gereicht, und mit all den Pralinen würde er binnen einer Woche wahrscheinlich zehn Kilo zunehmen. Irgendein ganz hohes Polizeitier aus München war sogar gekommen und der Bundestagsabgeordnete Alexander Dobrindt, den er angesichts eines Berufsstandes, von dem er sonst sehr wenig hielt, als sehr angenehm, integer und kompetent empfunden hatte. Hoffentlich wurde ihm genau das nicht mal zum Verhängnis für eine größere Karriere. Integrität und Kompetenz konnten da ja eher hinderlich sein.

Das Interesse am »Todeskampf im Gips« war grandios. Als Bild-München davon Wind bekommen hatte, weil selbst Bildreporter den bescheideneren Münchner Merkur lasen und Gerhard dann interviewt hatten, ging es rund. Alle Revolversendungen auf den Privaten wollten bei ihm im Krankenhaus filmen und in Weilers halbfertigem Hangar – er hatte das über den Pressesprecher der Polizei erfolgreich abblocken lassen. Er hoffte, dass da nicht noch ein dickes Ende nachkäme, eine Tapferkeitsmedaille oder irgendwas am Bande. Was sollte der Trubel? Er hatte noch nie in seinem Leben so wenig getan für den Ruhm. Er war ja fixiert gewesen, aber Aussitzen wurde eben belohnt.

Der Weiler war auch im Krankenhaus gewesen, Gerhard hatte zum ersten Mal im Leben Mühe gehabt, etwas zu sagen. Er hatte dem Mann ja wirklich zugesetzt. Sie hatten es mit einem »Nix für unguat« und einem »Kaff mer uns a Hoibe« gut sein lassen. Spekulationen über eine Beteiligung Weilers hatte Gerhard sofort abgeschmettert. Es waren diese beiden Typen gewesen, keine Frage.

Gerhards Auto war einen Tag später in einem Waldweg gefunden worden, ohne irgendwelche Fingerabdrücke, die nicht von Gerhard stammten. Oder von Evi, Jo und Kassandra, die alle schon mal sein Auto gefahren hatten. Die Spusi hatte viel Spaß gehabt mit seiner fahrenden Müllhalde, der Inhalt des Autos hatte doch tatsächlich drei große blaue Säcke ergeben. Nun wusste die Spusi zwar, dass er sich schlecht ernährte, dass seine Bergsocken stanken und sein Rucksack Löcher hatte, aber verwertbare Spuren hatte es keine gegeben. Absolute Profis waren das gewesen. Gerhard hatte diese Typen zwar in der Post ohne Skimützen gesehen, aber ihre Gesichter nur am Rande registriert. Man hatte ihm einen Laptop ans Bett gebracht, damit er sich durch die Verbrecherkartei von Europol klickte. Ohne Ergebnis, die Herren sahen alle irgendwie gleich aus. Und sie waren sicher längst wieder in Bukarest, Belgrad, im Kosovo oder sonst wo, wo ein Menschenleben rein gar nichts zählte.

Die Polizeimaschinerie lief auf Hochtouren, natürlich hatte man versucht, den Anrufer zu identifizieren. Aber die Stimme war verzerrt worden, und die Spezialisten konnten sie nur so weit filtern, dass man eine männliche Stimme erkennen konnte, keine Stimme, die in irgendeiner Weise zu jemandem gepasst hätte. Auch nicht zum Miesbacher, und doch war Gerhard sich so sicher wie selten, dass diese Attacke auf das Konto von Ferdinand Friedl ging.

So war das gewesen in den letzten vier Tagen, und nun waren sie endlich alle draußen. Er sollte Ruhe haben. Die Schwester hatte drauf bestanden.

Plötzlich quiekte Gerhards Handy. Eine SMS. »Gute Besserung. Die Jagd ist erst zu Ende, wenn sie zu Ende ist.«

Der Miesbacher! Gerhard war wie elektrisiert. Der Mann war ein Bluthund, er würde nie aufhören, der Spur zu folgen. Jetzt war er sich ganz sicher, dass Friedl ihn nie hatte töten wollen. Er hatte ihn nur seine Macht spüren lassen. Nein, seine Allmacht! Gerhard simste zurück: »Danke, aber das dicke Ende kommt oft nach.«

Gerhards Handy ging an die Spezialisten. Die Nummer gehörte einer Frau Mustermann, die es in der Realität nicht gab. Die Spezialisten konnten das Handy sogar orten, von dem die SMS abgeschickt worden war. Sie entdeckten es schließlich in einem Abfalleimer am schönen Tiroler Thiersee. Gerhards SMS war noch drauf. »Das dicke Ende kommt oft nach.« Ferdinand Friedl war an dem Tag nicht am Thiersee gewesen, keiner von Friedl Bau hatte jemals etwas mit dem Thiersee zu tun gehabt.

Am nächsten Morgen willigten die Ärzte ein, ihn gehen zu lassen, allerdings unter der Bedingung, dass er sich schonen würde. Er war haarscharf an einer Lungenentzündung vorbeigeschrammt, und er litt immer noch unter den juckenden Pusteln.

Gerhard gelobte, die Anti-Juck-Pampe aufzutragen, rief sich ein Taxi und war dreißig Minuten später im Büro.

»Ich schweifte herum wie ein Irrlicht.
Ich fühlte, dass es mir überall fehlte.«

HÖLDERLIN, HYPERION

10.

Als Evi ihn erblickte, schoss sie ihm regelrecht entgegen. Rückte Gerhard einen Stuhl hin. »Gerhard, du solltest dich erholen. Die Ärzte haben gesagt, dass du dich schonen musst. Du solltest nicht hier sein!«

»Jemand hat mich fast umgebracht. Alles wegen diesem Fall. Ich werde das zu Ende bringen, Evi. Danach kann ich ja in Kur gehen! Vielleicht nach Soien, aber ich befürchte, so eine Wanne voller Moor bekommt mir nicht. Ich habe momentan gewisse Berührungsängste bei Dingen, die auf einem lasten.« Obwohl das witzig hätte klingen sollen, hörte Gerhard selbst, dass in seiner Stimme etwas mitschwang. Angst – immer noch.

Evi sah ihn besorgt an. »Solltest du nicht, ich meine …«

»Eine Therapie machen? Nein, Evi-Herz, das werde ich sicher nicht tun. Alles braucht Zeit im Leben. Und bevor du mir einen Vortrag übers männliche Verdrängen hältst, ich verdränge nichts. Ich stell mich dem allen schon, aber du wirst verstehen, dass ich den Fall Jacky Paulig zu einem Abschluss bringen will. Gerade jetzt und unter diesen Umständen. Verstehst du das?«

Evi nickte zögernd.

»Also, meine Liebe, was war los, als ich weg war? Neue Erkenntnisse?«

Evi seufzte. »Du Sturschädel! Also von mir aus: Wir haben uns Bärbel Ferch, die Frau von Reinhard Ferch, mal vorgeknöpft. Das ist das Käser-Ehepaar. Sie war tatsächlich bei ihrer Tante, sie hat auch zugegeben, von der Affäre gewusst zu haben.«

»Ja und weiter? Wo war sie in der Mordnacht?« Gerhard spürte, wie die Lebensgeister zurückkehrten. Es war gut, wieder da zu sein.

»Tja, was Tantchen von Bärbel Ferch leider vergessen hatte zu erwähnen: Die Nichte hatte zu dem Zeitpunkt Krücken, Tantchen hatte sie in Weilheim vom Zug abgeholt, und ich glaube kaum, dass sie durch die Nacht gehumpelt ist und Jacky ermordet hat.«

»Schade!«, rief Gerhard. »Also gehen wir es neu an: Wir müssen etwas übersehen haben oder überhört. Ich habe die Protokolle im Krankenhaus gelesen, immer wieder! Ich habe mir die Aufzeichnungen angehört. Und was mir aufgestoßen ist, das ist ein Satz von Marianne Erhard. Ihre ganze Aussage ist ja sehr verhalten, sehr vage. Sie wiegelt alles ab. Und dann sagt sie: ›Mei, was soll man da schon sehen! Schlafen doch alle. Hirsche und Rehe wird sie gesehen haben und rollige Katzen gehört und ein paar Autos, die spät noch rumgeistern. Ja, einige fahren ja noch spät rum. Auf dem Weg zur Disco oder so fahren die rum.‹ Wieso diese Betonung auf die Autos, die nachts herumfahren? Das ist doch im Prinzip völlig nebensächlich.«

»Ach, Gerhard, ich weiß nicht …«

»Es ist eine Idee, nur eine Idee. Aber ich würde gerne mal wissen, was 2005 passiert ist, in jenem Jahr, in dem die Familie Erhard ihren Bauernhofurlaub aufgegeben hat.

Kannst du mal beim Tagblatt oder bei den Schongauer Nachrichten im Archiv nachforschen?«

»Ja, kann ich, aber ich weiß nicht, was das bringen soll!«

»Tu es einfach!«, rief Gerhard und empfand sich selbst als höchst unangenehm. Vor allem, weil sich alle wirklich so rührend um ihn gesorgt hatten. Dieses Den-Chef-Rauskehren lag ihm einfach nicht. Er war ein hundsmiserabler Vorgesetzter. Er stürzte auf der Gratwanderung zwischen hierarchischer Autorität und Freundschaft ab, er stürzte immer wieder von diesem ausgesetzten Grat. Sein Führungsstil ließ sich damit beschreiben, dass er keinen hatte. Schon gar nicht Evi gegenüber.

Als Evi sein Büro wieder betrat, hatte sie rote Backen. Ihre zarten, faltenlosen langen Finger hielten einige Zeitungsausschnitte. Sie wedelte damit. »Du hattest recht mit deiner Idee. Lies.«

Gerhard schob ihr einen Hocker hin. »Erzähl mir einfach, was drinsteht.« Er wippte mit seinem Stuhl zurück und starrte konzentriert zur Decke.

»2005, genauer am 7.7.2005 wurde auf der Straße von Böbing nach Schönberg ein sechsjähriger Bub überfahren.« Evi machte eine Kunstpause. »Und wo, glaubst du, hat der Bub gewohnt?« Ohne seine Antwort, die eh nicht gekommen wäre, abzuwarten, fuhr sie fort: »Der Bub hat zusammen mit seinen Eltern und seiner vierjährigen Schwester Urlaub auf dem Bauernhof von Erhards gemacht.«

Gerhard schepperte mit seinem Stuhl in Normalposition und beugte sich zu Evi vor. »Ein Unfall?«

»Ein Unfall mit Fahrerflucht. Ich hab Baier gleich angerufen, ich hoffe, das war dir recht. Der kann sich noch sehr gut an den Fall erinnern. Er wollte uns im Dachs treffen.«

»Na, das ist doch eine gute Idee, dann mal auf!«

Baier saß an einem Ecktisch, war in ein Gespräch mit dem Seniorbraumeister Uli Klose vertieft und hatte bereits für Gerhard ein Weißbier bestellt, für Evi ein Wasser. Eine gemischte Brotzeitplatte stand da ebenfalls.

»Frau Straßgütl, den Käse hab ich so platzieren lassen, dass er keinesfalls mit der Wurst in Berührung kommt.« Das klang nicht etwa sarkastisch, sondern eher fürsorglich. Baier hatte etwas vom netten Opa, und er sah wirklich blendend aus.

»Baier, wenn die Pension wirklich so ein Jungbrunnen ist, geh ich sofort in Frührente. Ich dacht mir das schon im Krankenhaus. Sie sehen besser aus als ich.« Gerhard grinste.

»Saß auch nicht im Gips wie Sie.« Baier prostete ihm zu, und Gerhard trank ganz schnell einen großen Schluck Dachs. Dachs: eindeutig das beste Weißbier! Da konnte weder das AKW mithalten noch das Karg, auch nicht das Hopf, das er in Miesbach getrunken hatte.

Es entstand eine kleine Pause, die Baier zu überbrücken wusste. »Nur keine Schweigeminuten, meine jungen Leute. Was ist jetzt mit dem Fall? Sie interessieren sich für die Erhards?« Nun war er wieder der Alte, hochkonzentriert, alle Sinne so messerscharf wie eines dieser japanischen Wundermesser.

Evi hatte ihn am Telefon schon über den Fall Jacky Paulig ins Bild gesetzt und nicht verschwiegen, dass alle Spuren bisher ins Leere gelaufen waren. Sie hatte ihm erzählt, wie sie nun auf diesen Unfall gestoßen waren.

»Ja, das war tragisch damals. Der kleine Junge lag im Straßengraben mit multiplen Verletzungen und Brüchen«, erinnerte sich Baier.

»Und der Schuldige wurde nie gefunden?«, fragte Evi.

»Nein.«

»Aber es muss doch Bremsspuren gegeben haben. Da müssen doch Hinweise zu finden gewesen sein.« Evi schüttelte den Kopf.

»Nein, es gab keine. Die Presse hatte spekuliert, dass das so ein Discoraser gewesen sein muss, der nicht mal gebremst hat. Der ein Kind überfährt wie einen Fuchs oder eine Katze.«

»Das ist aber schon sehr merkwürdig. Ich meine, gibt es nicht einen Reflex, zu bremsen?«, fragte Evi.

»Würde man meinen. Aber wenn einer besoffen war? Anderswie zugedröhnt? Wenn seine Reaktionsfähigkeit beeinträchtigt war?«, sagte Baier.

»Trotzdem ist das komisch, oder?« Gerhard hatte sein Dachs fast geleert. So – nun konnte er mitreden.

»O ja! Auch hätte man meinen müssen, dass irgendwelche Metallpartikel vom Auto oder Glasscherben oder irgendwas zu finden gewesen wären.«

In Gerhards Augen flackerte eine Erregung, die lange auf sich hatte warten lassen. Er wusste es auf einmal: Jetzt waren sie wieder im Spiel. »Baier, ist es nicht auch ganz schön weit vom Hof bis zur Straße für ein so kleines Kind?«

»Ja, das fanden wir auch, aber er ist mit so einem Kindermountainbike unterwegs gewesen. Der Kleine muss ungebremst auf die Straße rausgebrettert sein.«

»Habt ihr damals das Rad untersucht?«, fragte Gerhard.

»Sicher, die Bremsen waren ausgehängt. Es lag im Graben.«

»Und die Lage des Jungen und die des Fahrrads, die Winkel, die Lage – hätte der Unfall so passiert sein können?« Gerhard sah Baier scharf an.

»Hätte, ja!«

»Lieber Baier, Sie betonen mir das ›Hätte‹ ein wenig zu deutlich.«

»Weinzirl, ich hatte immer gewisse Zweifel, ein ungutes Gefühl. Keine Reifenspuren und alles auch sonst recht dubios.«

»Dubios?« Evi mischte sich wieder ein.

»Nun, wir haben die Erhards und die Eltern des Kindes immer wieder verhört. Und am Ende gestand uns die Mutter unter Tränen, dass Daddy gar nicht Daddy war. Dass er das in diesem Urlaub erfahren hat. An jenem Unfallabend. Dass sie einen Wahnsinnsstreit hatten deswegen. Dass der Bub deshalb weggelaufen ist.«

»Baier, hattet ihr denn den Vater in Verdacht?« Das kam von Gerhard und Evi fast gleichzeitig. Zwei Schnüffler, ein Gedanke.

»Kurzzeitig ja, zumal er in einem Wutanfall weggefahren ist. Aber die zeitlichen Abfolgen haben nicht gepasst. Glaubte auch nie, dass der das eigene Kind überfährt. Ein Sozialvater ist auch ein Vater, auch wenn er kein biologischer ist.«

»Hätte er das Kind nicht in einem Wutanfall töten können und es dann nur so aussehen lassen wie einen Autounfall?«, fragte Gerhard.

»Sicher, Weinzirl, Sie denken genauso schlecht von den Menschen wie ich. Wollte obduzieren, aber das haben die Eltern verhindert. Der Junge wurde sehr schnell eingeäschert.«

»Verdammt!«

»Ja, Weinzirl, wenn Sie mit dem Gedanken einer Exhumierung spielen, Pech! Aber Sie sind auf dem richtigen Dampfer.«

»Verpass ich da gerade was?«, fragte Evi. »Was für ein Dampfer? Wo wollt ihr da ein Verbrechen sehen? Ein Kind wird überfahren, was sehr tragisch ist. Es war hier bei uns im Urlaub. Okay, die Eltern hatten Streit wegen des Kuckuckskindes. Aber die töten es doch nicht. Die haben sich wahrscheinlich furchtbare Vorwürfe gemacht, dass sie über dem Streit das Kind vergessen haben. Und die Gastgeber machten sich auch Vorwürfe, das ist doch klar. Überlegen, ob sie die Tragödie nicht hätten verhindern können. Und geben ihren Urlaub auf dem Bauernhofbetrieb auf. Ich kann das verstehen. Das erklärt uns doch, warum Marianne und Anton Erhard keine rechte Lust mehr auf Bauernhofurlaub hatten, oder?«

»Erklärt es das wirklich, Evi? Ich meine, du bist als Gastgeber dafür verantwortlich, dass die Zimmer in Ordnung sind und dafür, ein bisschen Entertainment zu bieten. Du wirst die Urlauberkinder beim Melken helfen lassen, und du magst mit ihnen aufs Feld fahren. Aber du bist kein Kinderklub und kein Kindergarten und schon gar nicht dazu da, die Fehler der Eltern auszubügeln.«

»Ja gut, aber da wäre doch immer der Makel gewesen: Das ist der Todeshof, der Hof, wo das Kind überfahren wurde. Wer hätte da noch gebucht?«, rief Evi.

»Ach, Evi-Herz, vielleicht nicht im selben Sommer. Aber dann? Solche Sachen werden totgeschwiegen. Wir haben das doch auch erst durch intensives Buddeln und Graben entdeckt. Und dann buchen viele Leute übers Internet. Da wird kaum drinstehen, dass das der Todeshof ist. Irgendwas stimmt da nicht.« Gerhard spielte mit einem Radieschen zwischen den Fingern.

»Etwas stimmt da nicht«, wiederholte Baier schließlich gewichtig. Er atmete tief durch. »Stadtkinder lieben Traktoren.« Baier starrte Gerhard mit zusammengekniffenen Augen an.

»Baier, das ist jetzt aber schon eine sehr verwegene Idee, oder?«

Baier grinste diabolisch. »Aber eine gute.«

»He, wovon redet ihr?«, fiel Evi ein.

»Liebste wunderhübsche Kollegin Straßgütl: Denk nach. Wie hoch ist die Wahrscheinlichkeit, dass ein kleiner Junge in der Dämmerung mit dem Rad bis zur Straße gelangt, die um die Zeit sehr wenig befahren ist? Dass der Junge ausgerechnet diesen Sekundenbruchteil Pech hat, vor ein Auto zu schlingern? Wie viel wahrscheinlicher ist es, dass er wegen des Streits der Eltern rausgelaufen ist, dorthin, wo er schon den ganzen Urlaub lang war? Bei den Bulldogs.«

»Gerhard, du willst sagen, willst sagen …« Evi starrte ihn an.

»Denk nach, meine Beste, denk nach!«

»Du willst sagen, Anton Erhard hat ihn überfahren und

ihn dann an die Straße gelegt? Um einen Unfall vorzutäuschen?« Sie sah Baier mit weit aufgerissenen Augen an. »Ist es das, was auch Sie glauben?«

»Ja, das glaubte ich damals und glaub es bis heute. Hab es aber nie beweisen können.«

»Das ist alles Spekulation, alles Hypothese!«, rief Evi.

»Ja, genau! Das ist unser Job. Unser beschissener Job. Wir stellen Hypothesen auf, die wir dann beweisen müssen«, sagte Gerhard.

»Und genau das ist damals misslungen. Wurmt mich bis heute.« Baier nahm einen tiefen Schluck von seinem Weißbier, und wenige Sekunden später stand ein volles Glas da. Die Bedienung schenkte Gerhard einen Blick, und er nickte. Bis sie mit seinem neuen Weizen da war, hatte auch er sein Glas geleert.

»Glauben Sie denn, dass wir heute bessere Chancen hätten, Anton Erhard das nachzuweisen?«, fragte Evi.

»Das wissen Sie doch selbst. Es gibt auch heute keine verwertbaren Spuren. Anton Erhard wird das Maul nie aufbringen. Den können Sie in Isolationshaft setzen oder foltern.« Baier sah Evi durchdringend an und setzte hinzu: »Falls es so was bei uns gäbe.« Sein Blick ließ offen, was er damit sagen wollte.

Gerhard hakte ein. »Ich glaube auch nicht, dass Erhard heute redet. Im Gegenteil. Die Jahre machen so einen nur verstockter.«

»Aber vielleicht wegen Jacky!«, insistierte Evi. »Weil alles wieder hochkocht. Weil die beiden Sachen doch etwas miteinander zu tun haben müssen.«

Baier lächelte sie an. »Müssen? Weil Sie das so wollen?

Müssen, weil in der Ermittlung endlich etwas weitergehen muss?«

»Ach Baier, weil, weil ... Ach, Scheiße!«

Evi schien wirklich aus dem Konzept zu sein, wenn sie ein Wort wie »Scheiße« in den Mund nahm, dachte Gerhard. »Müssen mag ja das falsche Wort sein, bleiben wir bei den Hypothesen. Der Unfall mit dem kleinen Jungen hätte so passieren können. Und Jacky hat damals alles beobachtet. Sie war auch 2005 schon in den Wäldern unterwegs. Sie hat es verdrängt, für sich behalten, was weiß denn ich.«

»Wenn sie schon solche Angst um Tiere hatte, wenn sie schon ein Trauma hatte, stets zu versagen bei Schutzbedürftigen, wie muss dann erst ein totes Kind auf sie gewirkt haben?«, rief Evi.

Baier nickte und starrte in sein Glas.

»Ich sag ja, sie hat es womöglich verdrängt, aber nicht sehr erfolgreich. Und dann kam die Chance, dieses Wissen zu nutzen.«

»Was? Du meinst, sie hat Anton damit erpresst? Aber wieso denn auf einmal? Und wieso hat sie sich dann damit aufgehalten, seine Bäume zu vernageln, ihm wegen der Holzgeschäfte zu drohen?«, fragte Evi, und man sah ihr an, dass sie alles als völlig abwegig empfand.

»Nun, ich kann nur spekulieren. Sie hat die Sache mit dem Kind wohl wirklich verdrängt. Es muss furchtbar sein, ein überfahrenes Kind zu sehen. Da ist ein Bild, das Amok läuft in deinem Kopf, ein Bild, das du nicht mehr loswirst, denke ich. Aber als all ihre anderen Erpressungsversuche nichts geholfen haben, da musste sie eben zum Äußersten greifen. Dieses Wissen war ihre letzte Chance, und seien wir mal ehrlich: Ein totes Kind ist ein anderes Kaliber als die Holzgschäfterl!« Gerhard ließ seinen Finger über den Rand des Glases kreisen.

»Und du meinst, es ging ihr wirklich darum, dableiben zu dürfen? Aber mit so einer Erpressung tut sie sich doch letztlich keinen Gefallen. Selbst wenn sie damit durchgekommen wäre. So bekommt man doch keine Zuwendung.« Evi schüttelte zweifelnd den Kopf.

»Das ist ein logisches Herangehen, aber dieses Mädchen hat nicht logisch agiert. Sie war verzweifelt und in die Ecke getrieben. Sie hat um Zuwendung gebettelt. Um Liebe. Um ein Zuhause. Und dann lies dir bitte nochmals die Aussage von Amalie Jocher durch. Sie sagte: ›Dass es beim Erhard-Bauern recht gut passt und dass sie da auf jeden Fall und unbedingt bleiben wird.‹ Sie hat gesagt: ›Auf jeden Fall und unbedingt bleiben *wird*‹. Nicht ›*will*‹! Jacky Paulig hat gesehen, wie das Kind überfahren wurde, und Anton Erhard erpresst. Und damals im Wald, als sie die drei Holzköpfe getroffen hat, da hat sie Anton nicht etwa erneut wegen der illegalen Holzgeschäfte unter Druck gesetzt und gebettelt, sondern sie hat eine neue Karte gezogen. Eine Trumpfkarte, um ihr Bleiberecht einzufordern«, sagte Gerhard. Er überlegte kurz und meinte dann: »Und Anton Erhard hat in der Vernehmung die Wahrheit gesagt. Er hat zu Protokoll gegeben, dass sie mit ihm hatte reden wollen. Weil sie unbedingt am Hof bleiben wollte. Und er habe ihr gesagt, das ginge nicht, weil nicht genug zu tun sei.«

»Und bei der zweiten Vernehmung wegen der Nägel hat er auch nicht gelogen. Er hat gesagt, er hätte ihr das verziehen. Hat er wohl auch. Das hat er ihr verziehen, nicht aber, dass sie ihn wegen des toten Kindes erpresst hat. Da geht es um ganz andere Dimensionen. Ich glaub das alles nicht.« Evi wirkte erschüttert. Sie überlegte kurz und fuhr dann fort: »Aber selbst wenn das geklappt hätte, das wäre doch auch nur ein Pyrrhussieg für sie gewesen. Ungeliebt, nur geduldet.«

»Mädel, Sie sind jung, schön und haben Glück. Ihre Familie ist intakt. Menschen mit weniger glücklicher Vorgeschichte suchen sich immer wieder das Gleiche aus. Frauen mit aggressiven Vätern heiraten aggressive Männer. Ungeliebte glauben, es ist ihre Schuld, unwert zu sein. Sie gehen Beziehungen ein, die immer weiter wehtun. Ein solches Elend!« Baier sah die beiden an.

Gerhard war überrascht. Seit Baier nicht mehr im Dienst war, bildete er auf einmal ganze Sätze. Sein Ton war immer noch brummig, aber es war, als hätte er nun mehr Zeit, wieder Verben einzusetzen.

»Und nun, Baier, was raten Sie uns?« Evi sah ihn an.

»Seine Schwester ist die Schwachstelle. Die müssen Sie sich schnappen und weichkochen.«

In dem Moment kam die Bedienung mit einem tragbaren Telefon und wollte wissen, ob hier ein Herr Weinzirl sei. Gerhard schaute irritiert und nahm das Telefon. Es war Melanie, und was sie zu sagen hatte, war tatsächlich mal eine Neuigkeit. Sie hatten die beiden Boote gefunden, die jemand wohl wirklich bis in die Kirmesau verschleppt hatte. Wie und wann, das lag im Nebel, der nun in den Morgenstunden über See und Fuizwiesen waberte. Die Boote waren beim Heiserer auf dem Holzplatz gefunden worden, als der ein paar Holzstapel umschichten wollte. Melanie hatte Gerhard nicht erreichen können, weil sein Handy ausgeschaltet war und sich auf Evis Handy ebenfalls nur die Mailbox gemeldet hatte. Da sie aber irgendwoher wusste, dass sich die beiden mit Baier trafen, hatte ihr Baiers Frau schließlich den Tipp mit dem Dachs gegeben. Kriminalistisch einwandfrei. Heute war Gerhard froh über Melanies Eigenmächtigkeit. Und siehe: In einem der Boote war man auf DNS von Jacky gestoßen, im zweiten Boot hatte sich Dreck befunden, der aus dem Profil fester Schuhe gefallen war. Aus Schuhen Größe vierundvierzig. Der Dreck war ein Gemisch aus frischem Sägemehl, Silo und Kuhscheiße.

»Sauber, danke, Melanie, danke! Tolle Arbeit«, rief Gerhard.

Baier und Evi sahen ihn gespannt an. »Ja, was jetzt?«

Gerhard berichtete.

»Dann müssen wir sofort Erhards Schuhe untersuchen. Sägemehl, Silo und Kuhscheiße, das kann ja nur von einem Waldbauern stammen!« Evi wirkte richtig aufgeregt.

»Mit der Ruah, gemach, meine Beste«, rief Baier. »Keine voreiligen Schlüsse.«

Gerhard nickte zustimmend, und doch war er sich in dem Moment absolut sicher, dass die Abdrücke zu Erhard passen würden. Erhard, der Holzkopf, von dem er doch immer angenommen hatte, der Mann habe ganz tief drinnen ein gutes Herz. Ein verwundbares Herz. Wenn er nun aber doch der Mörder von Jacky war? Sie hatten ihn immer im Auge gehabt und doch nur auf den Vordergrund geblickt. Das Hintergründige war ihnen verborgen geblieben. Noch ein Gedanke schoss durch seinen Kopf: Was, wenn Erhard womöglich doch der Handlanger von Friedl war?

Baier hatte mittlerweile die Rechnung bezahlt und wiegelte Evis Versuch, ihren Anteil selbst zu übernehmen, ab. »Werteste, ich beziehe noch eine Rente, was jungen Menschen Ihrer Generation womöglich versagt sein wird. Nehmen Sie das als Vorauszahlung an, sozusagen der Generationenvertrag andersrum. Denken Sie an mich, wenn Sie mit siebzig immer noch arbeiten oder als militante Rentnergang Mülltonnen durchwühlen und die wenigen jungen Leute überfallen.« Er lächelte verschmitzt und bat noch darum, die beiden mögen ihn über den Fall auf dem Laufenden halten.

Gerhard sah Baier grinsend nach. Evi schüttelte nur den Kopf und meinte: »Also auf zu Erhard, Schuhe besichtigen.« Sie forderte eine zusätzliche Streife an, bevor sie das Dachs verließen.

»Ich war es endlich müde,
mich wegzuwerfen.
Trauben zu suchen in der Wüste
und Blumen über dem Eisfeld.«

HÖLDERLIN, HYPERION

11.

Der Böbinger Berg wurde ihnen allmählich zur Hausstrecke und das Anwesen der Erhards fast schon zur zweiten Heimat. Die Geranien sahen immer noch prächtig aus, der erste Frost hatte ihnen noch nicht zugesetzt. Die bunten Blätter auf der gekiesten Einfahrt raschelten, der Hahn beschwerte sich lautstark über die Störung, die Hennen scharrten unbeeindruckt weiter. Erhard war in einem kleinen Nebengebäude, in dem er Schafe hielt. Er war gerade beim Ausmisten.

»Ihr scho wiedr«, brummte er, und dann schaute er Gerhard zum ersten Mal fest ins Gesicht. »Do hosch Glück ghabt.« Er schickte ein »Gott sei Dank« hinterher.

»Ja, danke, Herr Erhard«, sagte Gerhard und ließ den Blick über die Schafe schweifen. Lange passierte nichts. Evi sah irritiert vom einen zum anderen. Erhard hatte sich auf seine Mistgabel aufgestützt, Gerhard lehnte an einem Pfosten.

»Herr Erhard, ich erzähl Ihnen jetzt mal was. Und mir wäre es wirklich lieb, wenn Sie mir genau zuhören und diesmal die Wahrheit sagen, und zwar die ganze Wahrheit.« Er machte eine Pause. »Wir haben zwei Boote gefunden, das eine war definitiv jenes Boot, auf dem sich Jacky befunden hatte. Das zweite Boot hat wohl der Mörder gesteuert. Es gibt Fußabdrücke und das, was eine Profilsohle ausgespuckt hat. Sägemehl, Silo und Kuhmist. Die Schuhe haben Größe vierundvierzig. Was haben Sie denn für eine Schuhgröße?«

»Vierundvierzig«, sagte Erhard.

»Nun, Herr Erhard, ich kann jetzt alle Ihre Schuhe einkassieren und die untersuchen lassen. Wenn Sie das entsprechende Paar weggeworfen haben, ist das egal, denn die modernen kriminaltechnischen Methoden werden auch so beweisen, dass der Dreck genau von Ihrem Hof stammt. Das wird alles etwas dauern, aber dann wird rauskommen, dass Sie der Mann auf dem zweiten Boot waren. Dann muss ich Sie verhaften. Besser wäre es, Sie würden jetzt gleich mal reden, denn, Herr Erhard: Sie waren das auf dem Boot, oder?« Gerhard hatte seine Lümmelposition noch immer nicht aufgegeben, es war, als plätschere ein Gespräch im Plauderton einfach so dahin.

»So«, sagte Erhard schließlich.

Ein Schaf mähte, eine Kuh antwortete von irgendwoher.

»Kemmts mit«, sagte Erhard schließlich, lehnte die Gabel an die Wand und ging langsam über den Hof. Er öffnete die Haustür und deutete auf ein Paar grobe Stiefel mit Stahlschutzkappen. »De kennts mitnemma.« Er zog seine Gummistiefel aus und bat die Kommissare in die Stube. Der Raum war wunderschön, er hatte noch eine alte Kassettendecke und einen grünen Kachelofen, der vom Gang aus eingeschürt wurde. Vorhänge und Kissen waren selbst genäht, auf dem Tisch stand eine leicht ramponierte Keramikvase mit Astern drin. Das ganze Ambiente erzählte davon, dass hier jemand mit wenig Geld, aber mit viel Liebe am Werk gewesen war.

»Wollts a Bier?«, fragte Erhard.

Gerhard nickte, Evi schüttelte den Kopf. Erhard ging hinaus, und Evi war nahe dran, aufzuspringen. »Was, wenn der abhaut!«

»Wird er nicht«, sagte Gerhard und lehnte sich zurück. Wenig später war Erhard zurück. Er stellte zwei Bier im Keferloher vor ihnen ab und hatte für Evi ein Spezi dabei. Die Männer tranken einen tiefen Schluck.

Und dann sagte Erhard: »I wars ned. I hob se ned umbrocht.«

»Herr Erhard, Sie können jetzt die Aussage verweigern, bis Sie einen Anwalt haben. Wollen Sie einen Anwalt? Kennen Sie einen?«

»Ja, ja, i brauch koan.«

»Gut, Herr Erhard, Sie waren auf dem Boot!«

»Ja«, sagte Erhard und begann zu erzählen in jener schwerblütigen Weise, mit jener Kraftanstrengung, die ihn das Reden nun mal kostete. Nach dem ganzen Ärger mit den vernagelten Bäumen war die Stimmung im Haus wirklich schlecht gewesen. Erhard hatte Jacky gesagt, sie könne so lange bleiben, bis sie etwas Neues gefunden habe. Er hatte ihr aber auch vermittelt, dass das nicht auf Dauer sein könne. Es waren einige Tage ins Land gegangen, und dann war sie im Wald aufgetaucht. Und hatte ihn erneut erpresst.

»Etz werds Zeit, dass des gar werd«, sagte Erhard und berichtete vom grauenvollsten Tag in seinem Leben. Als er seinen Bulldog spät noch in die Halle hatte fahren wollen, weil ein Gewitter am Himmel stand. Als er einen kleinen

Buben überrollt hatte, den er nicht hatte sehen können in der Dämmerung, nicht hatte sehen können in diesem toten Winkel und nicht hatte hören können.

»Aber das war ein Unfall. Warum haben Sie das Kind zur Straße gebracht?«

»I woaß ned. Des woaß i heit nimmr. I hob des am nägschte Tag nimmr gwisst. Ja, des war wie a Zwang«, sagte Erhard leise und starrte in sein Bier.

Die Ermittlungen waren damals angelaufen, Erhard war stets bei seiner Geschichte geblieben. »Der oide Kommissar, der hot mir nie globt, aber mei ...«

»Hauptkommissar Baier?«

»Ja, der.«

Schließlich war die Sache im Sande verlaufen, Antons Schwester Marianne war das alles sehr nahegegangen, und sie war die treibende Kraft gewesen, den Bauernhofurlaub aufzugeben. Erhard hatte all die Jahre nicht gewusst, dass Jacky ihn damals beobachtet hatte. Als sie ihn dann im Wald damit konfrontiert hatte, war er aus allen Wolken gefallen. Die Bilder waren wieder auferstanden, der kleine Körper hatte wieder in seinen Armen gelegen. Das Grauen war wieder da. Die Scham, die Angst, die Verzweiflung und das Wissen, dass es für diese Tat keine Erlösung gab.

»Seit dem Tag ko i d' Nacht nimmr schloffa«, sagte Erhard.

»Und weil Sie die Bilder loswerden wollten in Ihrem Kopf und weil Jackys Geschichte Ihr ganzes Leben zerstört hätte, haben Sie das Mädchen dann umgebracht«, sagte Evi, und wie sie das sagte, schwang jede Menge Verständnis mit in ihrer Stimme.

»Na.«

»Was, na?«

»I hob se ned umbroacht.«

»Sie waren auf dem Boot, Erhard!« Gerhard wurde allmählich etwas lauter.

»Ja, i war aufm Boot, aber i wollt se zruckhaltn.«

»Was? Zurückhalten? Wovon?« Gerhard versuchte Erhards Blick zu erhaschen.

Aber Erhard leerte sein Bier, und er starrte ins Nichts, sah durch Evi und Gerhard einfach hindurch. In seinen einfachen Worten erzählte er weiter. Er hatte Jacky gesagt, dass er sich nicht erpressen lasse. Weder um Geld noch um Zeit und nicht um ein Bleiberecht. Er hatte ihr gesagt, sie könne ruhig zur Polizei gehen, denn er selbst finde seit jenem verhängnisvollen Abend keine Ruhe mehr. »Besser isch des gar als wie, dass es immr so weitergeht«, das hatte er ihr gesagt. Und da war Jacky zusammengebrochen. Sie hatte mit Selbstmord gedroht. Er hatte sie erst nicht so ernst genommen, aber als sie dann mit dem Miesbacher weggefahren war, hatte er Angst um sie bekommen und war mit seinem Fahrrad hinterher.

»Hatten Sie denn eine Idee, wo sie sein könnte?«, fragte Gerhard.

»Na, i war an dr Bruck, aber do wars ned.«

»Und dann?«

»Bin i an d' Ammr nah, aber do wars a ned.«

Erhard war schon nahe dran gewesen, wieder umzukehren, als er aus einem Impuls heraus an den See geradelt war. Unweit vom Fischerhäusl hatte er sie entdeckt.

»Se isch am Ufer ghockt«, sagte Erhard.

Er hatte sich zu ihr gesetzt.

»Und was haben Sie gesagt?«, fragte Evi.

»Nix, se hot gredt.«

Sie hatte ihm von einem kleinen Hund erzählt, den ihr Freund totgefahren hatte, vom Blick in seine Augen, in denen etwas gestanden hatte, das wie Verblüffung ausgesehen hatte. Sie hatte ihm den Laut beschrieben, den er ausgestoßen hatte, als er starb. Ein Geräusch aus der Unterwelt. Sie hatte ihm erzählt, dass sie das nie vergessen würde. Es sei der gleiche Blick und Laut gewesen wie der ihres Hundes, als Mamas neuer Freund ihn ins Tierheim gegeben hatte. An dem Tag, an dem sie eigentlich ihren guten Schulabschluss hatte feiern wollen. Sie habe ihn nicht beschützen können. Sie habe sich schuldig gemacht an seinem Leben. Sie hatte von dieser Tigerkatze in Gschwend erzählt, die in ihrem Blut gelegen hatte, das Gesicht zerschmettert. Es war eine Katze, die mit der Flasche aufgezogen worden war. Sie hatte davon berichtet, dass sie nachts nicht mehr Auto fahren konnte, weil sie voller Panik auf die Straßenränder spähen musste, ob da Augen im Scheinwerferlicht reflektierten. Mit jeder Nachtfahrt sei es schlimmer geworden: ihre unbändige Angst, ein Tier zu überfahren. Mit jedem Kadaver am Straßenrand sei ihr Schmerz gewachsen. Als ob das ihre Katze, ihr Hund gewesen wäre. Als ob jemand ihr Herz herausreißen würde. Tagelang hätte sie die Bilder vor Augen. Und dann erzählte sie davon, dass der kleine Junge ausgesehen hätte wie der Welpe. Davon, dass sie nicht schlafen konnte, partout nicht schlafen konnte. Nur kurze erschöpfte Stunden mal am Tage, aber nie in der Nacht. Dass sie hinauslief in die Leere der Nacht und manchmal gar nicht wisse, wo sie sei. Dass sie in Stadeln aus wirren Träumen erwache und keine Ahnung habe, wie sie dahingekommen sei. Dass sie die Bilder nicht mehr aushalten könne. Dass sie den Rufen der Nacht folgen müsse. Weit gehen, bis nach nirgendwo. Dass sie Buße tun müsse.

Sie hatten zwei, drei Stunden so gesessen, als Anton Erhard ihr gesagt hatte: »Dann kimm hoam.«

Er hatte das ehrlich gemeint, aber dann hatten sich die Ereignisse überschlagen. Jacky hatte nur ganz leise geflüstert: »Für mich gibt es kein Daheim, es ist zu spät«, und dann war sie davon. Bis Anton sah, dass sie auf den See hinausruderte. Er wusste, dass sie nicht schwimmen konnte. Er war hinterhergerudert, hatte sie davon abhalten wollen, ins Wasser zu gehen. Er hatte ihr zugerufen, dass sie bleiben könne. Sie hatte ihm nicht mehr geglaubt. Es hatte eine Rangelei gegeben, und dann war sie gestürzt.

Als Erhard ihn erstmals wieder ansah, traf dieser Blick Gerhard im Mark. »I ka o it schwimma.«

Jacky war versunken, Erhard hatte die beiden Boote an Land gebracht. War nach Hause geradelt. So war das gewesen. Eine kleine Geschichte.

»Sind Sie ihr denn noch irgendwie hinterher? Ist sie nochmals aufgetaucht?« Die Geschichte war einfach nicht schlüssig und passte auch nur teilweise zum Obduktionsbericht. Aber Erhard bestand darauf, dass das alles genau so gewesen sei, wie er gesagt hatte. War das nicht wieder Erhards Masche, die Wahrheit zu sagen, aber immer nur Teilgeständnisse abzulegen?

»Des war 's dritt Mal, dass i ned Obacht gebn hob«, sagte

Erhard plötzlich, und wieder war eine solche Pein in seinem Blick, dass Gerhard den Schmerz fast selbst spürte.

»Wieso drei Mal, Herr Erhard?«

»Weil i im Holz domols bei meim Fascht-Schwoger o ned aufpasst hob.«

Gerhard wollte nicht nach dem Warum fragen, nicht wissen, was damals passiert war. Er glaubte Erhard, aber die Indizien sprachen gegen ihn. Und das falsche Alibi natürlich auch.

»Herr Erhard, Ihre Schwester hat ausgesagt, Sie seien um drei Uhr im Bett gelegen. Aber das kann eigentlich nicht stimmen. Warum gibt sie Ihnen ein falsches Alibi?«

Erhard sah ihn überrascht an, und er hätte schon ein sehr guter Mime sein müssen, wenn diese Verblüffung gespielt gewesen wäre. »Des glob i ned. Hot se des gwies gseht? Mei, d' Marianne wollt mir halt helfn.«

»Wann waren Sie denn wieder im Bett?«

»Gar ned, i bin glei in Stall.«

»Wann?«, fragte Gerhard.

»Um fünfe.«

»Und die Marianne, wo war die?«

»Se isch um halb sechse o in Stall kemma. Se hot was ghert und wollt nach em Jungviech schaun. Se hot Angst ghett, dass dr Zaun hi isch. Weil vor a paar Däg scho der Fuchs zu de Viecher neikemma isch.«

»Herr Erhard, Sie haben gesagt, Sie hätten die Boote versteckt. Beim Heiserer?« Gerhard beobachtete ihn genau.

»Na.«

»Was, na?«

»I hob de Schiff ins Schilf neizoga.«

»Sicher nicht zum Heiserer?«

»Na.«

Gerhard wollte ihm immer noch glauben. Aber es waren zu viele Ungereimtheiten. Zu viele Indizien. Es gab keine andere Wahl. »Herr Erhard, ich verhafte Sie wegen des Mordes an Jacky Paulig.« Er schickte ein »Es tut mir leid« hinterher. Evi runzelte die Stirn. Ja, vielleicht hatte ihn das Gips-Peeling mürbe gemacht, vielleicht war er doch zu angeschlagen.

Erhard nickte nur. »Sogns dr Marianne Bescheid?«

Als der Streifenwagen vom Hof fuhr, kam gerade Marianne Erhard mit dem Rad und einem Einkaufskorb daher. »Was ist hier los? Was ist mit meinem Bruder?«

»Frau Erhard, wir haben Ihren Bruder verhaftet. Es steht eindeutig fest, dass er Jacky mit einem Boot auf den Soiener See gefolgt ist.«

Marianne Erhards Reaktion war eigenartig, sie war weder aufgeregt noch hysterisch, reagierte aber auch nicht mit Unverständnis. Viele Angehörige wollten solche Beschuldigungen erst einmal nicht wahrhaben, blendeten sie quasi aus. Marianne Erhard reagierte eigentlich gar nicht, und etwas sagte Gerhard, dass die Nachricht für sie nicht überraschend kam. Es dauerte, bis sie anhob: »Mein Bruder ist doch kein Mörder.«

»Nun, das behauptet er auch«, meinte Gerhard und erzählte Marianne jene Version der Geschichte, die Anton zum Besten gegeben hatte. »Wussten Sie, dass Jacky Ihren Bruder um ihr Bleiberecht hatte erpressen wollen?«

Sie schüttelte den Kopf.

»Wussten Sie, dass der kleine Junge damals gar nicht auf der Straße, sondern auf Ihrem Hof getötet wurde?«

»Das glaub ich nicht, niemals.«

»Aber Ihr Bruder hat uns genau das erzählt. Und dass Jacky ihn deswegen erpresst hat.«

»Das kann nicht sein.«

»Frau Erhard, Sie werden später sowieso zu uns kommen müssen, lassen wir das für den Moment. Was sagen Sie dazu, dass Ihr Bruder Jacky gar nicht hatte ermorden wollen, sondern vor dem Freitod bewahren?«, schloss Gerhard. Er hatte Marianne Erhard genau beobachtet, während er all die Fragen gestellt hatte. Sie wirkte beherrscht, ihr Gesicht war wie eine Maske. Zu regungslos, wie er fand. Sie ballte aber unentwegt ihre Hände zu Fäusten und öffnete diese wieder. So als müsste eine ungeheure Energie ein Ventil finden.

»Mein Bruder lügt nicht.« Marianne Erhards Stimme brach. Man fühlte die Kraftanstrengung.

»Aber Sie, Frau Erhard. Sie haben Ihrem Bruder ein falsches Alibi gegeben. Warum?«, fragte Evi.

»Das hätten Sie auch getan, wenn hier dauernd die Polizei auftaucht. Wenn es um Mord geht. Ich hab das eben getan. Sie können mich ja auch verhaften.« Das klang trotzig.

»Das werden wir momentan nicht tun, aber Sie sollten sich zu unserer Verfügung halten.«

»Ich hab allein einen Hof am Hals. Wo soll ich hingehen? Bauern gehen nie irgendwohin. Brauchen Sie mich noch? Ich muss in den Stall. Jetzt, wo der Toni nicht da ist.«

Weil sie keine Antwort bekam, drehte sie sich weg, schob

ihr Rad über den Hof. Gerhard hatte den Eindruck, als würden ihre Schultern zucken.

»Und?« Gerhard sah Evi an.

»Ich weiß nicht. Ich muss dich zitieren: Irgendwas stimmt mit dieser Marianne Erhard nicht. Wir fahren jetzt mal ins Büro. Vielleicht kriegen wir aus Erhard ja dort mehr raus.« Evi übernahm das Fahren, und ungefragt hielt sie beim Haslacher an. »Du bist doch sicher im Unter-Leberkäs, oder? Bring mir einen Kartoffelsalat mit.«

Nachdem Gerhard eine von seinen zwei Leberkässemmeln verzehrt hatte, sagte er: »Lass uns das mal rekonstruieren: Jacky ist am Ende. Denk an die Aussage von dem Mädchen auf der Dorfstraße: Friedl hatte den Hund geprügelt. Kann das der Auslöser gewesen sein? Dieser Trigger. Der Tropfen auf den heißen Stein. Jacky sieht keinen Ausweg mehr. Sie rudert mit einem Boot auf den See. Sie hat vor, sich umzubringen. Sie kann nicht schwimmen und wählt als Todesart das Ertrinken«, sagte Gerhard schließlich.

»Gruselig«, warf Evi ein. »Gruselig, wo Frauen doch eher zu Tabletten greifen. Sie war PTA, gerade sie musste doch über Fachwissen verfügen.«

»Wenn wir aber den Theorien folgen, dass sie wirklich Buße tun wollte, dass sie sich schuldig gefühlt hat, dass sie ein Opfer war, dann suchte sie sich so was aus. Was richtig wehtut. Einen Märtyrertod. Oder?«

»Scheußlich, ganz scheußlich!«

»Nehmen wir an, Anton Erhard sagt die Wahrheit. Er mag ein Muhackl sein, aber tief drinnen hat er wohl ein gutes Herz. Zumindest hatte ich schon ein paarmal den

Eindruck. Es tut ihm wirklich leid, dass das Mädchen so verzweifelt ist. Erstmals wird ihm die Dimension ihres Leids klar. Er hat sie ja schon gesehen, wie sie gelitten hat bei der Nachtjagd. Als sie ihm von all ihrer Pein erzählt, sagt er ihr, dass sie bleiben kann. Außerdem hat er ein schlechtes Gefühl, weil er natürlich sehr wohl gesehen hat, dass sie zu dem Miesbacher ins Auto gestiegen ist. Er traut dem Miesbacher nicht über den Weg. Also sucht er Jacky und findet sie am See. Er rudert hinterher und versucht sie davon abzuhalten, ins Wasser zu springen. Es gibt eine Rangelei, daher die Abwehrverletzungen und Schürfwunden. Jacky stürzt ins Wasser, und Anton Erhard sieht sie versinken. Er muss zusehen, wie sie untergeht, machtlos, denn er kann nicht hinterherspringen. Er kann nämlich nicht schwimmen. Er nimmt sein Boot und das andere ins Schlepptau und versteckt beide im Schilf. So weit deckt sich das mit dem Obduktionsbericht. So, und nun frage ich dich: Wenn das stimmt, was würdest du folgern, Evi?«

Evi zögerte. »Dass es eine zweite Person gegeben haben muss. Eine, die Jacky dann wirklich umgebracht hat. Die Boote hat verschwinden lassen.«

»Und wem trauen wir das zu? Friedl?«, fragte Gerhard.

»Zutrauen schon, aber der wird selbst nie tätig. Er ist viel zu schlau und zu verschlagen«, rief Evi.

Es entstand eine lange Pause, bis Gerhard leise zu sprechen begann. »Ich erzähle dir jetzt mal was, Evi. Was, wenn Marianne Erhard ihrem Bruder gefolgt ist? Wenn sie die Szene auf dem See gesehen hat? Es war neblig, alles andere als eine helle Mondnacht. Was musste sie denken?«

Evi trat auf die Bremse und fuhr das Auto vor der Ammerbrücke in den Weg, wo die Kanuten immer parkten. Sie drehte sich zu Gerhard hin. »Sie musste denken, dass ihr Bruder gerade dabei war, Jacky zu ermorden? Meinst du das? Aber warum? Warum traut sie das dem Bruder zu?«

»Weil sie in der Nacht, als das Kind überfahren wurde, auch da war. Weil sie ihren Bruder gesehen hat und auch Jacky. Einmal haben sich Jackys Pfade mit denen von jemand anderem gekreuzt, und es waren einmal nicht allein Jackys Augen, die das Verbotene gesehen haben. Marianne hat das alles beobachtet, und deshalb war sie auch stets auf der Hut wegen Jacky. Ich glaube ihr sogar, dass sie Jacky im Prinzip hätte mögen können, als eine Art Tochter, die sie selbst nie gehabt hatte. Aber mit diesem Wissen war das natürlich nicht möglich«, sagte Gerhard immer noch sehr leise.

»Aber das ist wieder pure Spekulation. Wir haben keine Spuren«, sagte Evi.

»Aber wir haben die Aussage von Anton Erhard, dass seine Schwester bei den Jungviechern gewesen ist. Was, wenn sie am See war und das als Ausrede benutzt hat? Die Koppel liegt nach Osten, und von dort gibt es verschwiegene Wege in die Kirmesau. Ihre Aussage mit den Jungviechern ist ja durchaus plausibel. Und keiner hat sie gesehen.«

»Pure Hypothese, alles Spekulation«, Evi machte eine Handbewegung, als wolle sie den Gedanken abwehren.

»Ja, aber ich glaube fest an meine Theorie. Und im Gegensatz zu ihrem Bruder kann Marianne schwimmen, aber sie muss gar nicht auf ihre Schwimmkünste vertrauen, denn Jacky liegt benommen im flachen Wasser. Sie ist nicht ertrunken, es ist nämlich verdammt schwer, sich selbst zu ertränken. Der Mensch mobilisiert einen unbändigen Lebenswillen.«

Gerhard hielt kurz inne. »Und dann passiert das Grauenvolle: Marianne Erhard sieht die benommene Jacky. Denkt, ihr Bruder hat gerade einen Mordversuch unternommen. Denkt, dass Jacky zur Polizei gehen wird. Sie denkt, dass ihr ganzes Leben, das auf so vielen Lügen fußt, in Scherben liegt«, sagte Gerhard.

Evi nickte. »Es würde auch schon genügen, wenn Jacky wieder etwas in der Hand hätte gegen die Erhards. Sie könnte Anton erneut erpressen. Nach Holzgeschäften und einem toten Kind ist ein Mordversuch ja auch eine feine Sache für eine Erpressung. Gesetzt den Fall, Marianne wusste die ganze Zeit, dass ihr Bruder erpresst wird.«

»Sie wusste es. Da bin ich mir sicher. Diese Frau weiß viel mehr. So oder so ist das mühsam aufrechterhaltene Leben der Erhards komplett aus den Fugen. Und Marianne beschließt, das zu beenden, was der Bruder begonnen hat. Sie drückt die schwache Jacky unter Wasser.«

»Und eine leichte Strömung treibt sie vollends an den Strand, dorthin, wo Kassandra sie gefunden hat«, beendete Evi den Satz. »Und dann müssen wir das alles nur noch beweisen. Ohne Spuren werden wir ein Geständnis von ihr brauchen. Die Frau muss doch völlig am Ende sein. Sie hat soeben erfahren, dass ihr Bruder Jacky gar nicht hatte töten wollen. Dass sie einen Menschen vergeblich umgebracht hat. Dass sie ihren Bruder gar nicht hätte schützen müssen. Sie muss emotional in einem katastrophalen Zustand sein. Das ist zwar nicht nett, aber genau das müssen wir nutzen.«

»Wir sind nicht da, um nett zu sein, Evi«, sagte Gerhard

düster. »Verhören wir erst noch mal Anton, und dann lassen wir Marianne Erhard herbringen. Wir müssen die beiden mit den Aussagen des anderen konfrontieren.«

Gerhard hatte Felix und Melanie losgeschickt, Marianne Erhard zu holen. Er würde die Frau erst getrennt und dann zusammen mit ihrem Bruder befragen. Sie würde zusammenbrechen. Zumindest hoffte er das.

Er holte sich einen Kaffee und stellte Evi heißes Wasser für ihren Kräutertee vor die Nase. Gerhards Nackenmuskeln waren verspannt, das Jucken hatte wieder eingesetzt. Plötzlich machte er all der Anspannung Luft. »Wieso dauert das so lange? Wo bleiben die denn? Ruf diesen Dragoner Melanie mal an!«

Evi sagte nichts, wählte nur. Melanie schien dran zu sein. »Der Chef will wissen, wo ihr bleibt, Mel.« Dann hörte Gerhard Evi nur noch »Bitte nein!« rufen. Ihre Augen waren weit aufgerissen, sie war aufgesprungen und begann im Zimmer umherzutigern. Dann legte sie das Handy auf das Fensterbrett. Sie hatte Mühe zu sprechen, plötzlich begann sie hemmungslos zu weinen. Gerhard stand auf, nahm sie in den Arm. Lange standen sie so.

Als Melanie und Felix auf dem Hof angekommen waren, war da gerade der Hubschrauber gelandet. Marianne Erhard war in der Box des Zuchtbullen Vitus von diesem niedergetrampelt worden. Auf dem Weg ins UKM war sie noch im Helikopter gestorben.

Wahrscheinlich hatte sie ausmisten wollen oder füttern, würde man später sagen. So aggressiv sei das Tier auch gar nicht gewesen, würde man später sagen. Marianne Erhard war eine erfahrene Bäuerin gewesen, war sogar mal Ortsbäuerin gewesen, würde man erzählen, und dass es unverständlich sei, wie so was hatte passieren können. Das würde man sagen. Und ganz spät am Abend, wenn über den Stammtischen nur noch Melancholie und Agonie lagen, dann würde man sagen, dass es kein Unfall gewesen war. Nur im Schutze der Zigarettenrauchschwaden und des Alkohols würde man das sagen.

»Informierst du ihren Bruder?«, fragte Evi, nachdem sie lange im WC verschwunden gewesen war.

»Ja, aber vorher fahren wir nach Schönberg. Sie muss einen Abschiedsbrief hinterlassen haben. Sie hat ihren Bruder retten wollen, ihn rehabilitieren«, sagte Gerhard.

Wieder diese Strecke, die er schon mit so vielen unterschiedlichen Gefühlslagen im Bauch gefahren war: voller Wut, in tiefer Anspannung, voll unbestimmten Unwohlseins. Heute war es eine Schwärze, die ihn umgab. Der Böbinger Berg würde nie mehr nur noch eine kurvige Straße für ihn sein. Er war ein Schicksalsberg. Bei Erhards auf dem Hof fanden sie Manfred Weiler und dessen Mutter. Die beiden machten den Stall, Weiler schob gerade mit einem Hoftrac Dung auf den Misthaufen. Sein Blick war starr geradeaus gerichtet. Seine Mutter war in der Milchkammer.

»Waren Sie im Haus?«, fragte Gerhard.

Sie schüttelte den Kopf.

»Haben Sie irgendwo einen Brief gefunden?«

»Ihr seid eine Saubande. Ihr seid schuld, ihr allein. Warum lasst ihr uns nicht in Ruhe? Es war friedlich hier, bevor ihr gekommen seid.« Sie sagte das, ohne die Stimme zu heben, Gerhard registrierte, dass sie keinen Akzent hatte. Sie klang norddeutsch. Eine frühere Touristin, die ihr Herz an einen Schönberger verloren hatte? Er hätte ihr sagen wollen, dass es gar nicht so friedlich hier gewesen war, hinter den Fassaden mit den Geranien und der luftig-leichten Lüftlmalerei. Er hätte ihr vorhalten können, dass hinter den Masken böse Fratzen gelauert hatten, noch immer lauerten und sich auch weiterhin dahinter verbergen würden. Er sagte nichts, weil es zu spät war.

Manfred Weiler hatte seinen Hoftrac abgestellt. Gerhard ging langsam zu ihm hinüber. »Weiler, Manfred, es tut mir leid.«

»Woaß der Toni des scho?«

»Nein, aber ich sage es ihm.«

»Wär besser, wenn r zruckkimmt«, sagte der Weiler und schepperte wieder los.

Gerhards Beine fühlten sich an wie Blei. Oder wie in Gips gegossen. Der Arzt hatte gesagt, er müsse sich schonen. Nun, er ging langsam wie ein Hundertjähriger über den Hof. Im Schongang. Von der Schonung der Seele hatte der Arzt nichts gesagt. Verdammt, sie hätten das mit Marianne verhindern müssen!

Evi kam ihm aus dem Haus entgegen. In ihren Händen hielt sie einen Brief.

»Ich, Marianne Erhard, habe Jacki Paulig umgebracht. Ich war eifersüchtig. Man musste das tun. Ich bin meim Bruder zum See gefolkt. Ich habe sie ertrenkt, nachdem er weg war. Alles, was er sagt, ist die Wahrheit. Mein Bruder ist unschultig. Er kann sowieso keiner Flige

was zuleite tun. Schönberg im November, Marianne Erhard.«

Ihre Schrift war ordentlich und sehr gerade. Ihre Rechtschreibung ließ zu wünschen übrig. Es war das Schreiben von jemandem, der selten zum Stift griff. Der Briefblock mit Röschen-Bordüre war ein wenig vergilbt, allzu oft hatte man bei Erhards wohl nicht geschrieben.

»Sie schreibt, dass sie eifersüchtig war. Glaubst du das?«, fragte Evi schließlich.

»Nein, aber was nützt die Wahrheit jetzt noch? Sie wollte ihren Bruder retten. Mehr nicht. Sie wollte auf keinen Fall, dass die Welt die wirkliche Geschichte erfährt.«

»Aber dann sind wir letztlich schuld.« Evi klang gequält. »Wenn das ein Selbstmord war, dann wurde sie doch nur dazu getrieben, weil wir ihr die Augen geöffnet haben. Weil wir ihr gesagt haben, dass der Bruder das Mädchen hatte retten wollen, statt es zu ermorden. Dann erst wurde ihr die grausame Wahrheit bewusst, dass sie zur Mörderin geworden ist. Grundlos zur Mörderin geworden ist. Dass sie den Bruder gar nicht hätte schützen müssen, weil es da gar nichts zu schützen gab.«

»Ja.«

»Ja? Ist das alles, was du sagen kannst?«

»Ja, Evi, mehr entdecke ich nicht in mir.«

»Sei nur still und lass es seinen Gang gehen. Künstle nicht.«

Hölderlin, Hyperion

12. Gerhard ließ Anton Erhard aus der U-Haft holen. Ihm war, als hätte er diese Szene schon einmal erlebt. Erhard war gefasst, er schien über den Tod seiner Schwester nicht überrascht zu sein. Als Gerhard ihm versicherte, dass ihm das alles sehr leidtäte, sah Erhard kurz auf. Seine Augen lagen tief in den Höhlen, sein Bart war struppig. »Mir o«, sagte er. Gerhard ließ ihn gehen, der Mann hatte einiges zu regeln. Es würde eine riesige Beerdigung geben auf dem Dorf, dessen war sich Gerhard sicher.

Blieben zwei Fragen: Was sollte er wegen des toten Kindes unternehmen? Und: War der Miesbacher nun wirklich raus? Beide Fragen bewegten ihn, rumorten in ihm. Gerhard ging zum wc und wusch sich die Hände, auf denen immer noch kleine Pusteln zu sehen waren. Er schöpfte sich Wasser ins Gesicht. Er sah beschissen aus. Alt – wie ein Mann um die vierzig. Er sah so alt aus, wie er war.

Wieder im Büro, sagte er zu Evi: »Ich bin mal kurz weg«, und wenig später läutete er bei Baier. Frau Baier öffnete ihm, ihren Öko-Jute-statt-Mode-Look hatte sie gegen einen Hosenanzug aus Leinen ausgetauscht. Sie umarmte ihn, und seltsamerweise war ihm das nicht unangenehm.

»Peter ist im Keller. Warten Sie, nehmen Sie sich gleich

ein paar Dachs mit runter, der Kühlschrank unten geht nicht.«

Sie lächelte ihn aufmunternd an. Gerhard stieg die Stufen hinunter in Baiers Reich aus Bierkrügen und kubanischem Rum.

»Hab Sie erwartet«, sagte Baier.

Gerhard sah ihn fragend an.

»Frau Straßgütl hat angerufen.«

Evi, die kluge Evi, sie kannte ihn gut. »Und hat sie Ihnen auch gleich gesagt, weshalb ich hier bin?«, lächelte Gerhard.

»Nein, sie hat mir gesagt, dass ich auf Sie aufpassen soll, Weinzirl. Weil Sie eigentlich noch ins Bett gehören und ich Sie anschließend auch in selbiges schicken soll. Frau Straßgütl würde sich um den ganzen Schreibkram kümmern, lässt sie ausrichten.«

Baier schenkte das Weißbier ein. Die beiden Männer stießen an. Er war still, bis auf das Knistern im Holzofen, den Baier angeworfen hatte.

»Erhard ist draußen?«, fragte Baier schließlich.

»Ja.« Dann begann Gerhard zu erzählen von seinem unbändigen Hass auf Friedl. Dass diese Wut seine Sinne lähmte. Er redete über Marianne Erhard, von seiner Einschätzung, dass sie den Unfall mit dem kleinen Bub damals gesehen hatte. Dass sie Jacky beobachtet hatte. Gerhard ging schonungslos mit sich ins Gericht, vor allem weil er Marianne Erhards Selbstmord nicht hatte verhindern können. Er redete lange, sehr lange für seine Verhältnisse.

Baier hatte zugehört, ohne ihn dabei anzusehen. »Sie haben alles richtig gemacht, Weinzirl. Hätte ich auch nicht anders gemacht. Und, Weinzirl …«

»Ja?«

»Ich täte es nicht.«

»Nein? Ganz bestimmt? Sind Sie sich da sicher?«

»Ich denke schon seit Tagen darüber nach. Unter den gegebenen Umständen täte ich es nicht. Was nützt das alles noch? Und wem?«

Baier war aufgestanden und legte Holz nach.

»Und Friedl?«, fragte Gerhard schließlich und starrte auf die Glasscheibe, hinter der das Feuer flackerte.

»Sie haben sich einen Job ausgewählt, in dem man verlieren kann. Wenn Sie bisher immer gewonnen haben, gut für Sie, mein Lieber. Aber Sie sollten sich auch daran gewöhnen zu verlieren. Siege korrumpieren, Niederlagen machen uns stärker. Lassen Sie sich Zeit, Weinzirl. Und dem Leben. Irgendwann erwischt es ihn.«

Gerhard nahm einen tiefen Schluck. »Ist das nicht der Trost, den wir suchen? Reden wir uns das nicht ein zur Beruhigung? Wir wollen das glauben, dass die Bösen irgendwann einmal fallen.«

»Er wird fallen. Tief fallen. Das ist keine Beruhigung. Es passiert. Sie brauchen nur Geduld.« Baier machte eine kleine Pause, und dann sagte er: »So, Weinzirl, und Sie gehen jetzt ins Bett. Nehmen die Medikamente, die Sie verschrieben bekommen haben. Meine Frau fährt Sie.«

Frau Baier lieferte ihn zu Hause ab, wenig später kam Kassandra. Sie verabreichte ihm seine Tabletten und rieb ihn mit der übel riechenden Salbe ein. Er war ihr dankbar, aber die Behandlung war völlig unerotisch. Vor einigen Wochen wäre das anders gelaufen. Sehr viel anders. »Kassandra, ich, ich …«

Sie legte ihm den Finger auf den Mund. »Lass gut sein. Wir haben uns nie was versprochen, oder? Du bist völlig im Eimer. Das ist keine gute Zeit, um in sich hineinzuhorchen, wohin das Herz will. Reden wir ein andermal.«

Kassandra war eine sensationelle Frau. Jeder Mann müsste dem lieben Herrgott mehrmals am Tag danken, so eine Partnerin, Freundin und Geliebte zu haben. Er war nicht jeder Mann, und er liebte sie nicht. Das wusste er auf einmal.

Kassandra machte eine Kopfbewegung, die ihm sagte, es sei Zeit, sich hinzulegen. Sie setzte sich an sein Bett, und es war gut, die Anwesenheit eines Menschen zu spüren. Er dämmerte ein, aber er sah doch noch aus dem Augenwinkel, wie sie ging. Und er sah, dass Tränen über ihr schmales Gesicht liefen. Den nächsten Tag verbrachte er mehr oder weniger im Bett, Evi hatte das Büro zu einer Bannmeile erklärt. Hajo brachte ihm eine Brotzeitplatte rüber. Sarahs schwarzer Kater war begeistert: endlich mal ein Mensch, der den ganzen Tag im Bett blieb, den man stundenlang belegen konnte und der dann auch noch den Schinken mit einem teilte.

Die Beerdigung von Marianne Erhard fand einen Tag später statt. Es waren überwältigend viele Menschen gekommen. Gerhard und Evi hielten sich am Rande. Als alle zum Leichenschmaus aufbrachen in die Halle nach Rottenbuch, kam eine junge Frau auf sie zu. Es war eine aparte Frau. Und auf einmal wurde sich Gerhard der Familienähnlichkeit gewahr. Alle Erhards hatten die gleichen langen und geraden Nasen und die braunen Augen, in denen eine gewisse Traurigkeit lag. Marianne Erhard hatte sich sehr altbacken gekleidet, aber eigentlich war sie eine hübsche Frau gewesen, groß und schlank. Und wenn man sich bei Anton Erhard den Alm-Öhi-Bart wegdachte, war auch er eigentlich ein attraktiver Mann. Die Frau lächelte die Kommissare offen an:

»Sybille McNeill, geborene Erhard. Mein Bruder lässt ausrichten, dass Sie gerne mit nach Rottenbuch kommen sollen.«

Gerhard schaute Evi an, diese wirkte überrascht. »Ähm, wir …«

»Überlegen Sie es sich.« Sie lächelte nochmals und ging davon. Sie trug hohe Stiefel, eine schwarze, schmal geschnittene Hose und eine kurze schwarze Jacke mit einem Kunstpelzkragen. Ihr rötliches Haar war zu einem Pferdeschwanz gebunden.

»Das find ich jetzt etwas seltsam, oder? Erhard wird uns doch wohl am wenigsten sehen wollen. Er weiß doch, dass die Geschichte noch nicht zu Ende ist«, sagte Evi.

Gerhard hätte antworten können. Antworten, dass die Geschichte wohl doch zu Ende war. Dass sie verloren hatten, aber er wollte Evis Elan nicht bremsen. »Gehen wir hin, vielleicht erfahren wir noch etwas.« Er klang lasch, nicht überzeugend, aber von Evi kam kein Widerspruch. Und so saßen sie in der Halle in Rottenbuch, tranken Kaffee und Tee, aßen Kuchen, den wohl diverse Landfrauen gebacken hatten. Sie hörten einige Nachrufe auf Marianne Erhard. Sie ernteten missbilligende Blicke. Aus dem Augenwinkel sah Gerhard, dass Sybille McNeill hinausgegangen war.

Er folgte ihr. Sie war bis zur Fohlenwiese gegangen und

lehnte rauchend am Holzzaun. Als er sie erreicht hatte, sagte Gerhard: »Es tut mir leid.«

Sie nickte bloß.

»Sie sind nicht von hier?«, sagte Gerhard schließlich.

»Doch, ich bin von hier. Heute spüre ich das ganz deutlich. Lange Zeit wollte ich aber nichts mehr, als diese Zugehörigkeit zu leugnen.«

Gerhard sagte nichts, und sie fuhr fort: »Ich war das Nesthäkchen der Familie, und ich hatte die Schuld auf mich geladen.«

»Welche Schuld?«, fragte Gerhard.

»Unsere Mutter ist bei meiner Geburt gestorben, sie war damals schon fünfundvierzig. Eine uralte Frau nach Ansicht des Dorfes. Damals bekam man mit fünfundvierzig keine Kinder mehr. Das war fast sittenwidrig. Und dann starb sie.«

Sie zog eine weitere Zigarette heraus, Gerhard gab ihr Feuer. »Hat Ihr Vater Ihnen das vorgeworfen? Dass Sie schuld sind am Tod seiner Frau?«, fragte er dann.

»Nein, aber ich glaube, Marianne hat es mir vorgeworfen, auf ihr ruhte die ganze Verantwortung. Sie war zwölf, als ich zur Welt kam, und ab dann musste sie erwachsen sein.«

»Und Anton?«

»Anton war zehn. Er war ein Junge. Das ist ein Unterschied. Er wurde mitgenommen aufs Feld, in den Wald, an den Stammtisch. Marianne wurde mit zwölf sozusagen Mutter, und sie hatte einen Haushalt zu besorgen.« Sybille sah ihn an. »Verstehen Sie?«

»Ja, ich glaube. Hat Marianne Sie deswegen gehasst?«

»Nein, aber ich war so anders. Ich war ein Enfant terrible. Ich hatte Abitur gemacht, wollte eine Welt erobern, deren Grenzen nicht Peiting und Oberammergau waren. Unser Vater hat mich ignoriert; die Einzige, die versucht hat, mich zu erziehen, war Marianne. Aber um sie wirklich ernst zu nehmen, war der Altersunterschied doch nicht groß genug. Ich war aggressiv, war mal bei einigen Punks dabei, ich hatte provoziert, wo es nur ging. Heute weiß ich, dass das für Marianne schlimm gewesen ist. Sie wollte es doch richtig machen mit ihrer frühen Mutterschaft. Heute tut mir das sehr leid, aber für Reue ist es nun zu spät.« Wasser überflutete ihre Augen.

»Gehen wir ein Stück?«, fragte Gerhard.

Sie nickte, und sie schlenderten auf den Torbogen zu. Gerhard reichte ihr ein Taschentuch.

»Es war die Enge hier, oder?«

»Als ich vor achtzehn Jahren wegging, hatte ich den Eindruck, ich würde ersticken. Heute ist das anders. Es hat vieles für sich, wenn eine Gesellschaft tradierte Strukturen hat. Früher hat mich das eingeschnürt, es kann aber auch auffangen.« Sie warf die Zigarette zu Boden, trat drauf und lachte plötzlich. »Das alte Europa. Hier darf man noch rauchen, hier dürfen Hunde noch ins Restaurant. Kanada wird zunehmend amerikanisch-hysterisch. Ich sehe das mit Besorgnis.«

»Sie leben in Kanada?«, fragte er.

»Ja, ich bin nach dem Abitur als Au-pair nach Kanada gegangen und dort hängen geblieben.«

»Herr McNeill?«, lächelte Gerhard.

»Ja, letztlich. Mein Mann ist Kanadier schottischen

Ursprungs. Er stammt aus einer sehr begüterten Familie. Wir sind in der glücklichen Lage, unser Hobby zum Beruf machen zu können.«

»Ja?«

»Wir haben eine Guest-Ranch bei Summerland in British Columbia und züchten Pferde. Und wir reiten englisch. Es ist bizarr. Hier sind alle ganz wild auf die Westernreiterei, und drüben boomt die klassische englische Reitlehre. Reiten Sie?«

»Äh, nein, aber Pferde scheinen viele Frauen in meinem Umkreis mehr zu beschäftigen als Job oder Männer.« Das brach einfach aus ihm heraus, und irgendwie hatte er damit eine Barriere niedergerissen zwischen ihnen.

Sie lachte befreit. »Was glauben Sie, wie viele Frösche ich küssen musste, bis mal ein Prinz dabei war, der auch Pferde liebt? Reitende Männer sind eine Rarität.«

»Gut, dass es sie im fernen Kanada gibt.« Gerhard lächelte sie an. »Trotzdem: Hatten Sie nie Heimweh? Waren Sie nie mehr da?«

»Doch, zwei Mal.«

»Zwei Mal?«

»Ja, einmal, als unser Vater starb, und nun, weil meine Schwester gestorben ist.« Ihre Augen verdunkelten sich wieder.

»Ein unerfreulicher Anlass. Ich bin, ehrlich gesagt, nicht so gut im Kondolieren.« Gerhard verzog den Mund und kam sich linkisch vor.

Sie lächelte. »Ich habe von Ihrem Malheur gehört. Sie saßen in Gips. Vielleicht beschreibt das in etwa, wie ich mich fühle. Ich bin bewegungsunfähig. Ich meine, im übertragenen Sinn. Es gäbe so viel zu tun, aber ich bin wie gelähmt.«

»Ich glaube, das legt sich«, sagte Gerhard.

»Wahrscheinlich.« Sie zog schon wieder eine Zigarette heraus. »Aber ich nehme nicht an, dass Sie mir nachgegangen sind, um über mein Leben zu plaudern? Es geht um den Mord an dieser Jacky, nicht wahr?«

»Ja.« Gerhard wusste nicht genau, warum er das tat, aber er präsentierte ihr die ganze Geschichte.

Sie waren weitergegangen und hatten die Halle fast wieder erreicht. Sybille McNeill hatte sorgfältig zugehört.

»Sie erwarten aber nicht von mir, dass ich Ihnen jetzt sage, ob ich das für möglich halte. Und um Ihrer Frage vorzubeugen: Mein Bruder hat mir nur erzählt, dass er unter Mordverdacht stand und dass es in Wirklichkeit Marianne gewesen ist. Aus Eifersucht. Mehr nicht.« Sie sah ihn an. »Und ich werde ihn auch nicht weiter fragen«, schickte sie hinterher.

»Frau McNeill, darf ich trotzdem noch eine Frage stellen?«

Sie antwortete nicht.

»Was hätte Marianne für Anton getan?«

»Alles.«

»Gar alles?«

»Mehr als das: Die beiden hatten ein Verhältnis, das letztlich sehr tragisch war. Auch deshalb bin ich damals geflüchtet. Mir wurde das alles zu viel.«

»Tragisch?«

Sie nickte. »Nun, der Verlobte von Marianne, Manfred Weiler …«

»Wie? Manfred Weiler?« Gerhard stutzte.

»Der Manfred, den Sie kennen, ist der Neffe von jenem Manfred, den Marianne heiraten wollte. Es gab zwei Brüder, einer war der Vater des jungen Weiler, den Sie meinen, der andere Bruder war Mariannes Verlobter.«

Gerhard schluckte. »Alles ziemlich verwoben miteinander.«

»Hier hängt alles immer zusammen. Alles ist verwoben und verknotet. Jede Familie ist mit einer anderen verbunden, und es sind selten die heiteren Geschichten, die zusammenschweißen.«

»Und dieser Manfred Weiler, der kam im Wald ums Leben?«

»Ja, und Anton gab sich immer die Schuld daran. Der Baum fiel falsch, aber es war nicht Antons Fehler. Es war niemands Fehler. Aber anstatt dass Marianne damals wütend geworden wäre oder unfair oder irgendwie unrational-emotional, war sie es, die Anton getröstet hat. Nicht umgekehrt. Das hat mich wahnsinnig gemacht. Verstehen Sie?«

Gerhard verstand. Er verstand auf einmal sehr vieles. »Danke«, sagte er schließlich. Was hätte er auch sonst sagen sollen. »Wann reisen Sie denn wieder ab?«

»Es wird ein wenig dauern, bis Anton alles verkauft hat«, sagte sie.

»Wie bitte?«

»Anton kommt mit mir nach Kanada. Das ist sein Wunsch, und ich bin froh darüber. Vielleicht können wir etwas nachholen, wir zwei.«

»Aber …«

»Was, aber, Herr Weinzirl?« Sie trat näher und nahm auf

einmal seine Hand. »Lassen Sie die Toten ruhen.« Sie stellte sich ein wenig auf die Zehenspitzen und hauchte ihm einen Kuss auf die Wange. »Lernen Sie reiten, Herr Weinzirl, und leben Sie wohl.« Da war etwas Verschmitztes um ihre Mundwinkel, und Gerhard konnte ermessen, was sie früher für ein Feger gewesen sein musste. Er sah ihr nach, wie sie wieder in die Halle ging. Diese Frau würde immer obenauf sein, weil sie klug war, schön und optimistisch.

Evi kam ihm entgegen. »Wo warst du denn? Ich hab dich gesucht. Ich dachte, die lynchen mich da drin.« Sie klang vorwurfsvoll.

Gerhard war nicht nach Vorwürfen, ihm war gar nicht nach Reden. Und so sagte er pampiger als nötig: »Ich hatte eine interessante Unterhaltung und weiß etwas, was du nicht weißt.«

»Ist das jetzt das Ich-sehe-was-was-du-nicht-siehst-Spiel?« Evi war nicht bereit, sich anmaulen zu lassen.

»Anton Erhard geht mit seiner Schwester nach Kanada.«

»Was? Das müssen wir verhindern! Wir müssen ...!« Evi schrie so laut, dass sich einige der Trauergäste, die ebenfalls draußen standen, pikiert umdrehten.

»Wir müssen jetzt erst mal gehen«, zischte Gerhard und packte Evi rüde am Handgelenk.

Sie riss sich los und stampfte zum Auto. Schmiss die Tür ins Schloss, startete mit quietschenden Reifen. Fuhr viel zu schnell in die Ammerschlucht hinunter. Kam auf der Brücke ins Schlingern. Hielt an und stieg aus. Ging zur Beifahrerseite und hielt Gerhard den Schlüssel hin. Wortlos nahm ihn Gerhard und fuhr los. In Pischlach lag ein roter Kater am Straßenrand. Blut auf der Straße, getrocknetes

Blut um seine Schnauze. Evi hatte Tränen in den Augen und klang völlig verzweifelt.

»Ich mag Katzen gar nicht, aber das ist so elend. So unfair. Was ist eine Katze gegen ein Auto? Wir Menschen ruinieren alles.«

Gerhard atmete tief durch. Er hatte Evi viel zugemutet in diesem Fall. Es war nur verständlich, dass sie nahe am Wasser gebaut hatte. Und was hatte Jo gesagt vom grenzenlosen Schmerz, vor dem es kein Entrinnen gab? Er hätte Evi etwas Aufmunterndes sagen müssen. Aber stattdessen formulierte er: »Ja, wir sind Meister im Zerstören. Wir zerstören fremde Leben. Und unsere eigenen.«

»Letzteres ist immer noch besser, als zum Henker anderer zu werden«, sagte Evi voller Bitterkeit.

»So einfach ist das nicht, Evi. Marianne Erhard hat sich nicht einfach ihr Leben genommen und ihr eigenes Leben ruiniert. Sie hat auch ihren Bruder allein gelassen mit all seinen Lebenslügen.«

»Er ist nicht allein. Er hat noch eine Schwester. Er muss verurteilt werden wegen des Kindes. Bevor er nach Kanada geht!«

»Wozu?«

»Du gibst auf, Weinzirl? Du lässt ihn laufen? Davonkommen?« Evi wirkte, als wolle sie ihn schütteln, ihn aufrütteln.

»Er ist nicht davongekommen. Er ist gefangen. Schlimmer als in jedem Gefängnis«, sagte Gerhard.

»Weinzirl, das bist du nicht, dich mit so einem Ausgang zufriedenzugeben. Er hat einen Menschen ermordet. Was ist los mit dir?«

»Nichts ist los. Ich bin realistisch. Er hat ein Kind überrollt. Das war ein Unfall. Kein Mord. Er hat den Unfall verschleiert. Das ist ein Verbrechen.«

»Und das könnten wir aufdecken!«

»Wozu, Evi? Der Bub ist tot. Die Eltern haben sich mit dem Tod abgefunden.« Gerhard versuchte ein Lächeln, das ihm misslang.

»Abgefunden? Na toll – und sie werden damit leben müssen, nie zu wissen, wer es war. Es war der unbekannte Discoraser. Ich begreif dich nicht, Gerhard!«

»Evi, überleg gut, was du da sagst. Wäg ab: Willst du den Eltern nach zwei Jahren jetzt einen präsentieren, auf den sie all ihre Wut fokussieren können? Einen, der alles wieder aufwühlt? Willst du das?«

»Aber Gerhard, das ist ihr Recht!«

»Verquicke nie Recht und Gerechtigkeit, nicht Wahrheit und Wahrhaftigkeit, nicht Opfer und Täter. Nicht Schuld und Sühne.«

»Weinzirl, ich sag das noch mal: Das bist du nicht. Du musst doch die Wahrheit ans Licht bringen. Dazu hast du dich verpflichtet.«

Evi war wirklich fassungslos. Gerhard spürte das deutlich und hätte ihr so gerne seine Beweggründe erklärt. Aber die Worte stellten sich tot. Er hätte ihr gerne Baiers Theorie über die Balance im Leben gesagt, ihr versucht zu vermitteln, dass sich alles rächte, dass es ohne Licht keinen Schatten gab, dass man, um helle Berge zu erklimmen, erst durch dunkle Täler musste. Am liebsten hätte er es herausgeschrien, wie sehr er sich wünschte, Friedl den Hals umzudrehen. Wie sehr er sich wünschte, dass die laufenden

Ermittlungen und die Suche nach den beiden gekauften Killern etwas ergeben würden.

Aber er sagte nur sehr kühl: »Wir haben nur das Gespräch in seiner Stube. Das haben wir nicht aufgezeichnet. Wir haben kein weiteres Geständnis mehr. Welcher Staatsanwalt würde da mitziehen? Keiner! Nie!«

»Aber wir sind zwei glaubwürdige Staatsbeamte. Gegen einen Verdächtigen. Es gibt die alten Unterlagen von Baier, der damals schon Zweifel hatte. Natürlich können wir den Fall wieder aufrollen!«, rief Evi.

»Evi, Baier hat mir abgeraten. Er hat gesagt, er täte es nicht.«

»Was? Wie?«

»Baier teilt meine Meinung. Er hat explizit gesagt, er würde den Fall ruhen lassen.«

Evi schien kurzzeitig aus dem Konzept zu sein, dann hob sie wieder an: »Baier ist im Ruhestand. Vielleicht interessiert ihn das nicht mehr. Wir sind aber noch dabei.«

»Werd nicht unfair. Baiers Moral ist unantastbar. Er würde wahrscheinlich sogar zurückkommen, wenn er überzeugt wäre, es diene der Gerechtigkeit. Nein, Evi, eine Wiederaufnahme nutzt keinem.«

Evi schwieg eine Weile. »Und was ist mit Jacky?«

»Erhard hat Jacky nicht getötet. Nicht nach seiner Aussage und nicht nach unserer Theorie. Wenn sie stimmt!«

»Aber natürlich stimmt sie. Es muss so passiert sein. Wenn Marianne nur einen anderen Abschiedsbrief hinterlassen hätte als diesen nichtssagenden. Eifersucht, was für ein Unsinn, das war doch nicht der Grund!«

»Evi, du bist doch nicht so blauäugig. Entweder es gibt

wirklich keinen, oder sie hat doch einen weiteren hinterlegt, den wir nicht gefunden haben, den Anton aber entdeckt hat, als er wieder zu Hause war. Wenn das so war, dann hat er diesen Brief sicher verschwinden lassen. So ein Brief wäre unendlich grausam, denn dann weiß auch er, dass seine Schwester wegen einer Fehlinterpretation zur Mörderin geworden ist. Oder aber sie hat ihm ihre Tat vorher gestanden. Bevor sie starb. Auch das wird uns Erhard nie erzählen. Nicht unter Folter. Weil er das Andenken seiner Schwester nicht beschmutzen würde. Niemals.«

Evi schwieg. Lange. Sie waren einmal mehr in der letzten Kurve des Böbinger Berges angelangt, als sie sehr leise sagte: »Blut ist dicker als Wasser. Ist es das?«

»Ja, Evi, das ist es. Blut ist viel dicker als Wasser, auch dicker als das braune Wasser eines kleinen Moorsees im Ammertal.«

Schongauer Nachrichten, 27.12.

Großartiges Weihnachtsgeschenk

Don-Bosco-Schwestern in Rottenbuch nehmen 100.000 Euro in Empfang

Von Andreas Baar

Am 22. Dezember übergab Sybille McNeill im Namen ihres Bruders Anton Erhard aus Schönberg einen Scheck über 100.000 Euro an die Don-Bosco-Schwestern, deren Arbeit seit Jahren behinderten Kindern Hoffnung und Zuflucht gibt. Nach dem tragischen Tod seiner Schwester Marianne Erhard durch die Attacke eines Zuchtbullen (wir berichteten) wird der Schönberger nach Kanada auswandern. Dort lebt Frau McNeill. Anton Erhard hat seinen gesamten Grund- und Waldbesitz verkauft und einen Teil des Erlöses den Schwestern vermacht. »Meinem Bruder ist es wichtig, zu sagen, dass er zwar selbst keine Kinder hat, aber Kinder all unsere Hilfe brauchen. Er möchte mit dieser Spende andere aufrütteln und zudem das Engagement der Schwestern unterstützen. Auch liegt ihm viel daran, in der alten Heimat Spuren zu hinterlassen«, so Frau McNeill. Anton Erhard hat das Geld für den Bau einer Reithalle und zur Intensivierung der Reittherapie gespendet, weil er darin eine große Chance sieht. »Mein Bruder will, dass Kinder die Chance haben, mit Tieren in Berührung zu kommen, weil Tierliebe ein wichtiges Mosaiksteinchen im Menschlichsein ist«, sagte Frau McNeill. Die Geschwister werden Dienstag nächster Woche abreisen, am Samstag vorher gibt die Blaskapelle Schönberg noch ein Abschiedskonzert für den Gemeindebürger.

Miesbacher Zeitung, 29.12.

Freiheit für Ferdinand Friedl

Überraschende Aussage bringt dem Miesbacher Bauunternehmer Freispruch

Von Angela Walser

Der Prozess Ferdinand Friedl gegen seinen ehemaligen Pressesprecher Thomas Gretschmann endete mit einer Überraschung. Gretschmann gab zu, den Schönberger (Lkr. Weilheim-Schongau) Musikanten Martin Neuner bestochen zu haben, damit dieser die Kutsche eines anderen Schönbergers sabotiert (wir berichteten). Bislang hatte Gretschmann das immer geleugnet und stattdessen seinen ehemaligen Arbeitgeber beschuldigt, ihn zu dieser Tat angestiftet zu haben. Nach Ende des Prozesses sagte Friedl zur Miesbacher Zeitung: »Ich bin sehr froh, dass diese Anschuldigung vom Tisch ist. Es tut mir leid um Thomas Gretschmann, und ich bin zutiefst überzeugt, dass er in einer Kurzschlussreaktion gehandelt hat. Der Mann muss seine Strafe verbüßen, aber jeder Mensch macht Fehler. Ich kann ihn zwar nicht mehr weiter beschäftigen, aber ich habe Herrn Gretschmann eine Stelle in der Schweiz bei einem Pharmaunternehmen besorgt, wo er seine Stärken in der Kommunikation einbringen kann.« Dafür gab es Applaus für jenen Mann, der im kommenden Jahr auch als Bürgermeister kandidiert. Friedl kündigte zudem an, den Opfern des Kutschenunglücks zu helfen, vor allem der jungen Frau, die noch eine langwierige Reha vor sich hat, bis sie wieder normal laufen kann.

NACHWORT

Etwa zwei Drittel dieses Buches waren fertig, die Figur der Jacky Paulig klar umrissen, eine Frau, die so gefangen war in ihrer Pein und in ihrer verzweifelten Tierliebe. Genau dann wurde eine unserer Katzen überfahren. Der Kater, der treue, der liebe, ein wenig der doofe mit dem stets leicht tragischen Gesichtsausdruck. Es war, als hätte sich eine Prophezeiung erfüllt – erst war das Geschriebene, die Imagination, und dann passierte das Grauenvolle auch real. Natürlich wird es unter Ihnen, liebe Leser, solche geben, die sagen, es war »nur ein Tier«. Für all die anderen: Er war ein Freund, der beste von allen, und man darf auch um Tiere trauern. Danke an alle, die das damals verstanden haben. Des Weiteren: Danke an Knut Prill, dem ich einige Gedanken über Freundschaft »klauen« durfte. Danke an Dr. Arno Bindl, der Fachwissen über die psychische Dimension einer dissoziativen Persönlichkeit eingebracht hat. Danke an Sabrina und Simone Altendorf für den Kursus in Jugendslang, danke an Heiko Schmidt von Braun für seine »Jagdszenen«. Besonderen Dank an »Naz«, der sich stundenlang um den Schönberger und Soiener Dialekt bemüht hat. Danke an Thomas Freier für seine Infos über Gips, Beton und Co. Danke an die »Miesbach-Connection«, ohne die der Ausflug in die Region Miesbach weit weniger authentisch geworden wäre.

GLOSSAR

Allgeier Kerla - Allgäuer Kerl
Hennapfrupfa – Gänsehaut
Föhl – oder Fehl, Mädchen
fei meh – fei und meh sind typische Allgäuer Ausdrücke, um etwas zu verstärken
allat – immer, auch als Füllsel, das immer passt
Saukrippel – wird meist für Kinder verwandt, die Streiche spielen oder Erwachsenen nerven
Sui – im Oberallgäua sagt mal sui statt sie
Dussa – draußen
eabbas – etwas
Schofkopfn – Schafkopf, ein bayerische Kartenspiel, dem Skat verwandt
Dia war it ganz echt – sie war nicht ganz normal
Nix gsagt isch scho globt – oder nix gsait isch scho globet gnua – DAS Allgäuer Lebensmotto: Nicht meckern ist Lob genug.
Grantler – bayerisch für einen dauer-schlecht gelaunten Menschen
Geschpässig – seltsam, wunderlich
zefix – Fluch, von Kruzefix
die Greana – die Grünen = die Polizei
Ma wollts ja mitkemma lossn – man wollte ja nur das Beste

allweil – immer
Schiach – hässlich
wie viel ma umduat – wie viel Holz man einschlägt
dann schmeck i – schmecken wir hier im Sinn von riechen/duften verwendet
Reachkrickerl – Reh/Hirschgeweihe an der Wand
Heumer – Landwirtschaftsgerät zum Heu kreiseln
Zwider – schlecht gelaunt
Sprichbeitl – Sprücheklopfer
du Matz, du verreckte – eigentlich eine liederliche Frau, aber auch allgemein ein Schimpfwort
gflennt – geweint
do gflackt – da gelegen
der hot de Jacky weggroamt? – wegräumen im Sinne vom umbringen
am Menda – am Montag
Stutfulla – Stutfohlen, sind mehr wert als Hengste
Nusser – Österreicher
zum Stroafn – Holz stroafen = Holzstämme mit Pferden aus dem Forst zu ziehen
gseht – in diesem Sprachraum sagt man für gesagt: gseht
Keferloher – spezieller Bierkrug mit Deckel, der in Keferloh bei München erfunden wurde
Obacht gebn – aufpassen